# 한국 공포 문학 단편선 5

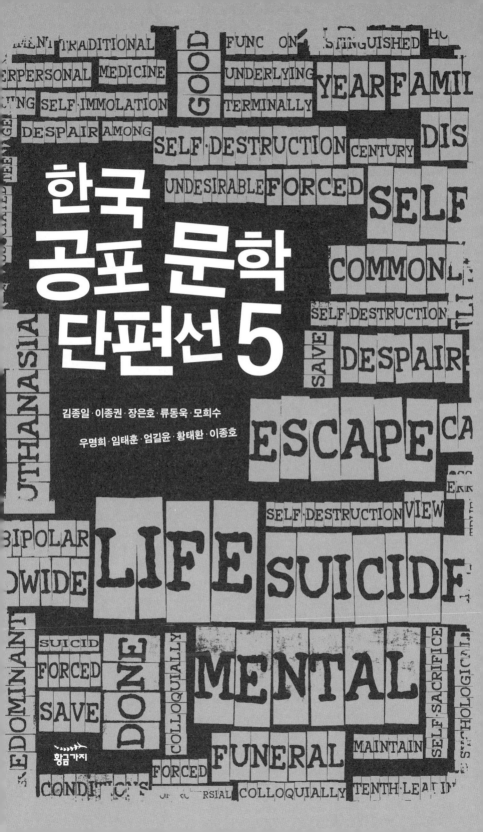

| 차례 |

# 놋쇠 황소

## 김종일

2004년 제3회 황금드래곤문학상에서 『몸』이 당선되면서 작품 활동을 시작했다.
장편소설로 『손톱』(2008)이 있으며, 『한국 공포 문학 단편선』시리즈(2006, 2007, 2008,
2009)와 《판타스틱》, 《파우스트》에 단편을 발표했다. 네이버캐스트 오늘의 문학에
단편 「도둑놈의갈고리」(2009)를 게재했고 '김종일의 경계문학(http://cafe.naver.com/
kimjongil)'을 운영 중이다.

당신이 그날 일을 기억 못하는 진짜 이유가 뭔지 알아? 그건 말이야.

그냥 잊어버린 거야. 왜, 싱거운가요?

하지만 사실이야.

당신은 그냥 잊어버렸어, 왜? 남의 일이니까.

— 영화 「올드보이」 중에서


"와, 잠깐 맞았는데 쫄딱 젖었네. 벌써 장만가? 하여튼 미친 날씨야. 세상이 미쳐 돌아가니 날씨도 미쳐 돌아간다니까. 차문은 또 왜 이리 뻑뻑해. 야, 이거 구리스 칠 좀 해야겠다. 자고로 여자랑 차는 구리스 칠을 자주 해 줘야 부드러워지잖냐. 결혼 짬밥 몇 년이면 그 정돈 기본 아냐?"

"나 결혼 안 했는데."

"어, 그래? 난 왜 했는 줄 알았지? 영철이랑 착각했나? 맞다, 그런가 보다. 영철이 생긴 게 너랑 비슷하잖냐, 입 툭 튀어나오고 눈 쭉 찢어진 게. 그나저나 이런 날씨에 운전이나 되겠냐. 그냥 차 놓고 찜질방 가서 눈 좀 붙이고 날 밝으면 가지?"

"걱정 마. 올해로 10년째 무사고니까."

"10년째 무사고가 더 위험한 거야. 구미호도 꼭 백일 채우기 하루 전날 절단 나잖어. 아깝다, 하루만 더 채우면 인간이 될 수 있었는데……. 이딴 소리 지껄이면서. 아무튼 딴 건 몰라도 운전 실력은 절대 과신하면 안 되는 거야. 인생 종치는 거 한순간이라니까, 너 술도 마셨잖어. 꽤 마시는 거 같던데?"

"시늉만 한 거야. 애들 분위기 맞춰 주느라고."

"그 거짓말을 정말이라고 믿어야 하는 거냐? 그건 아니다 싶은데…… 에이, 모르겠다, 나는. 핸들은 니가 잡는다고 우겼으니까. 난 분명히 말렸다? 나중에 원망하기 없기다?"

"걱정 말라니까."

"하긴 콜택시를 불러도 여기서 홍주까진 요금이 장난 아니겠다. 새벽 세 시가 넘었지, 앞도 안 보이게 퍼붓지, 이런 날은 따블로 얹어 준대도 간단 택시 없겠다. 나라도 안 간다. 하여튼 동창회 추진한 놈들도 개념 상실이야. 뭔 깡다구로 좋은 홍주 놔두고 이 천리타향서 홍주고 동창회를 하냐. 기백이네 횟집 매상 올려주는 게 그렇게 중요해? 거기다 요새 같은 무더위에 회 잘못 먹었다

식중독이라도 걸리면 지들이 책임질 거야? 음식이라도 잘 나왔으면 말을 안 해. 스끼다시부터 완전 죽음이드만. 메추리알 몇 알에 당근 오이 서너 개, 콘치즈, 계란찜. 이건 뭐, 횟집 스끼다시가 아니라 로바다야끼 기본 안주야. 기백이 새끼도 그렇지, 뜨내기손님들도 아니고 명색이 고등학교 동창들인데 신경 좀 써 줘야 되는 거 아냐? 날은 또 좀 잘 잡았어? 햇빛 쨍쨍한 날 다 놔두고 왜 하필 이런 날을 잡어. 동창회가 날구지야, 뭐야?"

"너, 말 많이 늘었다? 옛날엔 과묵했잖아."

"말만 늘었냐. 술배도 늘고 대출금도 늘고 콜레스테롤 수치도 늘고…… 딱 하나, 좆심은 줄대, 니미. 아아, 인간 박규완, 왕년엔 잘 나갔는데……."

"잘 나갔지. 요새로 치면 일진, 짱…… 이런 축이었으니까."

"일진? 짱? 야, 사회생활 해 보니까 돈 주는 놈이 일진이고 빽 있는 놈이 짱이더라. 중고딩 때 좀 놀았다고 호봉수를 더 쳐 줘, 보너스를 더 줘, 인사 고과에 쁠러스를 해 줘? 다 헛거야. 구복이 원수래더니, 좌우간 옛말 틀린 거 하나 없다니까?"

"옛말도 틀린 거 많아."

"뭐가?"

"그런 게 있어."

"뭐냐, 너는 예나 지금이나 여전하다? 여전히 실없어. '헛방'이었나, 맞지? 그 별명 누가 지었나, 참 잘 지었대니까."

"헛방은 허성빈이고."

"그랬나?"

"넌 니가 지어 준 별명도 기억을 못하냐."

"내가? 니 별명을?"

"그래, 중학교 때."

"진짜? 희한하네, 난 하나도 생각이 안 나는데……. 니 별명이 뭐였는데?"

"진짜 기억 못하는 거야, 아님 못하는 척하는 거야?"

"못하는 척을 내가 왜 하고 앉았냐, 진짜 기억 못하는 거지."

"힌트, 내 이름."

"니 이름? 조병구? 조병구…… 뭐였지? 뭔데?"

"좆삐꾸."

"어?"

"니가 지어 준 내 별명, 좆삐꾸."

"아…… 그랬나? 하여튼 작명 센스하곤…… 애들 땐 왜들 그런 별명을 붙이고 노나 몰라."

"딱이었지. 이름도 조병구, 생긴 것도 삐꾸, 하는 짓도 삐꾸. 중2 때 학교 화장실서 오줌 누는데 옆에서 니가 이러고 들여다보더니 그랬잖아. '어, 이 새끼 좆이 완전 좌향좌야. 조병구가 아니라 좆삐꾼데?' '어디? 어디?' 이러면서 몰려들었던 니들 패거리들이 전교에 떠벌인 덕에 난 그날부로 좆삐꾸가 됐어. 일주일도 못 돼서 1번부터 43번까지 죄다 '좆삐꾸! 좆삐꾸!' 오죽했으면 나중에는 조병구란 이름보다 '좆삐꾸'란 그 별명이 더 친숙했다니까. 그래도 진짜 싫더라. 누가 '야, 좆삐꾸!' 이러고 나를 부를 때마다 달려들어서 그 인간 목을 졸라 버리고 싶을 정도였어. 그 별명이 고등학교 때까지 꼬리표처럼 따라다닌 거, 아냐?"

"와, 어떻게 된 게 난 기억이 하나도 안 나냐. 조기 치매가 왔나."

"그래? 난 그날 변기에 누렇게 껴 있던 오줌 때까지도 기억하는데? 코를 찌르던 지린내며, 화장실 벽에 누가 써 놓은 '병신'이란 낙서며, 니들 패거리가 낄낄대던 소리, 유난히 '좆'을 힘주어 발음하던 니 말투, 행여 주먹이라도 날아올라 말대꾸 한마디 못하고 돌아서면서 느낀 기분까지…… 죄다 어제 일처럼 생생한데?"

"에이, 왜 그러냐, 꽁생원도 아니고 다 지난 옛일 갖고 뭘 그리 꽁하게……. 아까 현철이가 그랬잖어. 못 들었어? '과거는 과거일 뿐, 연연하지 말자, 중요한 건 현재다!'"

"알아, 그냥 그렇단 거야. 철없는 애들 때야 다 그렇지, 뭐. 안 그래?"

"그래, 사는 게 다 그런 거잖냐. 전에 뉴스 보니까 요새 애들은 더 해. 대책 없드만. 중학교 졸업식 때 선배들이 후배들 옷 싹 벗기고 날계란 던지고 케첩 뿌리고…… 그걸 또 찍어 놓고 인터넷에 뿌리고…… 요새 애들은 도대체 커서 뭐가 될라고 그러냐. 적어도 우리 땐 그래도 그런 건 없었잖어."

"그러는 너는…… 너는 커서 뭐가 되려고 그랬는데?"

"나? 내가 뭘?"

"요새 애들 걱정하는 넌 커서 뭐가 될려고 애들 패고 다녔냐고."

"그러게, 왜 그러고 다녔나 몰라. 그땐 그게 멋있는 줄 안 거지, 뭐. 야, 근데 지금 나오는 노래, 누가 부른 거냐?"

"산울림."

"제목이 뭔데?"

"'창문 너머 어렴풋이 옛 생각이 나겠지요.'"

"아, 제목도 진짜 진상이네. 날도 구질구질한데 꼭 이런 노랠 들어야겠냐? 최신 가요 좋은 거 많잖아. '가 버린 날들이지만 잊혀 지진 않을 거예요'? 그래, 가 버린 날들이지만 잊혀지진 않을 거 다. 그러고 보니까 생각나는데, 너, 가가멜 알지? 학생 주임."

"알지."

"그 인간 죽었대."

"그래?"

"어, 벌써 몇 년 됐대네. 영철이가 그러는데 간경화로 죽었대지, 아마? 아아, 그 인간, 진짜 똘아이였는데……. 목장갑 끼고 다니면 서 애들 패고, 바리깡 들고 다니면서 머리 긴 애들 쥐파먹고……. 하루는 아침에 내가 학교 와서 계단을 올라가고 있었거든? 근데 올라가다 보니까 계단참에 웬 무좀 양말 신은 발가락이 보이는 거야. 그 양말 신으면 모양이 상당히 웃기잖냐. 슬리퍼 사이로 튀 어나온 발가락이 꼼지락대는 게 웃겨서 피식 웃었어. 그땐 그 발 가락 주인이 그 인간인지도 몰랐지. 막 계단참에 올라서면서 고 개를 딱 들었는데 가가멜인 거야. 인사를 할려고 했는데 타이밍이 늦은 거야. 그 인간이 나를 딱 붙들더니 이러네? '너, 나 알아, 몰 라?' 알지, 왜 몰라. 홍주고에서 가가멜 모르면 간첩이지. '아는데 요.' 이랬더니 '아는데 왜 인사 안 해, 새끼야.' 이러면서 다짜고짜 목장갑 낀 주먹으로 죽통을 다섯 대나 날리는데, 와, 눈앞에 별 이 번쩍번쩍 하네. 입술이 다 터졌대니까. 실컷 패고 나서 그 인간 이 나한테 뭐랬는 줄 아냐? '개새끼야, 인생 그 따위로 살지 마라.' 와, 그 말 듣는데 진짜 선생이고 뭐고 그 자리에서 맞짱 까고 싶 더라. 아니, 상식적으로 무좀 양말 신은 발가락 보다가 인사 못한 게 죽통 다섯 방에 인생 그 따위로 살지 마란 소리까지 들을 짓이야? 아, 지금도 그때만 생각하면 이가 갈린다, 진짜. 너, 언제 누가 학교 벽에 빨간 락카로 '가가멜 뒤져라.' 대문짝만 하게 써 놔서 학교 발칵 뒤집혔던 거 기억나냐?"

"기억나지. 가가멜이 누군지 잡히면 죽인다고 각목 들고 다니면서 설쳤잖아."

"그거, 내가 한 거야."

"그래?"

"어, 생각할수록 열 받는 거야. 내가 뭘 잘못했다고 지가 인생 그 따위로 살라 마라야? 그래서 야밤에 깡소주 병나발 불고 가서 썼지. 그거 쓰고 나니까 분이 좀 풀리대. 어어, 야, 너무 밟는 거 아냐? 길도 미끄러운데……."

"왜, 걱정돼? 어여쁜 처자식 두고 황천 갈까 봐?"

"그래, 혹시 내가 잘못되면 어쩌하나, 내 마누라, 내 새끼들은 어쩌하나……. 술배, 대출금, 콜레스테롤 수치에 겁까지 늘었다, 왜? 후우, 나오니까 확 오르네. 에어컨 좀 틀면 안 되냐?"

"고장 났어."

"뭐? 요새 같은 찜통더위에 에어컨 고장 난 차를 맨 정신으로 어떻게 타고 다녀. 어? 뭐야, 이거, 유리도 안 내려가네."

"고장."

"문짝도 맛 가, 에어컨도 고장 나, 유리도 안 내려가. 엔간하면 하나 바꿔라. 요새 누가 이런 고물을 끌고 다니냐? 쓸 만한 차도 중고로 사면 몇 백 안 하드만. 와, 이 땀 좀 봐. 보여? 끈적끈적하고 뜨끈뜨끈한 게 미치고 환장하겠네. 불쾌지수 환상이다, 환상."

"행복해?"

15

"행복하긴…… 미치고 환장하겠다니까?"

"사는 게 행복하냐고."

"아, 난 또 뭔 소리라고. 새끼, 뜬금없긴……. 누군 행복해서 사냐? 행복하려고 살지. 그래도 통장에 월급 들어오면 마누라 입 헤 벌어지고, 맛난 거 사 주면 새끼들 입에 납죽납죽 들어가는 거 보는 재미로 산다."

"애들은 잘 커?"

"잘 크지. 큰놈이 이제 일곱 살인데 날 쏙 빼닮았어. 그래서 그런가, 지 엄마보다 날 더 잘 따러. 아빠가 세상에서 최고 잘생겼고 제일로 멋있댄다."

"제수씬 예뻐?"

"마누라가 이뻐 봤자지. 그래도 어디 가면 빠지는 얼굴은 아니다. 애 둘 낳고도 아직 몸매도 아가씨 같고……. 온실 속 화초 같다는 말 있잖어, 딱 우리 마누라를 두고 하는 말이래니까. 웃음도 많고 눈물도 많고……."

"너 학교 다닐 때 논 건 알어?"

"모르는 게 약이래잖어. 말 안 했어. 그냥 매년 우등상, 개근상 기본으로 타는 범생이었다고 그랬다. 아, 그랬더니 어쩌다 옛날 승질 나오면 깜짝깜짝 놀래. 그래서 이랬지, 범생이는 범생인데 가끔 욱하는 범생이었다고. 그럼 이 여자는 또 그걸 다 믿는 눈치야. 순진한 건지 순진한 척 하는 건지……."

"희정이랑 비슷하네."

"희정이? 희정이가 누군데?"

"희정이도 기억 안 나? 정말 다 까먹었구나. 홍주여고 조희정.

16

얼굴 하얗고 눈 똘망똘망하던 애."

"얼굴 하얗고 눈 똘망똘망하던 애? 야, 우리 시골집 진돗개 백구도 얼굴 하얗고 눈은 똘망똘망하다. 조희정? 조희정…… 아아, 조희정! 난 또 누구라고. 근데 솔직히 나, 걔 얼굴도 가물가물하다. 누구한테 시집가서 애 낳고 잘 살겠지."

"죽었어."

"뭐?"

"죽었다고, 희정이."

"언제?"

"작년에."

"그걸 니가 어떻게 알어?"

"걔네 근처에 살았거든."

"어쩌다?"

"자궁암."

"그래? 한창 나이에 안됐네."

"'한창 나이에 안됐네.' 그게 다야?"

"그럼, 내가 어떻게 해야 되는데? 아이고, 아이고, 곡이라도 해야 되는 거냐?"

"그래도 한때 사랑했던 여자 아니야?"

"야, 말은 똑바로 해야지, 철없을 때 몇 번 만난 거 갖구 사랑은 무슨, 애들 불장난이지."

"불장난. 그래, 너한텐 불장난이었구나. 뭐, 그럴 수도 있지."

"너 오늘 아까부터 좀 이상하다? 말투도 그렇고 눈빛도 그렇고…… 오랜만에 봐서 그런가, 내가 기억하는 조병구가 아닌 거

같어."

"니가 기억하는 조병구는 어떤데? 매일같이 너한테 얻어터지면서도 찍 소리 한마디 못하던 좆삐꾸?"

"아이 참, 왜 자꾸 옛날 얘긴 끄집어내냐. 너는 15년 만에 만난 동창한테 할 얘기가 그렇게 없냐?"

"할 얘기? 할 얘기 많지. 뭐부터 해 줄까? 내 얘기, 아님 니 얘기, 이도 저도 아님 희정이 얘기?"

"하아, 덥다, 더워. 차 안이 아주 그냥 찜통이네, 찜통. 차 유리에 김 끼는 거 봐라, 저거. 앞은 보이냐. 야, 그 창문 너머 어렴풋이 옛 생각 난단 노랜 들을 만큼 듣지 않았냐? 아까부터 계속 그 노래만 반복 되는 거 같다? 시디에 그 노래만 든 거야?"

"너랑 인연이 시작된 게 중1 때였어. 그 전까지만 해도 박규완이라는 존재가 세상에 있는 줄도 몰랐지. 입학식 다음날이었을 거야. 막 1교시가 시작될 즈음에 니가 교실 앞문을 열더니 그 반들반들한 얼굴을 내밀더라. 눈알을 이리저리 굴리면서 교실 안을 탐색한 니가 애들한테 물었어. '야, 담임 왔냐?' 그 얼굴이 딱 족제비 상이었어. 밤에 닭장으로 숨어들어서 닭 똥구멍에 손을 넣고 내장만 빼먹는다던 족제비. 그렇게 약삭빠른 인상이었거든. 물론 그때만 해도 그 족제비 같은 얼굴이 평생 잊을 수 없는 얼굴이 되리라곤 상상도 못했지.

며칠 후 체육 시간이었어. 그때 넌 주번이었고 체육실에서 배구공을 꺼내 와야 했지. 근데 그게 귀찮았던 거야. 그때 니 눈에 띈 게 나였지. 니가 열쇠 꾸러미를 나한테 휙 던지면서 이러대. '야, 배구공 좀 꺼내 와.' 엉겁결에 열쇠를 받아들긴 했는데 뭐

18

야 싫어. 주번은 전데 지 일을 왜 나한테 시켜? 내가 지 심부름꾼이야? 기분이 나빠서 열쇠 뭉치를 운동장 바닥에 던지면서 그랬어. '니 일이잖아.' 그랬더니 니가 눈을 부라리면서 나한테 다가오대. '씨발놈이…….' 이러면서 당장이라도 한 대 칠 기세로. 솔직히 겁이 나긴 했어. 근데 가만 보니까 날 보는 니 얼굴이 성질은 나면서도 한편으론 당황한 기색이야. '어라? 이 새끼, 만만하게 봤더니 만만찮게 나오네? 보기보다 센 놈인가?' 이런 마음이었겠지. 니가 한참 날 노려보더니 그랬어. '줏어.' 나도 안 지고 맞섰지. '싫은데?' 너랑 나 사이에 팽팽한 긴장감이 흐르고 주변에 슬슬 구경하는 애들이 똥파리처럼 꼬이기 시작했어. 그때 다른 주번 애가 달려와서 안 말렸음 분명 싸움으로 이어졌을 거야. 그날 일은 그걸로 일단락됐어. 하지만 끝이 아니라 시작이었지. 그날부로 넌 날 찍은 거야. 안 그래?"

"모르겠다, 찍고 뭐고 당최 기억이 나야 말이지."

"그때 니가 선뜻 주먹을 못 날린 이유는 그거야, 날 잘 몰랐으니까, 어쩜 너보다 싸움을 잘할지도 몰랐으니까. 그래서 넌 눈을 부라리면서도 선빵을 못 날린 거야. 넌 본능적으로 너보다 약한 놈이랑 너보다 강한 놈을 기막히게 선별해서 그때그때 처신을 달리하는 족속이었거든. 자기보다 강한 놈한테는 한없이 약하고 자기보다 약한 놈한테는 한없이 강한 족속."

"야, 말이 좀 심한 거 아니냐. 아무리 그래도 그렇지, 족속이 뭐냐, 족속이."

"아, 족속이란 표현이 좀 심한가? 그래, 부류라고 해 둘게. 아무튼 그때 넌 약하게 본 내가 강하게 나왔으니 헷갈렸던 거야. 그래서 그때부터 나를 예의 주시했지. 얼마 안 지나서 넌 알아챘어, 내가 너보다 약한 놈이라는 걸. 축구를 하다 헛발질을 했을 때, 단체 기합 받으면서 오리걸음으로 운동장을 돌다 낙오되었을 때 고개를 들어 보면 여지없이 날 주시하는 니가 보였어. 속으로 같잖았겠지. '어쭈, 겨우 저딴 새끼가 나한테 개겼다 이거야?' 벼르고 벼르며 이를 갈았겠지, 저 새끼 언젠가 본때를 보여 주겠다고. 그 즈음 넌 반에서 질 안 좋기로 유명한 패거리들하고 어울리기 시작했어. 니가 숨겨 왔던 발톱을 드러낸 것도 바로 그 즈음이었지.

하루는 니가 내 샤프를 빌려갔어. 말이 좋아 빌려간 거지, 사실은 뺏어간 거야. 쓰고 있던 걸 말도 없이 쏙 빼갔으니까. 그러면서 나를 흘끔 돌아보는 거야. '어쩔래?' 이렇게 말하는 눈이었어. 나를 떠보려고 한 행동이 분명했지. 화가 났어. 나도 샤프는 그거 하나밖에 없었거든. 그래서 달라고 했지. 내 앞자리에 앉은 니 등을 두드리면서 '규완아, 미안한데 나도 그거밖에 없거든.'이라고, 비굴할 정도로 완곡하게 말했는데 넌 못 들은 척 돌아보지도 않더라. 속이 부글부글 끓었지만 별 수 없었어. 또 니 등을 두드리는 수밖에. '샤프 좀…….' 그제야 니가 귀찮게 엉기는 파리를 쫓듯이 손사래를 쳤어. '꺼져.' 그 말까지 듣고 나니 진짜 뒤통수를 한 대 후려갈기고 싶더라. 그래도 꾹 참고 또 등을 건드렸어. '달라고…….' 니가 홱 돌아보더니 '씨발 새끼, 골통을 확 부셔 벌라.'라면서 내 얼굴에 샤프를 확 던지대. 샤프가 날아와 내 이마를 찍었어. 그때 난 상처가 지금도 이마에 점으로 남았지. 나도 더는 못 참고 벌떡 일어났어. 의자가 뒤로 벌렁 넘어갔고 우당탕 하는 소리에 교실 안의 애들이 전부 너랑 날 돌아봤지. 그땐 진짜 니 면상에 주먹을 날릴 작정이었어. 질 땐 지더라도 내가 그렇게 만만한 놈이 아니라는 사실만은 보여 주고 싶었거든. 근데 니가 더 빨랐어. 빠른 데다 정확했지. 니 주먹은 정확히 여기, 흔히들 관자놀이라고 부르는 '하(霞)'에 적중했어. 그 일격 한 방에 정신이 아득해지더라. 너무 아파서, 정말 죽고 싶을 정도로 아파서 그 자리에 털썩 주저앉았어. 요새 UFC 같은 이종 격투기 보면 상대가 다운되자마자 달려들어서 미친 듯이 펀치를 내리꽂잖아. 그때 니가 딱 그랬어. 그 끔찍한 고통 속에 무방비가 된 날 죽도록 두들겨 팼지. 그때 쉬는 시간 끝나는 종이 울리지 않았다면 정말 어디 한 군데는 부러졌을지도 몰라. 그래도 한쪽 광대뼈가 퉁퉁 부어오르고 코피까지 터져서 도저히 그 자리에서는 수업을 받을 수 없을 지경이었어. 선생이 들어오기 전에 몇몇 애들이 후환을 막겠단 심사로 날 교실 맨 구석진 자리로 옮겼어. 좀 있다 과학 선생이 들어와서 수업을 시작했지. 그때 그 선생이 결혼도 안 한 아가씨였는데 수업하다 짓궂은 애들이 던진 농담에 운 적도 있을 정도로 유약한 사람이었어. 한마디로 너한텐 만만한 선생이었다 이거야. 수업이 시작되고도 난 너무 아프고 분해서 훌쩍댔어. 언젠간 너한테 꼭 받은 만큼 돌려주겠다고 다짐하면서……. 넌 너대로 분이 안 풀렸는지 자꾸 나를 돌아봤어. 수업이 시작된 지 10분이나 지났나? 갑자기 우당탕 하는 소리가 났어. 고개를 들었더니 책상 위로 올라가서 나한테 성큼성큼 달려오는 니가 보이는 거야. 책상 몇 개를 뛰어넘은 넌 그대로 실내화발을 쳐들고 내 정수리를 콱콱 내리찍었지. 솔직히 그때 난 무서웠어, 그 무모할 정도로 무시무시한 살의가……."

21

"하아, 나…… 너 인생 참 피곤하게 산다. 그렇게 시시콜콜한 것까지 어떻게 다 맘에 담아두고 사냐?"

"그러게. 근데 살아 보니 기억은 의지에 반하는 경우가 많아. 잊고 싶은 기억일수록 더 또렷이, 오랫동안 뇌리에 남지. 나도 너랑 관련된 내 머릿속의 기억은 모조리 잘라내서 살처분하고 싶어. 근데 어쩌냐, 20년도 더 지난 그 일들이, 그 말들이, 그 고통이, 그 공포, 그 수치심, 그 모욕감이 어제 일처럼 생생한데……."

"그래, 그래, 병구야, 기억은 안 난다만 그날 내가 오바해서 진짜 미안하다. 지금이라도 풀자, 좋은 게 좋은 거라고…… 어?"

"풀고 안 풀고가 어딨냐, 다 지나간 일인걸. 그냥 오랜만에 널 만나니 옛날 생각이 나서 하는 얘기야."

"그래, 창문 너머 어렴풋이 옛 생각이 나서 그러는 거 아니까 별로 유쾌하지도 않은 옛날 얘긴 인제 좀 그만하자고."

"들어 봐, 아직 많이 남았으니까. 그 뒤로 넌 공공연하게 떠벌리고 다녔어. '난 첨에 저 새끼 싸움 졸라 잘 하는 줄 알았어. 근데 알고 보니까 좆밥이야.' 좆밥에게 긴장하고 좆밥을 견제했다는 사실이 못내 자존심 상했는지 그 후로 넌 정말 지독할 정도로 나를 괴롭혔어. 난 꼼짝 못하고 당하기만 했지. 널 볼 때마다 그날의 공포가 되살아났거든. 거기다 얼마 지나지 않아서 '좆삐꾸'란 별명을 지어 주고도 모자라 패거리들이랑 심심풀이로 나를 갖고 놀았지. 그 일들을 시시콜콜하게 열거하고 싶진 않다. 그래, 다 철없는 애들 때 일이니까. 하지만 그때 내가 정말 죽도록 힘들었다는 말만은 해 둘게. 내 평생 누군가를 죽이고 싶다고 생각한 건 그때가 처음이었으니까."

"나한테 진짜 악감정 많았구나, 너."

"악감정? 악감정이 아니라 살의였지. 죽이고 싶었다니까? 상상 속에서 널 내가 몇 번이나 난도질한 줄 알기나 해? 카터칼을 들고 니 뒤통수를 보면서 니 목을 따는 상상을 수천 번, 아니, 수만 번은 했을 거야. 아침이면 학교 가기가 싫었어, 니가 또 얼마나 나를 괴롭히려나 하는 걱정에. 밤이면 또 잠이 안 왔고, 너한테 당한 게 분하고 억울해서. 심각하게 자살을 고민할 정도였으니 말 다 했지. 난 요즘도 학원 폭력 때문에 누가 자살했단 뉴스 보면 남일 같지가 않아. 자살을 선택한 영혼의 고통이 얼마나 크고 깊은지 난 이해하거든. 설상가상으로 중학교를 졸업할 때까지 내내 난 너랑 한 반이었어. 부모님한테 전학을 시켜 달라고 졸라 보기도 했지만 헛일이었어. 하루 벌어 하루 입에 풀칠하기도 벅찬 내 부모한테 그런 고민은 배부른 고민이었거든. 그래서 교회에 다니기 시작했어. 희정이도 거기서 알게 됐지."

"아 진짜 돌겠네. 웬만하면 참아 볼라고 했는데 도저히 못 참겠고만. 안 그래도 더워 뒤지겠는데 니가 아주 스팀까지 쏴 대는구나. 그래, 알았어! 미안하다고, 사과한다고! 너한테 크고 깊은 영혼의 고통을 줘서 좆나게 미안하니까 인제 고만하자고. 홍주까지 가는 내내 내가 너 괴롭힌 얘기만 하다 말래?"

"너한텐 별 의미 없는 불장난이었는지 모르지만 희정인 나한테 첫사랑이자, 마지막 사랑이었어. 성가를 부르는 개를 볼 때마다 눈이 부시고 가슴이 두근거렸어. 어쩌다 개가 화사하게 미소 지으면서 나한테 인사라도 건넬라치면 숨이 턱 막히고 눈앞이 아득해졌지. 혀가 굳고 다리가 후들거려서 답례도 못하고 번번이 쌩

깠어. 그러곤 뒤에 가서 벙어리 냉가슴만 앓았지."

"씨발, 귓구멍이 처맥혔나. 야, 중간에 말 끊어서 미안한데, 차 좀 세워 줄래? 나 이 똥차 더는 못 타고 가겠거든? 그냥 내려서 걸어갈 테니까 밤새도록 창문 너머 어렴풋이 옛 생각 타령이나 듣고 첫사랑이자 마지막 사랑 희정이 생각하면서 딸을 잡든지 회고록을 쓰든지 마음대로 해라!"

"니가 아직도 뭔가 잘못 알고 있구나. 내가 지금도 니가 죽으라면 죽는 시늉까지 하던 좆삐꾸로 보여? 안됐지만 다 옛날 얘기야. 난 차 세울 용의가 없으니까 정 못 참겠으면 지금이라도 차 문 열고 뛰어내려. 안 말릴 테니까."

"뭐? 너야말로 내가 넥타이 메고 월급쟁이하면서 실실대니까 너랑 동급으로 보이냐? 야, 그러니 니가 이 나이 먹도록 결혼도 못하고 변변한 차도 없이 이런 똥차나 끌고 다니는 거야. 좆삐꾸는 내가 아니라 너야, 새끼야. 막말로 내가 핸들이라도 붙잡고 꺾으면? 사이드라도 땡기면 어쩔 건데?"

"해 봐, 용기 있으면. 안 말릴 테니까."

"하, 진짜 미치고 환장하겠네. 에이, 씨발, 내가 어쩌다 이런 미친 새끼 차를 얻어 타 갖구⋯⋯."

"중3이 되면서 희정일 좋아하는 마음은 더 깊어졌어. 걔 하굣길 중간 지점의 공터 담벼락에 붙어 숨어서 걔가 앞을 지나가 안 보일 때까지 서서 지켜보는 게 내 삶의 유일한 낙이었지. 기다리다 해질녘 즈음 친구랑 곁을 지나가는 걔를 훔쳐보면 온몸의 세포들이 노을빛으로 황홀하게 물들었으니까. 어쩌면 희정이 덕분에 내가 극단의 선택을 하지 않고 지금까지 살아 있는지도 몰라.

그날도 거기에 숨어 희정이가 나타나길 기다렸지. 그런데 누가 내 목덜미를 확 끌어당겼어. 돌아봤는데 니네 패거리였어. '좆삐꾸, 뭐하냐, 여기서?' 니가 씩 비웃으면서 말을 꺼냈어. 사실을 말하기가 뭣해서 좀 어물어물했더니 니가 뒤통수를 후려갈겼어. '통빡 굴리지 말고 똑바로 얘기 안 해?' 그래도 말하고 싶지 않았어. 니들 패거리 앞에서 희정이 얘기를 꺼내는 것만으로도 희정이를 더럽히는 것 같은 찝찝한 기분이 들었거든. '니가 요새 안 맞더니 몸이 근질근질하구나. 차렷! 열중 쉬어!' 이러면서 니가 손마디를 우둑우둑 꺾었어. 그때 니들 패거리 중 하나가 이런 소릴 했지. '난 공부 잘하는 애들은 잘 못 패겠던데.' 그래, 사실 그때만 해도 내가 반에서 10등 안에는 들었거든. 아무튼 그 말에 넌 픽 웃으면서 '왜 못 패.' 이러더니 오락실 앞에 놓인 펀치력 측정 기계에 주먹을 휘두르듯이 그대로 내 배에 주먹을 휘둘렀어. 내장이 파열되는 것만 같은 고통에 숨도 못 쉴 지경이었지. '좆삐꾸, 열중 쉬어 똑바로 안 해?' 그때 발소리가 났어. 돌아봤는데 희정이더라. 친구랑 걔가 다가오는데 니 눈이 나랑 걔를 번갈아가며 보는 거야. 그리고 니가 대충 상황을 짐작하겠다는 듯 코웃음을 쳤지. 눈이 동그래져서 이쪽을 보던 희정이랑 눈이 딱 마주친 순간 니가 또 내 배에 주먹질을 했어. 창자가 끊어지는 것 같은 고통보다, 이런 꼴을 희정이에게 보였다는 수치심 때문에 그 자리에서 혀를 깨물고 죽고 싶은 심정이었다, 진짜. 넌 희정이가 들으란 듯이 일부러 목청을 돋워 '좆삐꾸'를 외쳐 대면서 내 배를 샌드백 삼아 두들겼어. 그것도 기억 안 나지?"

"야, 야이 씨발놈아, 너 진짜 사람 짜증나게 하는데 일가견이 있다? 난 기억에도 없는 옛일을 꼬투리 잡듯이 자꾸 끌고 나와 뭐하자는 플레이냐? 어쩌라고, 좆 잡고 반성하라고? 누구처럼 '내가 너한테 정말 죽을 죄를 졌다! 우리 동창이잖아. 병구야, 내가 개가 되라면 개가 된다!' 이러면서 엉덩이라도 살랑살랑 흔들라고? 제발 부탁하는데 구질구질하니까 좀 참아…… 컥!"

"어때, 아프지? 아플 거야. 급소니까. 거기가 목울대라고들 하지만 전문 용어로는 '비중(祕中)'이라고 해. 살짝 맞아도 숨쉬기가 어렵고 잘못 맞으면 죽어. 흔적도 잘 안 남아서 예전에 고문할 때 애용됐던 부위지."

"개…… 새끼가…… 뒤질라구……."

"말이 나오는 걸 보니 살 만한가 보네. 한 대 더 때려 줘? 이번에는 어디로 해 줄까? 운전 중이라고 널 어떻게 못 할 거 같아? 너, 내가 무슨 일 하는지도 모르지? 딱히 알려줄 필요도 없고 알려주고 싶지도 않다만, 여하튼 너 같은 놈은 눈 감고 손가락만 까딱해도 죽일 수 있어. 거짓말 같지? 보여 줘?"

"……."

"그래, 얌전히 있는 게 니 신상에도 이로워. 뭐 하러 자꾸 매를 버냐. '매에는 장사 없다.' 그 말은 맞아. 말이 나와서 말인데, 아까 내가 옛말도 틀린 거 많다 그랬지? 그 대표적인 예가 뭔지 알아? '때린 놈은 다리 못 뻗고 자도, 맞은 놈은 다리 뻗고 잔다.' 그거야. 널 봐 봐, 다 까먹었잖아. 맞은 난 다 기억하는데……. 그런 니가 가가멜한테 인사 안 했다고 얻어터진 건 왜 말 한마디까지 또렷이 기억하고 있지? 왜 그렇겠냐? 그건 니가 그때 '맞은 놈'이었기 때문이야, '때린 놈'이 아니라. 이미 늦었다만 가가멜한테 물어

봤다 치자, 인사 안 했다고 인생 그 따위로 살지 말라면서 니 싸대기 때린 걸 그 인간이 기억이나 할 거 같애? 못해. 기껏해야 '가가멜 뒤져라' 사건이나 기억하겠지. 그 사건에선 가가멜이 '맞은 놈'이니까."

"……."

"애초에 너한테 뭘 바라고 이런 얘길 꺼낸 거 같아? 반성? 사과? 다 필요 없어. 반성하란다고 반성할 위인도 아니거니와 사과한다고 그 사과가 진심에서 우러난 사과일 리도 없으니까. 그냥 넌 닥치고 내 얘길 끝까지 듣기만 하면 돼. 그럼 되는 거야. 어차피 조수석 차 문은 열리지도 않아. 안에서는 안 열리게 진작 손을 써 뒀으니까. 못 믿겠음 레버 당겨 봐, 열리나. 그러니 이 차에서 내리려면 누가 차 문을 밖에서 열어주든가 유리창을 깨고 나가든가, 니 말대로 핸들을 꺾든지 사이드를 당기고 차를 세워서 나를 지나 운전석 차 문을 열고 내려야 돼. 맨 마지막 방법대로 하려면 먼저 나를 제압해야겠지? 어때? 한번 해 볼래?"

"……."

"좋아, 니가 위험을 감수할 각오가 안 됐다면 하던 얘기나 계속할게.

그날 이후로 난 교회 관뒀어. 희정이랑 다신 얼굴 마주칠 용기가 없어서…… 면전에서 너한테 얻어터지던 나를 보던 걔 눈빛을 지금도 못 잊어. 세상에서 가장 못난 벌레를 보는 눈빛이었어. 그래도 시간은 가더라. 랭보의 시 중에 「지옥에서 보낸 한 철」이란 시 있지? 그 시 볼 때마다 난 끔찍했던 중학생 시절을 생각해. 그 '지옥에서 보낸 한 철'을 마치고 졸업하던 날 가장 홀가분했던 건

바로 너란 인간을 더는 안 봐도 된단 사실이었어. 근데…… 오산 이더라. 분명 고만고만한 패거리들이랑 어울려 다니면서 못된 짓 이나 일삼으면서 공부는 뒷전이었던 니가 어찌어찌해서 나랑 같 은 인문계로 진학을 한 거야, 뺑뺑이로 배정받는 세 학교 중에 하필 같은 학교로. 니 말대로 정말 미치고 환장할 노릇이었지. 그뿐이냐, 고등학교 2학년 때에는 너랑 한 반에서 1년을 났잖아. 악연도 그런 악연이 없었지. 고등학교는 그래도 중학교처럼 원초 적인 서열 개념은 없었다만 힘센 놈이 대접받는 풍토는 여전했 어. 뭐, 그야 세상 어딜 가나 마찬가지다만. 넌 중학교 때처럼 물 리적인 폭력으로 나를 괴롭히지는 않았어. 대신 인격적인 모욕, 정신적인 고통을 주는 방식으로 질긴 학대를 이어나갔지. 물론 넌 고등학교에서도 껄렁껄렁한 놈들이랑 어울리면서 양아치 짓 거리를 해 댔고……. 그리고 너랑 나 사이에 다시 희정이가 끼어 들었어. 고2 때 매일 아침 희정이랑 같은 버스 타게 된 거야. 원 래 홍주여고랑 홍주고가 두 정거장밖에 안 떨어져 있잖아. 근데 걔가 우리 집 근처로 이사를 오면서 매일 아침 마주치게 된 거 지. 먼저 알은척을 해 온 것도 희정이었어. '어? 병구 아니니?' 이 러면서. 더 예뻐졌더라. 더 성숙하고. 희정이랑 버스를 타는 매일 아침이 나한텐 하루 중 가장 행복한 시간이었어. 버스가 흔들릴 때 걔 몸이 나한테 닿으면, 어쩌다 손이라도 스치면, 걔 가방이 라도 받아 주면 그렇게 황홀할 수가 없었어. 희정이랑 얘기를 하 고 있으면 시간이 어떻게 가는지도 모를 정도였어. 무슨 얘기를 했는지 기억나지도 않고 그냥 화사하게 웃던 걔 얼굴만 머릿속 에 가득했어. 근데 니들 패거리 중 하나가 그 광경을 봤던가 봐.

'와, 병구 새끼, 졸라 쌈박한 애랑 친하더라?' 뭐 이딴 소릴 지껄였겠지. '야, 좆빠구, 너랑 친하단 개가 전에 그 조희정 맞지?' 이러면서 니가 우리 사이에 끼어든 게 벚꽃 축제를 준비하던 봄이었어. '너 말주변도 없잖아. 내가 희정이랑 다릴 놔 줄 테니까 나만 믿어 봐, 새꺄.' 그러면서 넌 또 나를 핑계로 희정이한테 접근했어. 그때 왜 내가 널 붙들지 않았을까, 그때 왜 내가 희정이한테 경고를 해 주지 않았을까. 왜겠어, 니가 나보다 강한 놈이었으니 그렇지. 결국 나를 핑계로 희정이한테 접근한 넌 내가 희정이한테 다가갈 다리를 아예 끊어 버렸어. 벚꽃 축제 때 봤더니 너랑 희정인 나란히 교정을 걷는 커플이 돼 있더라. 사실 외모로보나 말발로 보나 니가 나보단 훨씬 낫지. 희정인 그런 니 겉모습에 혹했던 거야. 그래, 어차피 여자는 잘난 놈한테 끌리게 돼 있으니까. 희정일 너한테 뺏긴 게 분하고 슬퍼도 어쩌겠어. 먼발치에서 멍하니 니들을 지켜보며 니가 여자한텐 다른 놈이길, 희정이가 너한테 상처를 안 받길 바랄 수밖에 없었지. 근데 너란 놈은 끝까지 나한테 상철 줬어. 그거 알아?"

"내가 뭘, 어쨌는데?"

"그래, 기억 안 나겠지. 넌 희정이랑 사귄 지 얼마 안 돼서부터 공공연하게 애들한테 떠벌리고 다녔어. 드디어 희정일 따먹었다는 둥, 신음 소리가 죽여 준다는 둥, 꽉꽉 조여 준다는 둥……. 그런 개소릴 떠벌리고 다니는 니 목을 졸라 버리고 싶은 충동을 억누르느라 얼마나 어금니를 깨물었는지 알기나 해? 근데 얼마되지도 않아서 넌 더한 짓거릴 하고 다녔어. 그건 기억 나?"

"뭐?"

"앵벌이. 희정일 임신시켰다면서 애를 뗀다고 수술비를 보태 달라면서 이놈 저놈한테 돈을 빌리러 다녔거든. 말이 빌리는 거지, 사실 삥 뜯는 거였지만. 그때 나한테까지 뻔뻔하게 손을 내미는 너란 새낄 정말 갈가리 찢어발기고 싶었어. 근데 더 기가 막힌 건 수술비를 마련한 넌 그걸 유흥비로 탕진했단 거야. 희정인 보란 듯이 걷어찼고. 단물 빨아먹을 만큼 빨아먹었다 이거였겠지. 그 일로 희정이가 얼마나 큰 상처를 받았는지 모르지? 자살까지 시도했어. 그 자살 미수가 결국 희정이가 홍주를 떠서 다른 데로 전학 가는 계기가 됐고……. 희정인 죽는 날까지 너란 새끼가 선사한 우울증에 시달렸어."

"그러니까 지금 걔가 죽은 게 내 책임이다, 이거야?"

"결론적으로 그렇다고 볼 수 있지. 인유두종 바이러스라고 들어 봤어? HPV라고, 섹스로 감염되는 바이러스야. 자궁암, 정확히 말하자면 자궁 경부암의 약 90퍼센트가 바로 유두종 바이러스 때문에 발병하게 되지. 자궁 경부의 정상 세포가 암 덩어리로 변하는데 평균 얼마나 걸리는 줄 알아? 12년에서 14년이야. 이런저런 걸레들한테 휘두르고 다녔던 니 물건이 심어 둔 인유두종 바이러스가 희정이의 자궁 속에서 12년 만에 성공적으로 발아한 거야, 자궁암으로."

"소설을 써라, 아주. 약 90프로라며? 그럼 나머지 10프로의 가능성은 생각 안 하냐?"

"안 해. 넌 그것도 까맣게 잊었을 테지만 난 니가 희정이랑 사귀던 무렵 화장실에서 니가 니들 패거리들한테 지껄였던 소릴 지금도 기억하거든. '아, 미치겠네. 좆대가리에 뭔 사마귀 같은 게

났어.' 니 말에 한 놈이 아는 체했지. '야, 그거 곤지름인가 그럴 걸? 그러니까 좀 작작 좀 쑤시고 다녀라, 새꺄.' 그래, 물론 니 말 대로 10퍼센트의 가능성이 있긴 하지. 하지만 니가 그때 희정이한테 HPV 바이러스를 옮긴 건 부정할 수 없는 사실이야."

"걔가 나하고만 잤대? 증거 있어?"

"희정이가 결혼 전에 나한테 고백했으니까. 그리고 난 걔 고백을 믿어."

"희정이가…… 너랑 결혼을 했다고?"

"그래, 걜 찾아내느라 전국 방방곡곡을 미친 듯이 뒤졌어. 흥신소까지 동원해 2년 만에 찾아낸 걔를 1년 넘게 쫓아 다닌 끝에 결혼했어. 인간 승리 아니냐? 근데 인간 승리가 아니었어. 그렇게 결혼한 지 3년 만에 발병했거든. 병원에 갔더니 말기라더라. 다 와 가네. 니네 집이 홍주시 북구 명복동 2914번지, 맞지?"

"니가…… 그걸 어떻게 알아?"

"미리 좀 알아 봤지. 형철이랑 형민이, 귀엽던데? 형철인 진짜 널 쏙 빼닮았더라."

"뭐? 너 이 개새끼, 뭐야, 우리 식구들한테 뭔 짓 한 거야."

"놋쇠 황소라고 들어봤어? 언젠가 디스커버리 채널에서 봤는데…… 고대 그리스 시실리 섬에 팔라리스라는 폭군이 있었대. 그 인간이 장인한테 시켜서 속이 텅 빈 커다란 놋쇠 황소를 만들었다는 거야. 거기에 사람을 넣고 입구를 잠근 다음 밑에서 불을 지피는 거지. 놋쇠가 또 열전도율이 엄청나게 좋으니까 금세 놋쇠 황소 속은 찜통이 되겠지. 말하자면 놋쇠 황소는 거대한 오븐이 되는 거고, 사람은 그 속에서 산 채로 불고기가 되는 거야.

바깥쪽 살갗은 타들어가고 속은 수분이 증발하면서 딱딱하게 익어 버린대."

"야 이 씨발 새끼야, 개소리 지껄이지 말고 똑바로 말해. 뭐야, 우리 애들한테 무슨 짓 한 거야?"

"재미있는 게 뭔지 알아? 놋쇠 황소의 주둥이 속에 호른 같은 관악기 식으로 파이프가 연결되어 있었단 거야. 불을 지피고 황소 속의 공기가 극도로 뜨거워지면 희생자는 그 파이프에 입을 대고 숨을 쉬었대. 유일하게 바깥 공기를 들이마실 수 있는 통로였으니까. 그러다 희생자가 생살이 타들어가는 고통을 못 이기고 비명을 질러 대면 그 파이프로 희생자가 내지르는 비명이 황소가 울부짖는 소리로 변형돼서 시실리에 울려 퍼졌다는 거야. 첫 희생자가 누구였냐면 그걸 만든 장인이었어. 장인이 황소를 완성해서 팔라리스한테 갖다 바쳤더니 팔라리스가 그랬대, 소 울음소리가 제대로 나는지 황소 안에 들어가서 소리를 내 보라고. 장인이 황소 속에 들어가자마자 팔라리스가 부하들을 시켜 입구를 잠그고 황소 밑에서 불을 지폈대. 황소 속에 갇힌 장인이 파이프에 대고 울부짖는 소리가 시실리를 뒤흔들었대. 팔라리스란 인간은 그 놋쇠 황소를 그렇게 좋아해서 정적을 잡아다 거기에 집어넣고 불을 지펴놓곤 연회도 열고 그랬다네. 인간이 아니라 악마였지."

"말해, 뭔 짓을 했는지 말하란 말이야!"

"넌 까맣게 잊었지만, 난 너란 인간이 만들어 준 기억이란 놋쇠 황소 속에서 여태껏 울부짖으며 살았어. 상처가 불길이 돼서 내 영혼을 태울 때마다 짐승처럼……. 지금까지 내가 너한테 해

준 얘긴 그 놋쇠 황소가 울부짖는 소리의 메아리였다고 생각하면 될 거야."

"너 이 개새끼, 만약에 우리 식구들한테 무슨 일이라도 있어 봐, 진짜 죽여 버릴 테니까!"

"무슨 일이 있을 거 같애? 게거품 그만 물고 맞춰 봐."

"씨발놈아, 간족대지 말고 말해!"

"다 왔네. 그렇게 궁금하면 뛰어 들어가서 확인해 봐. 형철이 형민이도 다 듣고 있을 테니까 욕은 그만하고……. 출발하기 전에 확인해 보니 애들 깼다더라. 아, 우리가 오는 동안 한 얘기 말인데, 제수씨랑 애들도 다 들었을 거야. 내가 대시보드 밑에 장난감을 하나 달아 놨거든. 보여? 저 장난감이랑 연결된 수신기는 니네 집 거실 오디오랑 붙여 놨어. 제수씨한텐 미리 양해를 구해 놨으니 알 거야. 아이고, 많이 늦었네. 들어가. 아, 차문 열어줘야지. 자아, 내리세요."

"……"

"아까 니가 차 타면서 잠깐 맞았는데 쫄딱 젖었다고 그랬지? 인생이 그런 거야. 희정이 상 치르면서 별의별 방법을 다 생각해 봤어. 거세를 해 버릴까, 다리를 작신작신 분질러 버릴까, 이도 저도 아니면 확 죽여 버릴까. 근데 다 싱겁더라고. 그래서 그냥 너란 인간이 어떤 인간이었는지 니네 식구들한테 알려 주는 게 낫겠단 생각이 드는 거야. 니가 나한테 놋쇠 황소를 만들어 줬으니 나도 너한테 보답으로 놋쇠 황소를 만들어 줘야지, 그게 가장 공평한 거 아니겠어? 앞으로 살면서 너무 뜨거우면 가끔 파이프에 대고 황소 울음소리도 내고 그래. 내가 기꺼이 들어 줄 테니까."

"……."

"그러언 슬픈 눈으로오오 나를 보지 말아요오오. 가 버린 날
들이지마아안 잊혀지진 않을 거예요오오. 진짜 명곡 아니냐? 너
도 앞으로 남은 니 인생 동안 이 노랠 오래오래 곱씹게 될 거야."

# 오타

## 이종권

공포 소설을 쓰면서 주위의 모든 환경과 사물이 공포의 대상으로 변했다. 일종의 경외심? 고마운 일이다. 특정 장르의 글쓰기만 할 마음은 없지만 지금은 스티븐 킹 같은 큰 사람이 되는 게 목표다.

미영은 남자 친구에게 이메일을 쓰기로 결심한다. 헤어진 지 꼬박 10일째가 되던 날이다. 헤어지자고 말한 사람은 자신이지만, 진심이 아니었다. 미안하다는 말, 용서해 달라는 말, 단지 그 말이 듣고 싶었을 뿐이다. 하지만 남자 친구는 헤어진 후로 단 한 번도 연락이 없었고, 오히려 새로운 여자가 생겼다는 소문까지 들려왔다. 자존심이 강한 미영이었지만 이대로 가다가 다시는 돌이킬 수가 없다는 생각이 들어 굳은 맘을 먹고 컴퓨터 앞에 앉는다.

이메일 주소 창에 남자 친구의 주소를 입력한 후 미영은 어떤 내용을 써야 할지 고민한다.

'먼저 사과를 하는 게 좋을까? 아냐, 내가 왜 사과를 해. 용서해 준다고 하는 게 좋겠지? 아냐, 이건 너무 호소력이 없어. 음, 음…….'

허리까지 내려오는 생머리를 손으로 꼬아가며 미영은 생각에 잠긴다. 무작정 사과하고 용서를 구하면 그만이었으나 그것만큼은 자존심이 허락하질 않는다.

"……이건 아냐……이것도 아냐……아, 이것도……."

계속해서 썼다 지웠다가를 반복하던 미영에게 순간 짜증이 밀려오기 시작한다.

'대체 내가 왜 이런 짓을 해야 하는 거지? 따지고 보면 다 그 자식이 잘못한 거잖아. 지금 무릎 꿇고 싹싹 빌어도 모자랄 판에 감히 다른 여자를 만나?'

그 순간,

**죽어.**

미영은 무의식적으로 '죽어'라는 글자를 치고 만다.

"어? 이러면 안 되지. 깜짝이야……."

의도하지 않게 손이 움직여 스스로도 깜짝 놀란다. 도리질을 치며 백스페이스를 연타한다. 그리고 또 다시 한참 동안 머리를 쥐어뜯는다. 그러던 중, 무언가 결심했는지 양손으로 뺨을 한 번 철썩 때린다.

"그래, 유미영! 오늘 딱 한 번만 자존심 버리자. 정말 내 생애 마지막이다. 알았지, 미영아?"

미영은 무조건 굽히기로 작정한다. 일단 마음이 정해지자 미영은 거침없이 타자를 쳐 내려간다. 보기 민망한 표현도 서슴지 않는다.

"나 는 아 직 도 널 사 랑…… 그런데 이 나쁜 새끼가 어떻게 다른 여자를…… 망할 새끼……."

한창 글을 쓰다가 또다시 나쁜 생각이 떠오른다. 깜짝 놀라 고개를 절레절레 흔드는 미영. 그렇게 울컥하는 마음을 여러 번 가라앉히며 다양한 애정 표현으로 범벅된 이메일을 가까스로 완성해간다.

'이 정도면 되겠지. 이렇게 정성을 들였는데도 안 돌아오면 진짜 나쁜 새끼다.'

A4 용지로 다섯 장은 거뜬할 길이의 장문이다. 문장의 끝마다 갖가지 이모티콘을 곁들였는데 특히 하트가 가장 많다. 그녀는 마우스 휠로 스크롤을 오르락내리락하며 자신의 글을 만족스러운 표정으로 본다.

"음…… '보고 싶은 형석이에게.' 아, 아냐. 'To. 형석.' 아 이것도 아냐. 음음……."

마지막으로 제목만 적으면 메일은 완성이다. 이것도 미영에게는 쉽사리 결정하기 힘든 고민이다. 여러 문구를 놓고 걱정하다가 결국 '사랑하는 형석에게'로 타협을 보고 제목을 입력한다. 문장양 옆으로 하트를 두 개씩 박는 것도 잊지 않는다. 보내기 전에 한 번만 더 글을 확인해 볼까 하다가, 왠지 그놈의 자존심 때문에 지금까지의 노력이 물거품이 될까 두려워 눈 딱 감고 '메일 보내기'를 클릭한다.

•••발송 중 입니다. 잠시만 기다려 주세요.•••

이제 남자 친구가 읽는 일만 남았다. 어쩌면 벌써 읽고 있을지도 모른다. 메일이 오면 핸드폰으로 알람이 오게 할 정도로 꼼꼼하게 체크하는 남자 친구의 버릇을 미영은 잘 알고 있다. 미영은 초조한 마음으로 '보낸메일함'을 클릭하고 방금 보낸 메일을 연다.

다시 봐도 정성이 느껴지는 이메일이라고 생각하며 첫 줄부터 읽어 내려가기 시작한다.

용서해 줘 제발(ㅋ_T) 난 너 없이는 못 사는 거 알잖니(ㅋ_T)
너와 헤어지고 나의 삶은… 하루하루가 지옥이었어(ㅠ.ㅠ)
사랑한다구~♡ 너도 사랑한다고 말해 줄 거지?(~.^)

"아 내가 왜 이런 말을 했지. 미치겠네……."
쓸 때는 몰랐는데 다시 보니 온통 낯 뜨거운 말뿐이다. 후회하지 말자고 되뇌며 꾹 참고 읽어 내려간다. 그런데 미영이 갑자기 한 문장에서 멈칫한다.

나는 아직도 널 사랑해♡ 죽어. 너도 아직 날 사랑하잖아 그렇지?(★^^)/

"어? 이거 뭐야, 언제 이런 말이 들어간 거야!"
미영은 당황하기 시작한다. 자신도 모르게 '죽어'라는 말을 문장에 섞어 버린 것이다.
'메일을 취소해야 돼…… 제발 읽지 않았기를…… 제발…….'
부랴부랴 '수신확인'을 클릭하는 미영.
**받은날짜 : 2008. 8. 18 (20:47)**
한발 늦었다. 남자 친구는 이미 미영의 메일을 열어 버렸다. 이제는 돌이킬 수 없다.
'내가 대체 그 말을 왜 쓴 걸까. 혹시 아까 나쁜 생각이 들었을

때, 그때 무의식적으로 쓴 건가? 미치겠네, 정말!'

　단어 하나 때문에 모든 게 물거품이 될지도 모른다고 생각하니 정말 미칠 노릇이다. 그가 다른 문장들을 보면서 이런 오타쯤은 대수롭지 않게 여겨 주길 간절히 바랄 뿐. 미영은 애꿎은 입술만 계속 깨물며 초조하게 시간을 보낸다. 오른손은 마우스 왼쪽 버튼을 연신 두드려 댄다. 남자 친구의 답장을 바로 확인하고 싶은 마음에 '받은메일함'을 계속해서 클릭하는 것이다. 그렇게 10분쯤 지났을까. 지치지 않고 클릭하던 미영의 손가락이 멈춘다.

　**RE: ♥♡사랑하는 형석에게♡♥　　　(21:10:43)　　2.1k**

　기다리던 남자 친구의 답장. 그런데 제목이 미영 본인이 보낸 그대로다. 그리고 터무니없이 적은 용량. 대체 몇 마디나 적혀 있을까. 미영은 긴장되는 마음에 쉽사리 클릭하지 못하고 손만 부들부들 떤다.

　'그래, 괜찮을 거야. 분명히 보고 싶다고, 사랑한다고 적혀 있을 거야.'

　두근거리는 마음을 억지로 진정시키며 돌덩이 같이 굳어 버린 손가락을 내려 마우스를 클릭한다. 메일 주소 하단으로, 보낸 사람 '김형석'을 다시 한 번 확인하고 스크롤을 내린다.

　**죽어**

　짧고 간결했다. 그는 미영이 실수로 적은 단어 하나만을 사용해서 답장을 보낸 것이다. 슬픔과 충격에 휩싸인 미영은 한동안 그 간결한 메일에서 눈을 떼지 못한다.

　'어떻게 나한테 이럴 수가 있지? 고작 이런 답장을 받으려고 내가…… 이렇게 고생해서 메일을 썼단 말이야. 나쁜 새끼. 정말 나

쁜 새끼.'

한편으로는, 그런 실수를 간과하지 않는 남자 친구의 꼼꼼한 성격을 알고 있었는데도 확인하지 않고 메일을 보낸 스스로가 원망스럽다. 그래도 수확은 있다. 남자 친구에게 더 이상 미련의 여지가 없음을 알았으니 끙끙 앓을 시간은 줄 게 아닌가.

'그래, 나 혼자 가슴앓이 하지 말고 깨끗이 포기하자. 형석이는 더 이상 나한테 마음이 없는 게 분명해.'

열은 받지만 동시에 고마운 메일이다. 그녀는 그렇게 한참 동안, '죽어'라는 한 단어가 전부인 메일을 쳐다보고 또 쳐다본다.


다음 날 아침, 미영은 밤새도록 뒤척이다가 늦잠을 자고 만다. 적어도 7시에는 일어나야 정상적으로 준비를 마치고 9시까지 출근을 하는데, 무려 한 시간이나 늦게 일어나 버린 것이다. 밤새 울었는지 통통 부은 얼굴로 정신없이 화장실을 향해 달려간다. 고양이 세수와 가글로 초고속 세면을 마치고 부스스한 머리를 빗질만으로 진정시킨 채 주섬주섬 옷을 입기 시작한다. 마지막으로 잊은 건 없는지 주위를 둘러보던 미영이 문득 켜져 있는 컴퓨터를 발견한다.

"어? 내가 어제 컴퓨터를 켜 놓고 잤던가?"

슬쩍 마우스를 움직여 보니 까만 대기 화면이 원래대로 전환된다. '죽어'라고 적혀 있는 남자 친구의 답장도 그대로 열어 놓은 상태다.

"어, 이상하네. 어제 분명히 컴퓨터를 끈 기억이 나는데."

미영은 늦었지만 이왕 컴퓨터가 켜 있는 김에 받은 메일이 혹시 있는지 들어가 본다.

"어? 형석이?"

남자 친구에게서 두 통의 메일이 와 있다. 보낸 시간만 다를 뿐 제목과 용량은 어제와 똑같다. 첫 번째 메일을 클릭한다.

**죽어**

두 번째 메일을 클릭한다.

**죽어**


출근길. 미영은 만원 버스 안에서 용케 자리에 앉는 데 성공한다. 하지만 미영은 그 어느 날보다 지끈거리는 편두통에 시달리고 있다. 물론 두통의 원인은 남자 친구다.

'내가 미친년이지. 그런 오타는 왜 쳐 가지고.'

자책에 이어지는 원망.

'그래도 그 나쁜 새끼. 차라리 무시를 하든가. 똑같은 메일을 세 번이나 보내서 나를 엿 먹여? 개새끼.'

30분이나 지각한 출근길이라 미영의 마음은 더더욱 불편하다. 게다가 오늘 조회는 악독하기로 소문난 '악녀' 양 과장이 맡는 날이 아닌가. 정말 최악의 아침이다.

버스는 세종 사거리를 지나 시청역 4번 출구 앞에서 멈춘다. 문이 열리자 마치 팝콘이 터지듯 버스에서 사람들이 밀려나온다. 미영 또한 그들 중 한 명이다. 버스에서 내린 미영이 사람들을 밀치며 달리기 시작한다. 놀랍게도 회사 엘리베이터 앞까지 2분 만에 도착한다. 숨이 턱 끝까지 차올라 볼썽사납게 헥헥 거리긴 하지만.

"어, 미영 씨. 어디 급한 일 있나 봐?"

귀에 익은 목소리. 미영은 조심스럽게 고개를 들어 상대방을 확인한다. 갈색 휴고 보스 정장, 배가 살짝 나왔지만 위엄 있는 풍채.

"아, 아! 사장님 안녕하십니까!"

다름 아닌 미영이 근무하는 회사의 사장이다. 입가에 미소를 띠고 있지만 눈가를 찌푸린 걸로 보아 결코 좋은 시선은 아니다.

"그래, 혹시 지금 출근 하는 건 아니겠지? 만약에 그런 거면…… 적어도 40분은 늦었는데 말이야, 그렇지?"

사장이 손목에 찬 파텍 시계를 쳐다보며 말한다.

"아, 저기, 그게, 음."

우물쭈물하던 미영이 끝내 고개를 떨군 채 아무 말도 하지 못한다.

땡.

때마침 들려오는 엘리베이터 벨소리. 미영이 고개를 슬쩍 들어 사장의 눈치를 살핀다.

"저…… 사장님…… 엘리베이터 왔는데요."

미영을 빤히 쳐다보던 사장이 '쯧' 하고 혀를 한 번 찬다.

"아, 나는 1층에 볼일이 좀 있어. 그리고 양 과장한테 이따가 오후에 잠깐 내 방에 들르라고 하세요. 참나 사원 관리를 이 모양으로 하나."

"예…… 알겠습니다."

시무룩한 표정으로 엘리베이터 문을 닫는 미영. 9층 버튼을 누르고, 모서리에 기댄 채 핸드폰을 꺼낸다. 그리고 액정을 확인하는 순간 미영의 눈이 갑자기 커진다.

**읽지 않은 메시지 53개가 있습니다.**

53개. 미영이 남자 친구와 헤어진 후 하루 평균 받는 문자메시지의 양은 50개는커녕 30개도 될까 말까다. 불과 한 시간도 안 되는 사이에 거의 이틀 치의 메시지가 온 셈이다. 평소 같았으면 기대하는 마음으로 문자를 확인했겠지만, 오늘은 불안함이 앞선다. 미영이 확인 버튼을 누른다.

**(싸이월드) 쪽지(New)**

**통화 : 연결하기**

"응? 이게 뭐야."

뭔가 이상함을 느낀 미영이 다음 메시지를 확인한다.

**(싸이월드) 쪽지(New)**

**통화 : 연결하기**

똑같은 메시지. 그 다음도, 그 다음 메시지도 역시 같다. 미영의 엄지가 바쁘게 움직인다.

미영은 엘리베이터가 열린 줄도 모르고 메시지 확인에 몰두한다. 메시지의 내용은 모두 똑같다. 적어도 지금 확인 중인 34번째까지는.

"유미영 씨! 당신이란 사람은 정말!"

미영이 화들짝 놀라 고개를 든다. 엘리베이터 앞으로, 팔짱을 끼고 표독스럽게 자신을 쳐다보는 양 과장이 보인다.

점심시간.

미영은 오전 내내 양 과장의 눈치를 보느라 스트레스가 이만 저만이 아니었다. 구내식당에서 점심을 먹는 둥 마는 둥 하고 자리로 돌아와 컴퓨터를 켠다. 한 손으로는 300원짜리 싸구려 종이컵 커피를 들고 있다.

미영은 아침에 확인한 메시지의 정체가 궁금하다. 똑같은 내용의 메시지. 점심시간에 확인해 본 바로는 32개가 더 와 있었다. 윈도우 로그인 화면에 엔터를 누르고, 곧장 익스플로러 아이콘을 클릭한다. 주소창에 자신의 미니홈피 주소를 입력한 후 팝업 창이 뜨길 기다린다. 초조한지 종이컵 끝 부분을 연신 물어뜯다가, 화면이 나타나자마자 받은 쪽지함을 클릭한다.

| 김형석 | 죽어 | 08.8.19 |
|--------|------|---------|
| 김형석 | 죽어 | 08.8.19 |
| 김형석 | 죽어 | 08.8.19 |
| 김형석 | 죽어 | 08.8.19 |
| 김형석 | 죽어 | 08.8.19 |
| 김형석 | 죽어 | 08.8.19 |
| 김형석 | 죽어 | 08.8.19 |
| 김형석 | 죽어 | 08.8.19 |
| 김형석 | 죽어 | 08.8.19 |
| 김형석 | 죽어 | 08.8.19 |
| 김형석 | 죽어 | 08.8.19 |

미영은 잠시 할 말을 잃는다. 한 페이지당 10개의 쪽지가 보이는데, 안 읽은 쪽지가 8페이지에 달한다. 미영은 굳이 상세 내용을 확인하지 않아도 되겠다고 판단, 그저 멍하니 다음 페이지를 클릭한다.

김형석　　　　죽어　　　　　　　08.8.19

다음 페이지도 사정은 마찬가지다. 그 다음 페이지도, 그 다음 다음 페이지도. 그렇게 80개의 쪽지 중 78개가 남자 친구로부터 온 것으로, 쪽지의 내용은 한결같이 '죽어' 두 글자다.

미영은 정신 나간 사람처럼 입을 반쯤 벌린 채 모니터만 쳐다본다. 그나마 남아 있던 정마저 싹 사라지는 기분이다. 대체 무엇 때문에 이런 짓을 하는 거지? 그 상태로 시간이 조금 흐르자 마치 전기가 흐르듯 온몸에 소름이 돋기 시작한다. 극도의 불쾌감, 그리고 모멸감. 어느새 얼굴까지 시뻘게진 미영이 자신의 핸드폰 슬라이드를 거칠게 밀어 올린다. 그리고 1번 버튼을 길게 누른다. '우리여보♥'라는 글자와 함께 연결중이라는 메시지가 액정화면에 뜬다. 아직도 단축키 1번에 저장 되어 있는 남자 친구의 번호.

뚜우…… 뚜우…… 뚜우…….

언제나 연결 음이 세 번 넘기 전에 받던 남자 친구였다. 그런데,

뚜우…… 뚜우…… 뚜우…… 뚜우…… **고객께서 전화를 받지 않으십니다. 잠시 후 소리샘에 연결됩니다.**

끝끝내 전화를 받지 않는다. 두 번을, 세 번을 걸어도 마찬가지다. 미영이 시계를 확인한다. 12시 58분. 점심시간은 2분 남았다.

미영이 재빨리 마우스를 클릭한다. 클릭한 곳은 쪽지의 '답장쓰기'였다.

　　이 나쁜 새끼야. 내가 실수 하나 했다고 그렇게 꼬투리를 잡니? 이제 진짜 끝이야. 다신 너한테 연락 안 할 거니까, 너도 이제 이딴 유치한 짓 그만해. 평생 얼굴 볼 일 없었으면 좋겠다. 그동안 고마웠어. 안녕.

　　1분도 안 걸려 썼지만 쉽게 클릭하지 못하는 미영. 좋은 말로 다시 쓸까라는 생각 때문이다. 하지만 곧 있으면 양 과장이 들어올 테고 이런 사소한 일로 또 꼬투리를 잡을 게 뻔하다.
　　'나쁜 새끼. 이제 끝이다, 김형석. 잘 살아라!'
　　눈을 질끈 감은 미영이 오른손 검지에 힘을 준다.
　　**쪽지가 발송 되었습니다.**
　　'이걸로 끝이야. 그놈도 생각이 있으면 더 이상은 나한테 안 그러겠지.'
　　미영은 울음을 터뜨린다.


　　오후 6시.
　　부리나케 퇴근 준비를 하는 미영. 책상만 대충 정리하고 숄더백을 어깨에 걸치는데,
　　"미영 씨, 잠깐."
　　양 과장이 미영을 부른다. 퉁퉁 부은 눈을 들킬까 봐, 미영은

가방으로 얼굴을 가리고 대답한다.

"……네?"

"잠깐 나 좀 보고 가."

자리에 앉은 채 두툼한 서류 뭉치를 책상에 두드리는 양 과장의 표정이 무심하다. 미영의 입에서 절로 한숨이 나온다.

"미영 씨, 요즘 왜 그래?"

"아, 죄송해요. 제가 오늘 늦잠을 자는 바람에."

"오늘뿐이 아니잖아. 요 근래 계속 업무 상태도 안 좋고, 무기력하고, 대체 왜 그러냐고."

"저기…… 그건……."

"소문 들어 보니까, 남자 친구랑 헤어지고 뭐 어쨌다는 것 같은데, 그것 때문이야?"

"아니…… 뭐 그것도 영향이 없다고 할 수는 없겠지만…… 그게……."

"유미영 씨!"

"네, 네?"

"당신 어린애야? 공적인 것과, 사적인 것도 구분 못해? 내가 당신 때문에 사장님한테 욕을 먹어야겠냐고!"

"아…… 죄, 죄송합니다."

"아까는 왜 또 질질 짠 거야? 가뜩이나 요즘 사내 분위기 안좋은데, 자꾸 이런 식으로 나올 거야?"

"아…… 정말, 정말 죄송합니다."

"미영 씨, 자꾸 내 눈 밖에 나는데, 조심해. 미영 씨 한 사람 짐 챙기게 하는 거, 식은 죽 먹기니까."

"……예, 알겠습니다."

집에 돌아오는 미영의 발걸음이 무겁다. 예전 같으면 남자 친구에게 전화를 걸어 양 과장 욕이라도 실컷 했을 텐데, 이제는 그것도 불가능하다. 그러기는커녕 누군가에게 남자 친구를 욕해야 할 판이었으니. 하지만 따지고 보면 이 일은 자신의 오타에서 비롯된 것이기 때문에 원망의 화살은 이내 자신에게 꽂힌다. 복잡한 마음은 표정으로 나타났고, 그런 미영을, 지나가는 사람들은 힐끗힐끗 쳐다보곤 한다. 미영에게는 그것조차 스트레스다.

버스 안에서도 마찬가지다. 만원 버스의 승객들은 대부분 표정이 미영과 비슷해서 불쾌한 시선에 시달리진 않는다. 하지만 사람들 틈새에 꽉 끼어 있다는 것 자체가 큰 스트레스다. 거기에 의도인지 실수인지 뒤의 남자가 자신의 엉덩이를 손으로 툭툭 건드리기까지 한다. 미영은 그저 참는 수밖에 없다. 적어도 지금은 참는 것이 전부라고 생각한다.

**이번 역은 푸른지오 아파트 앞입니다. 다음 역은 당산역 삼선 아파트 앞입니다.**

어둠이 자욱한 저녁 7시. 정문 앞에서 분리수거에 한창인 경비와 가볍게 목례를 주고받고 미영은 자신의 아파트 동으로 걸음을 옮긴다. 중간 중간 아는 이웃들이 인사를 해 오면 미영은 그때마다 어색한 웃음을 지으며 가볍게 고개를 숙인다. 엘리베이터 앞에 도달한 미영이 뜨거운 물에 몸을 담그고 싶다는 생각을 하며 버튼을 누른다.

땡. 도착 차임과 함께 문이 열린다. 미영은 아무도 없는 엘리베이터에 몸을 싣는다. 그리고 자신의 집이 있는 13층 버튼을 누른다. 올라가는 동안에도 여전히 미영의 머릿속은 복잡하기만 하다. 일단 목욕이 너무 하고 싶다.

땡. 엘리베이터 문이 열리고,

"와, 1309호 언니다! 언니, 이제 집에 와?"

미영의 반 토막밖에 안 되는 꼬마가 문이 열리자마자 웃으며 달려든다.

"어, 어. 지민이구나. 어디 놀러가니?"

1307호에 사는 9살, 박지민. 지민은 미영을 1309호 언니라는 애칭으로 부르며, 가끔씩 혼자 사는 미영의 집에 놀러 와 컴퓨터 게임을 가르쳐 주곤 한다.

"응, 지민이 잠깐 4층에서 유리랑 놀기로 했어. 아 맞다. 근데 언니 있잖아아."

"응? 언니한테 할 말 있니?"

"응응. 오늘 언니네 집 문 앞에 스티커가 잔뜩 붙어 있었어."

지민의 말에 미영이 고개를 갸웃한다.

"스티커? 전단지 말이니? 너희 집엔 없는데 우리 집만 잔뜩 붙어 있니?"

지민이 고개를 끄덕인다.

"응응. 내가 잘 보진 않았는데, 아무튼 되게 많았어!"

"그래, 지민아. 내가 보고 혼내 줘야겠구나."

미영이 지민의 머리를 쓰다듬는다. 지민이 해맑게 웃는 얼굴로 미영을 한 번 바라보고는 엘리베이터 안으로 후다닥 들어간다.

"언니, 그럼 나 갈게. 빠이, 빠이."

엘리베이터가 닫힐 때까지 미영은 지민을 향해 손을 흔들어 준다. 자신의 집 쪽으로 몸을 움직이던 미영이 불현듯 두통이 사라진 걸 깨닫는다.

'지민이 덕분인가? 나중에 초콜릿이라도 사 줘야지. 후후.'

미영의 집은 좌측 복도 끝에서 두 번째로, 복도 중앙에서 제법 먼 거리다. 미영은 자신의 집 쪽을 바라보며 멈춰 선다. 눈을 가늘게 뜨며 천천히 걸음을 떼자, 언뜻 봐도 심하다 싶을 정도로 많은 종이 쪼가리가 현관문에 덕지덕지 붙어 있는 게 보인다.

'진짜 오늘은 별 게 다 사람을 괴롭히네. 어떤 가게인진 모르겠지만 죽었다, 너넨.'

가게 전단지 정도로 판단한 미영이 걸음을 빨리 한다. 그런데 다가가면 갈수록 붙어 있는 종이가 일반 전단지가 아님을 느낀다. 그것들은 손바닥 크기의 포스트잇이다. 뭔가 이상함을 느낀 미영이 거의 뛰다시피 걸음을 움직인다.

현관 앞에 도달한 미영은 그 자리에서 굳고 만다. 몹시 흔들리는 눈동자가 미영의 심리를 반증할 뿐. 원인은 현관문이다. 아니, 문 앞에 붙어 있는 종이들이 문제다.

## 죽어

분홍색 포스트잇에는 단지 이 두 글자만이 투박한 손 글씨로 적혀 있었다.

*죽어 죽어 죽어 죽어 죽어 죽어 죽어 죽어 죽어 죽어 죽어
죽어 죽어 죽어 죽어 죽어 죽어 죽어 죽어 죽어 죽어 죽
어 죽어
죽어 죽어 죽어 죽어 죽어 죽어 죽어 죽어 죽어
죽어 죽어 죽어 죽어 죽어 죽어 죽어 죽어 죽어 죽어 죽어*

그런 종이들이 문손잡이 윗부분부터 미영의 머리가 닿을 만한 곳까지 불규칙적으로 붙어 있는 상태다. 심지어는 초인종 버튼이나 열쇠 구멍에까지. 적어도 200장은 넘어 보인다.

"김형석, 이 개새끼!"

미영이 자기도 모르게 거친 말을 내뱉는다. 그러고는 잡히는 대로 종이들을 떼내기 시작한다. 손쉽게 뜯어지는 포스트잇의 특성상 종이를 다 뜯어내는 데 얼마가 걸리지 않았다. 미영은 쪼그려 앉아 뜯어낸 종이들을 한데 뭉친다. 얼마나 양이 많았는지 뭉친 덩어리의 크기가 거의 축구공만큼 크다.

"나쁜 새끼. 누가 보기라도 했으면…… 이게 무슨 망신이야."

종이 뭉치를 옆구리에 끼고, 허겁지겁 현관 손잡이에 열쇠를 꽂는다. 철컥. 집 안으로 들어가기 전, 다시 한 번 좌우를 살핀다. 그리고 복도에 자신 말고 아무도 없다는 것을 확인한 후, 안으로 들어가 현관문을 닫는다. 철컥.

문을 잠근 후, 미영은 잠시 현관에 기댄 채 생각에 잠긴다. 남자 친구의 행동을 도무지 이해할 수도 없고, 가깝지도 않은 자신의 집까지 찾아와 굳이 이런 짓을 하는 이유도 궁금하다. 그 오타가 정말 사무치는 상처가 되기라도 한 걸까? 미영은 이제 남자 친

구의 행동이 무섭기까지 하다.

"나한테 대체 왜 이러는 거야!"

소리를 지르며 종이 뭉치를 던지는 미영. 거칠게 신발을 벗어 던지고 거실로 들어간다. 편두통은 거의 최고조다. 씩씩 거리며 걸음을 옮기던 미영이 식탁 앞에 앉는다. 그러고는 핸드폰을 꺼내 들어 아까처럼 1번 버튼을 꾹 누른다.

**고객님의 전화기가 꺼져 있습니다. 잠시 후 소리샘으로 연결 됩니……**

"아아악!"

소리를 지르며 핸드폰을 던져 버리는 미영. 몹시 상기된 얼굴로 자리를 박차고 일어난다.

"그래, 니가 이기나, 내가 이기나 보자!"

그러면서 미영이 다가간 곳은 컴퓨터 앞이다. 그렇게 하고 싶었던 목욕도 지금은 전혀 떠오르지 않는다. 오로지 컴퓨터를 켜야 한다는 생각 뿐. 미영이 전원 버튼을 누르고 화면이 넘어가기도 전에 엔터 버튼을 두드리기 시작한다. 익숙한 배경 화면이 전송되자, 미영은 자신의 메일로 접속을 시도한다.

**받은 메일함 : (8459)**

**유미영 님, 메일 정리가 필요합니다.**

미영이 입술을 꾹 깨물며 메일함을 클릭한다.

**RE: ♥♡사랑하는 형석에게♡♥**          (15:30:27)      2.1k

여전히 동일한 제목의 메일. 용량으로 보아 내용도 같을 게 뻔하다. 이런 메일이 다음 페이지를 클릭할 때마다 모니터를 가득 메우자, 미영은 마지막 페이지까지 전부 확인할 필요도 없다고 판단한다. 미리 예상은 했지만 미영의 화가 머리끝까지 도달하는 데는 충분하다.

"김형석! 이, 씹할 새끼!"

모니터에 대고 욕설을 내뱉는 미영. 당장 어찌할 바를 몰라 애꿎은 키보드만 주먹으로 때려 댄다. 그러던 중 익숙한 아이콘이 눈에 들어온다. 잠시 멈칫하던 미영이 뭔가 떠올랐다는 듯 아이콘을 더블 클릭한다.

**로그인 하시겠습니까?**

다름 아닌 메신저 프로그램이었다. 미영은 혹시라도 모를 기대감으로 프로그램을 실행시켰다.

지윤희(한숨만 땅이 꿔지라 쉬죠우)

김영민([영민] 그래도 계속 가라)

박세진(객체지향선형대수)

김미례('커피' 休)

이인애(킹빨라, 쩜뻥끼, 리보쌈, 우룩~)

이혜정(논문,, 논문..)

송성호(서울역에서 영화 촬영하는 강혜정 봤다!!)

김형석(고달픈 내 인생__;)

양미정([미정] 파이팅!)

이기범(모든 것은 '있음'과 동시에 '없음'이다)

이류학(피카츄 전기세 내는 소리하고 있네)

접속 중인 친구 목록을 확인 하던 미영의 눈에 무언가가 확 꽂힌다.

김형석 (고달픈 내 인생__;)

있다. 미영의 남자 친구 '형석'이 메신저에 접속해 있다. 미영은 지체 없이 남자 친구의 대화명을 클릭다.

**김형석(고달픈 내 인생___;) 님과의 대화**

대화창이 열리고, 미영의 손이 빨라지기 시작한다.

김형석!!! 이 나쁜 새끼야!! 너 그것밖에 안 돼?

타자를 친 후 모니터를 뚫어지게 쳐다본다. 어떤 말이든 좋으니, 남자 친구의 답신을 보고 싶다. 하지만 좀처럼 대답이 없는 남자 친구, 미영은 초조함에 다시 자판을 두들긴다.

야! 입 있으면, 아니 손 있으면 말 좀 해봐! 뭐야, 너!

그래도 대답이 없자 미영이 계속해서 타자를 친다.

야 대답 하라고!! 내가 그렇게 우스워?

하지만 여전히 대답 없는 남자 친구. 한동안 지켜보던 미영이, 그만 포기하고 쪽지를 보내려는 마음으로 마우스를 집는 순간,

**김형석(죽어)님이 메시지를 입력하고 있습니다.**

대화창 하단에서 남자 친구가 메시지를 넣는다는 정보가 눈에 들어온다. 어느새 대화명도 바꾼 상태다.

죽어

예상했던 반응이라고 해야 할까? 혹시나 하는 마음이었지만 역시나의 반응이다. 그래서 더욱 더 가슴이 아프다.

너 나한테 왜 이러니, 정말. 내가 메일 보낸 게 그렇게 거슬렸니? 그런 거면 내가 사과할게. 이제 그만하자. 이런 유치한 장난도 그만하고 싶고, 너랑도 다시는 엮이고 싶지 않아. 우리 모르는 사람처럼 지내자. 이제 그만해 줘, 제발.

최소한, 자신의 메시지를 보고 있다는 확신으로 긴 글을 입력한다. 이정도로 했으면 이제 인격적으로 나와야 정상이라는 생각을 하면서. 하지만 대답은 한결같기만 하다.

죽어

왜 자꾸 죽어, 죽어 이딴 말만 하는 거야!

죽어

야 이 개새끼야!!!!!!!!!!!!

미영은 화가 나서 견딜 수가 없다. 가만 보니 남자 친구는 이 상황을 즐기며 일부러 이러는 모양이다. 도가 지나친 짓궂음이다.

너, 그나마 옛정을 생각해서 참는 거야. 계속 이런 식으로 나오면 경찰에 신고할지도 몰라.

죽어

협박에도 반응은 여전하다. 이쯤 되자 남자 친구는 더 이상 자신과 사랑을 속삭이던 연인이 아니다. 그저 자신을 괴롭히는 정신 병자에 불과하다.

그래 그렇게 나온다 이거지? 이 미친놈. 어디 두고 보자.

두고 보자는 말을 끝으로 미영이 의자에서 일어난다. 그리고 아까 던졌던 핸드폰을 집어서 어딘가로 전화를 건다.

**뚜우… 뚜우… 딸칵, 예 112입니다.**

전화를 건 곳은 112. 미영 나름대로 최후의 수단이라고 생각한 방법이다. 수화기 너머 차분한 여자의 목소리가 들려온다.

"어떤 정신병자가 계속 저를 협박해요. 도와주세요!"

**지금 그 사람과 같이 있나요?**

"그건 아닌데요, 주로 인터넷을 통해 당하고 있어요."

**아, 그러시면 제가 사이버 수사대 팀으로 연결을 해 드릴게요. 끊지 말고 기다리세요.**

"예……."

잠시 기다려 달라는 안내 멘트와 함께 음악이 흐른다. 기다리는 동안 미영은 다시 모니터를 쳐다본다.

죽어

죽어

죽어

죽어

죽어

안 보는 사이에 남자 친구가 도배한 그 지긋지긋한 '죽어'라는
말이 눈에 들어온다. 미영의 표정이 이제 남자 친구를 향한 연민
은 도저히 찾아볼 수 없을 만큼 싸늘해진다.

예, 사이버 수사댑니다.

"아, 안녕하세요. 저 신고 좀 하려고요."

예, 무슨 종류인가요?

"예?"

아, 뭐 해킹이나, 사기, 협박, 개인 정보 등등 이런 종류요.

"아아. 음, 협박이에요. 이메일과 미니홈피 쪽지 등으로 계속 같
은 말만 반복해서 보내고 있어요."

어떤 말인지 알 수 있을까요?

"예, '죽어'라는 말, 딱 두 글자예요."

언제부터 그랬죠?

"어제 밤부터였어요. 저 정말 이것 때문에 아무 일도 못하고 정
말 죽겠어요."

신속한 처리를 위해서, 받으신 이메일과 쪽지를 캡처해서 이쪽으
로 보내주시겠습니까?

"예? 아 예, 그렇게 할게요. 어디로 보내면 되나요?"

지금 문자 메시지로 보내드리겠습니다. 메일 확인되면 10분 내
로 전화 드릴 거고요.

"예. 그렇게 할게요. 고마워요."

전화를 끊은 미영이 다시 키보드 위에 손을 올린다. 이번엔 실

소까지 머금은 상태다.

신고했다. 분명히 내가 경고했었지? 이렇게까지는 하고 싶지 않았
는데 니가 초래한 거야.

죽어

변함없는 대답. 그때 핸드폰에 진동이 울린다.

syberXX@112.com

**지금 넣어주세요.**

이메일 주소다. 미영은 일단 대화창을 최소화 시키고 아까 들
었던 캡처 작업을 시작한다. 메일 개수, 똑같은 제목과 똑같은 내
용, 그리고 미니홈피의 쪽지 등, 자신이 당한 상황을 최대한 적나
라하게 보이기 위해 노력한다. 그렇게 캡처한 사진이 서른두 장.
익숙한 솜씨로 파일을 압축하고 '메일쓰기'를 클릭한다.

**발송이 완료되었습니다.**

"후우……."

신고를 마무리한 미영이 작은 한숨을 내쉰다. 마음이 편해진
건지 오히려 더 불편해진 건지 모를, 그런 한숨이다. 최소화한 대
화창에서는 아까부터 주황색 불빛이 깜빡 거린다. 상대방이 메시
지를 쓰고 있다는 뜻이다.

"10분 내로 전화가 온댔지. 그래. 그때까지 맘껏 지껄여 봐라."

미영이 대화창을 다시 원 상태로 돌다.

죽어

죽어

죽어

죽어

죽어

죽어


그저 죽으란 말뿐. 살면서 이렇게 죽으란 말을 많이 들은 적이
있던가. 친구들끼리 장난하는 '너 죽었어'라는 말과는 차원이 다
르다. 가뜩이나 혼자 사는 상황인데 그런 생각이 미치자, 조금씩
공포감마저 엄습해 온다. 하지만 10분이면 된다. 늦어도 20분 내
에는 무언가 방도가 생기겠지. 마냥 기다리기가 뭐 했던지 미영이
핸드폰을 들어 어딘가로 전화를 건다. 익숙한 컬러링이 흘러나온다.

"여보세요? 나래야, 나야."

어? 유미영? 지지배, 되게 오랜만이네. 전화해도 안 받더니.

나래는 미영이 중학교 때부터 알고 지내던 친구다. 그리고 미영
에게 남자 친구를 소개해 준 장본인이기도 하다.

"어…… 사실 너한텐 좀 미안하기도 하고, 최근에 힘들기도 했
고, 좀 그랬어."

뭐, 그랬겠지. 그런데…… 너 식장에 오긴 한 거야?

"응? 무슨 말이야?"

뭐냐니. 형석이 말이야, 형석이.

"미안한테 그 새끼 이름은 꺼내지 말아 줘. 하루 종일 얼마나
시달렸는지…… 이제 치가 떨려."

무슨 소릴 하는 거야? 시달리다니?

"내가 메일을 하나 보냈는데, 글자 하나 틀렸다고 그걸 꼬투리 잡아서 날 얼마나 괴롭히는지. 지금도 네이트에서 계속 그러고 있다. 이런 앤지 몰랐어. 끔찍해, 정말."

**지금 네이트에 형석이가 있다고?**

"어. 내가 대화 저장해서 보내 줄까? 너도 이런 애랑 빨리 절교 하는 게 좋을 것 같다, 야."

**너 정말 몰라서 그러는 거야? 연락 못 받았어?**

"응? 뭘 자꾸 모르냐는 거야?"

잠시 정적이 흐른다. 나래로부터 대답이 없었기 때문이다.

"여보세요? 나래야?"

**응…… 잘 들어.**

"어? 무슨 일이야 뜸 들이지 말고 말해."

나래가 말한다.


**형석이 죽었어.**


순간 미영의 눈동자가 파르르 떨린다. 뭔가 뒤통수를 세게 얻어 맞은 느낌. 하지만 이내 아무렇지도 않은 표정으로 말을 꺼낸다.

"하, 하하하. 얘가 갑자기 왜 장난을 치고 그래. 형석이 지금 네이트에서 나랑 대화 중이라니까."

**장난치는 건 너 아니야? 형석이가 누구 때문에 죽었는데.**

나래의 음성에 장난기는 전혀 없다. 오히려 이렇게 진지한 모습은 처음이다 싶을 정도다.

"야……. 너 왜 그래. 정말 나랑 대화 중이라니까. 의심나면 접속해 봐."

됐어. 다른 사람인가 보지. 너랑 헤어지고 형석이 자살했어. 한
강에서 뛰어 내렸다고. 유언장에 너한테는 절대 알리지 말라고 적혀
있대서 따로 연락 안 한 건데, 진짜 아무도 말 안 해 준 모양이네.

전기라도 흐르는 듯 미영의 온몸이 바들바들 떨린다.

"어, 언제?! 대, 대체 언제?"

너랑 헤어진 바로 다음 날.

"아아아아아악! 거짓말하지 마!"

미영이 비명을 지르며 핸드폰을 던진다. 벽에 부딪힌 핸드폰이
둔탁한 소리를 내고 바닥으로 굴러 떨어진다. 미영은 정신이 나갈
것만 같다. 형석이가 죽었다니. 그러면 대체 누구의 짓이란 말인
가? 떨리는 양팔을 감싸고 미영이 다시 컴퓨터 앞에 앉는다.

너…… 너…… 누구야! 너 형석이 아니지?!

죽어

너 누구냐고!! 어디야 대체. 어디서 이런 장난을 하고 있는 거야!

죽어

"뭐야. 대체 무슨 일이 일어나고 있는 거야!"

미영이 머리를 쥐어뜯기 시작한다. 모든 게 꿈이었으면 좋겠다
는 생각만 머릿속을 지배한다. 바로 그때, 핸드폰 진동 소리가 들
려온다. 잠시 멈칫하던 미영이 뭔가 떠올린 듯 냅다 몸을 던진다.

"여, 여보세요? 사이버 수사대에요?"

간절한 마음으로 미영이 전화를 받는다. 미영이 의지할 곳은

이제 이곳밖에 없다.

예, 맞습니다. 보내신 파일 확인했고요. 아이피 추적도 완료했습니다.

"예예. 어떻게 됐나요?"

죄송한데요. 지금 그 쪽 주소가 영등포구 당산동 푸른지오 아파트 208동 1309호가 맞나요?

"예예. 맞아요, 맞아요."

정말 맞아요?

"예, 맞다니까요!"

이런 큰일이네. 어서 집을 나오세요!

갑자기 상대편의 음성이 커졌다. 절박함이 느껴지는 말투였다.

"예? 무슨……?"

아이피 추적한 결과, 주소가 당신 집으로 나왔어요! 어서 나와요!

"……예?!"

그 자식이 지금 거기 있을지도 모른다고요!

미영은 할 말을 잃는다. 대체 지금 무슨 상황인지 감을 잡을 수가 없다. 남자 친구는 죽었고, 메신저로 대화를 한 사람은 남자 친구를 사칭한 사람이다. 그런데 그 사람이 바로 여기에 있다? 미영이 집 안 곳곳을 둘러보기 시작한다. 심장은 한없이 쿵쾅거리고 식은땀이 흘러내린다. 그러던 중 미영의 시선이 한 곳에서 멈춘다. 베란다다.

똑, 똑, 똑.

기다렸다는 듯 들려오는 노크 소리. 닫힌 베란다 창문으로 낯선 검은색 실루엣이 미영의 눈에 들어온다.

유미영 씨! 어서 밖으로 나가요! 유미영 씨? 유미⋯⋯.

아주 조금, 베란다의 문 틈새가 벌어진다. 그리고 그 약간의 틈새로 검은색 야구 모자가 내비친다. 미영은 이미 사고가 정지된 상태. 지금 당장 도망가야 된다는 생각조차 머릿속에 떠오르지 못하는 중이다. 들고 있던 핸드폰도 어느새 바닥을 나뒹굴고 있다.

"후우욱, 훅, 후욱."

불규칙한 호흡, 흘러내리는 식은땀. 두 눈에는 언제 쏟아져도 이상할 게 없는 방울들이 맺혀 있다. 그리고 갈라진 문 틈 사이로 하얀 장갑이 불쑥 튀어나온다.

끼이이이.

미영을 희롱하기라도 하듯 장갑은 느릿느릿 문을 연다. 서서히 보이기 시작한다. 검은 점퍼, 검은 청바지, 그리고 하얀 마스크. 미영의 심장이 요동친다.

덜컥.

문이 모두 열린다. 미영의 시선은 괴한이 오른손에 들고 있는 팔뚝 길이만 한 칼에 박힌다.

"아, 아, 아아, 아아아⋯⋯ 꺄아아아악!"

비로써 사고가 회복된 미영. 날카로운 비명과 함께 몸을 움직인다. 그리고 베란다에 서 있는 온통 시커먼 차림의 괴한도 움직이기 시작한다. 찰나의 순간, 미영의 머릿속이 바쁘게 회전한다.

'밖으로 나갈 수 있을까? 아니면⋯⋯.'

미영이 현관 오른편으로 시선을 돌렸다. 그곳은 미영이 창고로 쓰는 작은 방이다. 괴한과 미영의 거리 차이는 불과 여섯 걸음 남짓, 이중으로 잠가 놓은 현관을 열고 나가기에는 시간이 촉박하다. 생각이 거기까지 미치자 현관을 향해 뛰던 미영이 황급히 몸을 튼다.

쿵쾅, 쿵쾅.

괴한의 묵직한 발걸음 소리가 들려온다. 미영이 허둥지둥 손잡이를 잡아 돌린다. 어느새 미영의 세 걸음 앞으로 다가온 괴한이 칼을 든 오른손을 치켜든다.

"꺄아악! 꺄아악!"

소리를 지르며 문을 열어젖히는 미영. 재빨리 몸을 집어넣고 문을 닫는다. 그런데,

덜컥.

문이 다 닫히지 않는다. 살짝 문을 떼고 다시 한 번 문을 미는 미영.

덜컥.

하지만 또다시 문은 끝까지 닫히지 않는다. 미영은 공포감에 동그라진 눈으로 문틈을 살폈다.

덜컥덜컥, 덜컥덜컥.

원인은 칼이다. 괴한이 문틈으로 칼을 찔러 넣었던 것이다. 미영은 이제 서 있을 힘도 없어 주저앉는다. 예고된 눈물이 왈칵 흘러내린다.

"큭큭큭큭, 이년아. 그렇게 신고는 뭐하러 했니. 안 그랬으면 조금 더 살 수도 있었잖아. 멍청한 년."

문 밖에서 괴한의 소리가 들려온다. 카랑카랑한 중음의 여자 목소리였다.

"누, 누구세요! 대, 대체 저한테 왜 이러시는 거예요!"

미영이 말하면서 주위를 둘러보기 시작한다. 창고로 쓰고 있으니 분명히 집을 만한 무언가가 있을 거라는 생각에서다.

"누구냐고? 누군지 알면 뭐가 달라질 것 같아서? 큭큭."

그러면서 괴한은 붙잡은 문에 조금씩 힘을 넣는다. 미영은 다급하다. 최대한 몸을 기울여 문을 막는다지만 이대로는 오래 버티기가 힘들다. 어떻게든 문틈으로 찔러 넣은 칼을 빼고 문을 잠가야만 한다.

쾅. 괴한이 문을 발로 차기 시작한다. 어찌나 힘이 센지, 문을 막고 있던 미영의 몸이 순간 팍 하고 튕겼다가 돌아온다. 다행히 붙잡은 손잡이는 놓치지 않았지만 이대로라면 버티기 힘들다.

쾅. 쾅. 연거푸 두 번의 발길질이 이어진다.

"아악! 그만해요! 형석이, 형석이 때문인가요? 형석이가 자살해서?"

울부짖듯 외치는 미영의 말이 끝나자, 덩달아 괴한의 발길질도 멈춘다. 이상한 일이었지만 미영으로선 한숨 돌릴 수 있는 기회다.

"네까짓 년 때문에 형석이가 괴로워했다는 게 제일 열 받는다. 한 번만 더 그 아가리에서 형석이 두 글자가 나오면……."

괴한이 잠시 간격을 두고 말을 잇는다.

"씹할, 어떻게 죽여야 될지 모르겠네. 쉽게 죽진 못할 거야. 이것만 알아 둬라."

미영은 정신없이 고개를 움직인다. 덩치 큰 가구 및 선반, 안 쓰는 식기 세트 등이 제일 먼저 눈에 들어온다. 대각선으로 오른쪽 구석에는 조립식 옷걸이의 쇠 봉처럼 무기가 될 만한 것들도 보이지만, 손에 넣기 위해서는 문에서 몸을 떼야만 한다. 결국 쓸 만한 물건들이 있어도 미영이 문에서 떨어져야 잡을 수 있다면 아무런 의미가 없다는 말이다. 그리고 지금 손에 닿는 물건들은 충분히 절망적인 물건들임이 분명하다.

쾅. 괴한이 또다시 문을 발로 차기 시작한다. 힘에 부치는지 미영의 표정이 일그러진다. 미영이 급한 대로 손을 뻗고 아무거나 잡는다. 손의 감촉으로 봐서는 가로로 길쭉한 손잡이. 미영이 재빨리 물건을 쳐다본다. 역시나 작은 선반의 손잡이다. 미영이 기억을 떠올린다. 생각난다. 분명히 이 안에는…….

"있다, 있어!"

자기도 모르게 탄성을 낸 미영, 문 밖에서 조소가 들려온다.

"큭큭, 미친년. 아직도 여유가 있나 보지?"

선반 안에는 작은 통에 보관 중인 향신료와 양념 들이 종류별로 들어 있다. 미영은 무언가를 퍼뜩 떠올리고 손을 뻗어 그 중 두 개를 빼냈다. 고춧가루와 후춧가루다. 하지만 기쁨도 잠시, 괴한의 발길질이 이어진다.

"아아악!"

허리 쪽이 둔기로 얻어맞은 것처럼 아프다. 이제 마지노선이다. 미영이 통들의 마개를 열어서 왼손에 고춧가루와 후춧가루를 부은 다음, 손이 꽉 차게 움켜쥔다. 손에 쥔 이 가루들이 미영에겐 실낱 같은 희망이다. 어떻게든 생각을 추슬러야 한다.

쾅.

"큭큭, 내가 언제부터 있었는지 아니?"

쾅.

"너한테 그 좆 같은 메일 하나 받고 바로 출발했단다. 쳐 자고 있을 때 배때지를 쑤셔 버릴까 하다가 그렇게 쉽게 죽으면 우리 형석이만 억울한 것 같아서 참았지."

쾅.

"형석이 메일 암호를 어떻게 알았을까? 큭큭…… 유서에 다 적혀 있더라고. 메일뿐 아니라, 본인 명의로 가입한 사이트들은 몽땅 다."

쾅.

"유서에다 뭐 그딴 걸 썼냐고? 유서가 거의 20장은 되더라. 그런데 씹할, 네년 얘기만 열 장이 넘어. 가족들한테는 미안하니 어쩐다니 시시껄렁한 몇 줄 적어 놓고, 네년 보고 싶다는 얘기만 주절주절이더라고."

쾅.

"꼭지가 돌겠니, 안 돌겠니? 뭐, 맞아. 형석이가 쪼다지. 등신 새끼가 계집애 하나 때문에 자살을 쳐 하고. 씹할, 뭐 다 좋다 이거야. 그런데 죽은 형석이 바지 주머니에 집 열쇠가 하나 있더라. 거기에 분홍색 포스트잇이 붙어 있었는데 뭐라고 적혀 있었는지 아냐?"

쾅.

"엄마, 이거 미영이한테 꼭 돌려 줘 하고 적혀 있더라."

미영은 몇 번이나 문에서 튕겨나갈 위기를 맞으면서도, 간신히 손잡이를 붙잡아 버티는 중이다. 그런 와중에서도 분명히 들린 한 단어 때문에 미영의 심장은 더욱 더 요동을 친다.

"지, 지금 누구시라고요?"

"개 같은 년, 내 아들을 죽여 놓고 두 발 뻗고 잠이 잘 오든? 육실 할 년."

쾅.

미영은 혼란스럽다. 추측하건데, 아니 확신하건데 문 너머로 자신을 협박하는 사람은, 다름 아닌 남자 친구의 엄마가 분명하다. 헤어지자고 한 건 진심이 아니었다고, 오해라고 따지고 싶지만 그럴 상황이 아니다.

"저기요. 대충 누군지 짐작이 돼서 그러는데요. 제가 잘못했어요. 제발 용서해 주세요."

발길질이 멈춘다.

"큭큭, 용서? 네가 바라는 용서가 뭔데? 사는 거? 아니면 편하게 죽는 거? 후자라면 들어줄 수도 있어. 단, 지금 문을 열면!"

미영이 이를 한 번 꽉 깨물고는 다시 입을 연다.

"좋아요. 그렇게 할게요. 더 이상은 무섭고, 힘들고, 아파서 견딜 수가 없어요. 차라리 문을 열게요."

미영이 왼손에 점점 힘을 주면서 조금씩 몸을 움직인다. 그리고 손잡이를 잡은 오른손도 뗀 다음, 몸을 돌려 문을 바라보는 자세를 취한다.

벌컥 문이 열린다. 그러자 시커먼 괴한의 모습이 드러난다. 검은 모자 옆과 뒤로 삐져나온 파마머리, 부들부들 떨리는 쭉 찢어진 눈매, 키와 덩치는 미영과 비슷하다. 미영은 움켜쥔 왼손을 살그머니 허리 뒤쪽으로 숨긴다. 너무 긴장한 나머지 심장이 터질 것만 같다.

"씹할, 이딴 년이 뭐가 좋다고…… 마음이 바뀌었어. 너 그냥 산 채로 찢어 죽일래."

말을 내뱉은 괴한이 한걸음을 성큼 내딛어 문틈을 밟는다. 더 이상 시간이 없다. 극도의 공포로 목구멍이 조여들지만 미영은 간신히 억누르고 말을 내뱉는다.

"저, 저, 저, 어, 얼굴 한 번만 보, 보여 주세요. 제, 제발 부탁이에요."

하지만 안도보다는 후회가 앞선다. 상대방에게 꿍꿍이가 있다고 알리는 꼴이었기 때문이다. 역시나 괴한은 고개를 갸웃하며 의심이 가득한 표정을 짓는다. 그런데,

"큭큭, 그래……. 뭐 혹시, 내가 정말 형석이의 엄마가 맞을까…… 그런 마음으로 한 말인가 본데, 좋아. 얼굴을 보여 주는 편이 조금이라도 더 충격적이겠지. 기억은 나지?"

"자, 자, 자, 잘 나요."

괴한이 잠시 쿡쿡 웃는다. 그러고는 천천히 한쪽 손을 올려 귓가에 걸친 마스크 끈을 푼다. 마스크가 한쪽으로 쏠리면서 드디어 얼굴이 드러난다. 한쪽만 깊이 파인 팔자 주름, 오른쪽 입술 밑의 굵은 점. 여지없이 남자 친구의 엄마다. 어찌됐건 미영에게 놓칠 수 없는 기회가 찾아왔음은 분명하다.

"고맙다, 이 미친년아!"

소리를 내지르며, 숨기고 있던 왼손을 들어 온 힘을 다해 괴한의 얼굴로 휘두른다.

퍼억.

물이라도 끼얹은 것처럼 괴한의 얼굴은 순식간에 고춧가루와

후춧가루로 범벅이 된다. 한 손 가득이 움켜쥐었던 터라 양 또한 적지 않다.

"끄아아악! 푸, 푸엣취!"

두 가루의 효과는 미영의 기대 이상이다. 마치 최루탄에 맞은 것처럼, 괴한은 고통에 몸부림치며 뒷걸음질을 친다. 이 순간, 미영으로선 다시 한 번 선택의 기로에 선다. 당장 쇠 봉을 들고 괴한을 물리칠지, 아니면 문을 닫고 잠가 버릴지.

"아아아악! 이 쌍년이! 씹할, 씹할!"

미영의 선택이 후자 쪽으로 기울어진다. 괴한이 고통스러운 와중에도 칼을 허공에 휘둘러 댔기 때문이다.

쾅.

문을 닫는다. 이번에야말로 완벽하게 문을 닫는 데 성공한다. 그리고 손잡이 중앙을 꾹 눌러 잠그는 것도 잊지 않는다.

"후우."

짧게 한숨을 내쉬며 문을 등진 채 주저앉는 미영.

"흐흑, 흐흑…… 흐흑흑……."

그리고 하염없는 눈물을 쏟기 시작한다.

악몽 같은 시간이 얼마나 흘렀을까?

"열어! 씹할, 열어!"

쾅앙.

"열라고!"

쾅앙.

격하게 문을 두드리는 소리와 괴한이 외치는 소리가 들려온다. 혹시 몰라 수납장을 끌어다가 문에 붙여 놓고, 양손으로 쇠 봉을 꼭 쥐고 있는 미영. 흐르는 눈물을 연신 손으로 닦아내며 삐져나오려는 신음을 참는 중이다.

쾅, 쾅, 쨍그랑.

새로운 소리가 들려온다. 아무래도 문 열기는 포기하고, 대신 집 안에 있는 물건들을 부숴 놓을 생각인 모양이다.

"죽어! 죽어! 죽어! 씹할!"

깨지는 소리, 부서지는 소리, 찌그러지는 소리, 그리고 고함 소리 등이 섞여 요란한 소음을 만들어 낸다. 미영은 그저 몸을 웅크린 채 벌벌 떠는 수밖에 없다. 그렇게 얼마나 요란법석을 떨었을까.

콰앙.

또 한 번 문 쪽에서 큰 소리가 들려온다. 깜짝 놀란 미영이 몸을 더욱더 움츠린다.

"……내일 보자."

아까까지와 다르게 차분하고 나지막하게 읊조리는 괴한의 목소리가 들려온다. 미영은 오히려 그게 더 소름 끼친다.

철컥, 끼익.

문 열리는 소리가 들린다. 미영은 귀를 쫑긋 세운다.

쾅.

문이 닫힌다. 그리고 방금까지의 소음이 거짓말인 것처럼 사방이 고요하다.


한동안 적막이 흐르지만, 미영은 여전히 움직이지 않는다. 거기다 입도 뻥긋 하지 않는다. 오히려 아까보다 더한 두려움에 사로

잡혀 벌벌 떠는 중이다. 째깍째깍. 적막 속에서 시계 초침 소리만이 규칙적으로 들려온다.

'정말 밖으로 나간 걸까? 아예 다음을 기약하고? 아니지. 혹시라도 문을 열 방법을 찾아 돌아오면 어떡하지? 그렇지, 십중팔구 그러겠지. 지금 아니면 이런 기회가 또 언제 생기겠어.'

그렇다면 어서 빨리 현관문을 잠가야 한다. 삼중 자물쇠를 모두 잠그면 제아무리 문 따기의 달인이더라도 열기가 쉽지 않을 것이다. 이대로 손도 못 써 보고 당하느니 당장 문이라도 잠가 농성하는 편이 현명하다.

결심이 섰는지 미영이 몸을 움직인다. 우선 문에 귀를 붙인다. 아무 소리도 들리지 않는다. 이번엔 실눈을 뜨고 문틈 사이를 살핀다. 깨진 접시들만 잔뜩 보인다. 이정도면 괜찮다고 판단, 미영은 손잡이를 돌린다.

문이 열리자마자 공격 자세를 취하는 미영. 하지만 눈앞에는 아무도 없다. 긴장이 풀려 긴 한숨을 내쉬고는 현관문을 잠그기 위해 몸을 튼다. 그런데 현관문의 하늘색 대신에 사람 크기의 검정색이 먼저 눈에 들어온다. 검정색의 정체를 파악하는 데는 단 1초도 걸리지 않는다.

"죽어, 이 씹할 년아아아!"

깜짝 놀란 미영은 그만 엉덩방아를 찧고 만다. 나가는 척 소리만 내고 현관 앞에서 기다리고 있었을 줄이야. 생각지도 못한 반격이다.

미영이 앉은 상태로 몸을 돌리지만 방으로 들어가기엔 늦다. 이미 괴한은 미영의 세 걸음 전까지 다가왔기 때문이다. 다시 원래대로 몸을 돌리고 미영은 소리친다.

"이, 이러지 마세요, 어머님!"

"누구보고 어머니래, 이 미친년아!"

괴한이 칼을 휘두른다. 부랴부랴 봉을 들어 막아내는 미영. 하지만 크고 무거운 쇠 봉은 칼의 민첩함을 따라가기 힘들다. 게다가 자세까지 무너져 맞서기가 더더욱 어려운 상황. 막기에 급급하던 미영은 갑자기 왼쪽 허벅지에 뜨거운 것이 들어와 콱 박히는 것을 느낀다. 미영은 눈을 질끈 감는다. 몸을 움직일 수 없다. 뜨거운 기운이 쓰라린 고통으로 바뀌는 중, 괴한은 미영의 허벅지에서 찔러 넣은 칼을 뽑는다. 불기둥 같은 핏물이 솟구친다. 온 신경이 허벅지를 향하겠다고 성토하지만 미영은 이를 악 문다. 이대로 공방이 이어지면 불리한 쪽은 자신이다. 조금 더 날렵한 무기가 필요하다. 생각하며 미영이 주위를 살핀다.

"이번엔 배때지를 쑤셔 줄 테니까 각오해."

다시 한 번 칼을 휘두르는 괴한. 미영은 봉을 들어 막기보다는 구르는 쪽을 택한다. 다행히 칼은 피했지만 등 쪽에 새로운 통증이 생긴다. 미영이 허리를 세워 등을 더듬는다. 그러자 툭 하고 뭔가가 떨어진다. 손가락만 한 길이의 유리 조각이다.

"아, 이게 있었지."

방 안은 마치 지뢰밭처럼 유리 조각이 산재하다. 괴한이 물건들을 깨부순 덕분이다.

"어디 계속 피해 봐라, 이년아."

괴한이 순식간에 거리를 좁혀온다. 미영은 봉을 들지도, 피하지도 않는다. 오히려 불로 날아드는 나방처럼 괴한 쪽으로 몸을 굴린다. 멀찌감치 칼을 휘두르던 괴한이 순간 당황하며 주춤한다.
그때 미영이 손에 쥐고 있던 유리 조각을 괴한의 발등에 꽂는다.

"어억."

생각지도 못한 공격에 괴한은 반사적으로 허리를 굽힌다. 절호
의 기회. 미영이 쇠 봉을 붙잡아 온 힘을 다해 가로로 휘두른다.
어딘가 맞겠지라는 생각으로 무작정 휘두르는데 운 좋게도 괴한
의 얼굴을 때린다. 분무로 피를 뿜으며 멀찍이 나동그라지는 괴
한. 하지만 칼만큼은 절대 놓치지 않는다.

미영이 엉금엉금 기어서 괴한의 곁으로 다가간다. 충격이 컸는
지 괴한은 좀처럼 일어나지 못한다. 오직 손에 든 칼만이 한쪽 날
개를 잃은 잠자리처럼 부유하는 중이다. 정말 대단한 집념이라 생
각하며 미영은 봉을 든다. 멀리서 사이렌 소리가 들리지만 미영의
손을 막지는 못한다. 이 순간 미영의 머릿속을 지배하는 것은 오
직 하나 뿐이다.


죽어.

# 고치

## 장은호

성형외과의, 웹에서 장은호 공포연구소(adultoby.com) 운영중. 『한국 공포 문학 단편선』 1편 「하등인간」, 2편 「캠코더」 3편 「노랗게 물든 기억」 4편 「첫출근」 수록. 무크잡지 《파우스트》에 단편 「순결한 칼」 네이버캐스트 오늘의 문학에 단편 「생존자」를 게재했다.

두려움은 솔직함을 낳는다. 어떠한 사람도 극한의 공포 속에서 자신도 모르고 있던 본능과 마주치게 된다. 그런 모습을 살펴보는 일은 참으로 즐겁다. 그래서 자꾸 펜을 들게 된다.

"장마는 언제 끝나려나."

와이퍼 사이로 젖은 구름을 바라본다. 아내의 흥얼거림을 들으며 나는 연신 눈을 깜빡인다. 괜찮을까. 스스로에게 묻는다. 아내는 말을 하지 않는다. 차라리 울어 버렸으면 좋겠는데. 아내는 그럼에도 불구하고 괜찮은 것 같다. 병원에 다녀온 후에도 어두운 기색은 없었다.

"언젠간 끝나겠죠."

다시 흥얼거린다. 대책 없는 낙관주의자다. 웃고 또 웃는다. 뭐 이런 여자가 다 있나. 나도 웃고 있었나 보다. 아내는 게임을 하다 말고 핸드폰을 빙빙 돌린다.

"오빠 뭐가 그렇게 재밌어요?"

나는 그냥 하고 짧게 답한다. 창을 때리는 빗소리가 크다. 라디오 볼륨을 올리자 아내가 잉잉 거린다.

"빗소리가 좋단 말이에요."

"미정이는 이런 축축한 게 좋아?"

"그럼요."

두 번째 유산 따위는 안중에도 없는 목소리다. 어쩌면 충격은 내가 컸을지도 모른다. 이번 여행도 스스로를 위로하기 위한 것일지도……. 하하, 유난히 아내의 목소리가 크다. 정말로 괜찮은 것인지, 아직 혼란스럽다.

욕심일까.

"내가 좋아하는 노래에요!"

아내는 볼륨을 올린다. 야자수 그림이 들어간 짧은 반바지를 고쳐 입고 다리를 당겨 앉는다. 이내 한 음 낮게 노래를 따라 부른다. 와이퍼가 빗물을 닦아내며 박자를 맞춘다.

욕심일 거야.

춘천까지는 아직 30분 정도 남은 듯하다. 습도 때문인지 몸이 개운치 않다. 이내 인상을 쓰고 있다는 사실을 깨닫고 손등으로 미간을 지운다. 계획 없이 떠난다는 느낌은 처음 생각과는 다르다. 자유로움, 그런 느낌은 아직 없다. 힘든 일을 겪은 어린 아내에게 해줄 수 있는 일이 떠오르질 않는다. 호수조차 구름에 갇힌 듯 답답해 보였다.

"작정한 듯 뿌려대는 군. 이러다 팔당호도 넘치는 것 아냐?"

운전대를 꽉 잡는다. 자세를 고쳐 안고 숨을 내려놓는다. 아내의 손이 겨드랑이 사이를 파고든다. 은은한 향이 코끝을 간질인다.

"오빠, 괜찮아요? 비는 금방 그칠 거예요. 이런 식으로 비가 내리면 세상이 다 떠내려 갈 것 같지만, 아직도 세상은 멀쩡하잖아요. 음……. 호수가 넘치고 이 차가 배가 됐으면 좋겠어요. 둥둥 떠서……. 어맛!"

차가 웅덩이를 밟고 휘청이다 곧 자세를 잡는다. 관자놀이 부근의 털이 쭈뼛선다. 와이퍼를 가장 빠르게 돌려도 시야가 어지럽다. 브레이크에 살짝 압력을 준다. 아닌 듯 목을 돌린다.

"비가 이렇게 많이 올 줄은 몰랐어요. 둥둥 떠서 가는 기분이라 괜찮긴 한데. 자기는 좀 힘들죠? 미안해요."

계획은 내가 한 건데 아내가 오히려 난리다. 난 잠자코 먼 곳을 찾는다. 목적지가 보이지 않는다. 시동을 걸면 금방이라도 떠오를 것 같던 그곳을 도저히 찾을 수가 없다. 멍하니 하얀 벽지를 바라보는 기분이다.

"자동 세차기 안에 들어와 있는 것 같아요. 그런데 우리 정말 어디 가는 거예요. 아는데 모른 척 하는 거죠?"

"아니, 정말 몰라. 말했잖아. 그냥 눈감고 떠나는 그런 여행 말이야. 어차피 서울을 벗어난 적이 거의 없으니까, 서울만 빠져 나와도 여행지지."

"정말 서울 밖으로 나온 적 없다니 거짓말 같아요. 신혼 여행지 말고, 외국 나가 본 적도 없잖아요."

고개를 끄덕인다. 아내는 내 배와 안전벨트 사이로 손을 넣는다. 야자수 반바지 아래로 나온 허연 다리가 하늘거린다.

"오빠 낭만적이네요."

자취방의 벽을 응시하며 시간을 보낸다고 했을 때도 그녀는 그렇게 말했다. 어려움 모르고 하얗게 자란 꽃처럼 쉽게 웃었다. 나는 부끄러웠다. 거울을 보며 억지로 웃어본다. 전혀 어울리지 않는다. 어린 시절의 그림자가 표정에 물들어 버린 것이다.

"조금 덥다. 바람 좀 올릴게요."

겨우 직장을 갖게 되고 첫 월급을 타던 날, 나는 또다시 자취방에 틀어박혔다. 월급을 타면 기쁠 줄 알았는데 그게 아니었다. 자취방의 공기는 여전히 차가웠다. 멍하니 무거운 숨을 내쉬며 그녀를 떠올렸다. 그리고 월급봉투를 그녀에게 건네는 상상을 했다. 심장이 달아오르는 느낌이었다. 며칠이 지나지 않아 도둑놈처럼 프러포즈를 했다.

"오빠, 저기 사람 맞죠?"

파란색 우비가 위태로워 보인다.

자전거를 피해 중앙선을 밟는다.

"뭐야, 이런 빗속에서……."

핸들을 돌려 옆길로 빠진다. 숲이 다가오며 도로가 어두워진다. 갑작스런 돌풍에 가지들이 비명을 지른다. 아내는 몸을 꼿꼿이 세우고 창밖을 살핀다.

"아니, 식당이라도 있으면 들어가려고."

하지만 듬성듬성 박혀 있던 식당들도 더 이상 보이지 않는다. 빽빽이 자란 나무들은 안개를 품은 채 몸을 흔든다. 아내는 생수 한 모금 마시고 내게 건넨다. 나는 정면에 시선을 고정한 채 표정을 숨긴다.

와이퍼가 밀고 간 자리에 표지판 하나가 떠오른다.

어촌…… 마을?

녹이 슬어 희미해진 글자를 겨우 읽어낸다. 이름 참 이상하군. 산으로 둘러싸인 곳에 어촌 마을이라니…….

"오빠, 나 배고파요."

100미터쯤 더 나아가 차머리를 돌린다. 좁은 시멘트 길이 토사로 어지럽다. 나는 주저 없이 액셀러레이터를 밟는다. 무성한 나뭇가지 밑에서 상향등을 켠다. 동굴을 처음 본 아이처럼 아내는 입을 벌린다. 차는 출렁거리며 아슬아슬하게 나아간다. 뻗어 나온 나뭇가지들이 창문을 긁는다. 그곳은 이미 낯선 밤이다.

"여기 와 봤어요? 도저히 뭐가 있을 것 같진 않은데."

"표지판이 있으니까……."

돌아갈까? 목구멍까지 넘어온 말을 삼킨다. 이상한 기분이다. 길이 있는데도 없는 느낌. 곧 동굴의 끝에 다다를 것 같은 이상한…….

"의사 선생님이 그러는데 나, 아기 가질 수 있대요. 좀 쉬고 좀 그러면……."

"그래. 그런데 여기 너무 어둡다. 벌써 밤이 된 것 같아. 배고프지? 어촌 마을이라니까 고기를 팔지 않을까?"

잠깐 드러난 하늘은 여전히 무겁다. 아내는 의자에 몸을 깊숙이 묻고 말이 없다. 나는 정적의 근원을 찾고 있다. 결국 라디오 스위치를 돌린다.

"안 나와요. 지직거려요."

10분 정도 지났을까, 숨이 무거워 길게 뱉어낸다. 아내는 이제 생수병을 꼭 껴안고 있다. 행운이 계속 되었다면 생수병 대신……. 아니, 이런 생각은 말자. 어쩌면 욕심인 것을. 혼자가 아닌 것만 해도 얼마나 다행인가.

이내 둘러싼 나무들을 벗어난다. 먼 쪽으로 호수가 눈에 들어온다. 잠시 차를 세운다.

"저수진가?"

숲의 그늘이 녹아 호수로 번진 것 같다. 검은 물빛에 깊이를 가늠할 수가 없다.

"물고기들은 무서울 거예요. 저런 어둠 속에서 숨죽이고 있어야 하잖아요."

"사람을 죽여서 숨길 때는 여기로 와야겠군."

"오빠, 그런 소리 하지 마요. 무서워요."

다시 액셀러레이터를 밟는다.

아내의 하얀 손가락이 호숫가를 가리킨다.

"저 사람들, 뭐 하는 걸까요?"

선착장에 몇 명이 호수에 발을 담근 채 앉아 있다.

"마네킹인가?"

목발을 짚은 사람의 시선이 우리를 향한다. 곧 발을 담그고 있던 사람들도 고개를 든다.

"저 사람은 발이 없네요."

나는 슬쩍 속도를 낸다.

"이 동네 사람들은 물놀이를 이상하게 하는군."

"뭐하는 걸까요?"

"네가 모르면 나도 모르는 거지 뭐."

사이드 미러로 그들을 본다. 모두가 일어서 우리를 바라본다. 나는 조금 더 속력을 내어 호수를 지나친다.

"뭐야 저 사람들은?"

아내의 목소리가 미세하게 떨린다. 추운 듯 하얀 허벅지를 문지른다. 아내의 손이 차갑다.

다시 동굴 같은 길을 지나자 건물이 보이기 시작한다. 몰락한 탄광 마을인가? 시멘트로 발라 놓은 담벼락 위로 검은 고양이가 뛰어 오른다. 무너진 담벼락 사이로 어린 아이의 얼굴을 본 듯하다. 빗줄기는 가늘어졌지만 하늘은 쏟아질 듯 검다. 관자놀이를 몰래 짓누른다. 식당 따위는 있을 것 같지 않다. 뒷목을 주물러도 뻐근함은 사라지질 않는다.

"울 자기 배고프겠네. 와, 여기 분위기 되게 이상해요. 만화 속에 있는 마을 같아. 어떻게 이런 곳에 사람이 살까."

아내가 에어컨 버튼을 만지작거린다.

"추워요."

한기가 느껴진다. 그러나 비 때문만은 아닌 것 같다. 담벼락을 기어 올라온 이끼는 새까맣게 물들어 수백의 눈동자처럼 보인다. 식당이 있을 텐데. 나는 애써 시선을 돌려 골목을 더듬는다.

"오빠, 저기 식당 아니에요?"

이미 죽은 간판이 달린 곳이다. 닫았을 게 분명하다고 생각하는 순간 한 무리의 사람들이 쏟아져 나온다. 그중 한 명이 이쑤시개 질을 하며 우리 쪽을 바라본다. 깊은 주름에 달린 눈동자가 마치, 고등어 눈깔 같다. 나는 시선을 피해 공터 쪽으로 차를 몬다. 승합차 사이를 비집고 들어가 시동을 끈다. 곧바로 꼬르륵 소리가 올라온다.

"나보다 오빠가 더 배고팠구나?"

다시 반달눈이 된다.

약간 기울어진 간판은, 어쨌든 고치 식당이라고 쓰여 있다. 완전 망한 동네는 아니군. 아내는 우산을 접으며 내 손을 잡아끈다. 양념 냄새가 문 앞까지 흘러나와 있다.

문을 당기자 식당 안의 사람들이 일제히 우리를 쳐다본다. 못 올 곳에 왔나. 그릇 긁는 소리가 나더니 다들 고개를 파묻는다. 쩝쩝 소리가 가득하다. 히죽 거리는 소리도 들은 것 같다.

"외부에서 오셨수?"

눈이 매서운 아주머니다. 눈동자가 참으로 작다고 생각하는 사이, 아내는 등 뒤로 숨는다. 아주머니의 긴 생머리는 비에 젖은 듯 축 늘어져 있고 누런 앞치마에는 선혈 자국이 있다.

"여기 앉으셔. 조금만 기다리라고."

아내는 의자에 앉는 것조차 겁이 나는 모양이다. 엉성하게 매달린 백열등은 그들의 희미한 표정을 비춘다. 아내의 손을 잡아 시선을 끈다.

"오빠, 나가고 싶어요."

나는 아내의 속삭임을 못들은 체 한다. 어차피 대안이 없다. 눈앞의 광경이 낯설긴 하지만 도망갈 만큼 무서운 건 아니니까. 그냥 굶주린 커다란 짐승들을 보는 것 같다. 쩝쩝, 꿀꺽. 그들 간의 대화는 없다. 머리에 수건을 묶은 청년은 얼굴의 땀을 고기 위에 떨어뜨린다. 빨갛게 달아오른 얼굴이 살기 위해 먹는 것인지, 맛있어서 먹는 것인지 분간하기 어렵게 만든다. 후루룩 소리가 더러운 작업복을 타고 흘러내린다. 등이 흠뻑 젖은 중년도, 머리카락이 국물에 빠졌는지도 모르고 연신 젓가락질을 해 대는 여자 아이도 있다.

"저 사람은 발이 없어요."

아내가 내 어깨에 붙어 소곤거린다.

거죽 같은 점퍼를 걸친 두 남자는, 사이좋게 다리가 하나씩 없다. 두꺼운 뼈가 남자의 입에 물려 부서진다. 으드득, 으드득. 나는 시선을 옮긴다.

"주문은 안 받나?"

아내가 칭얼거린다.

장난질 같은 붓놀림으로 써놓은 글자는 커다란 얼룩 같다.

## 고치―이만 원

"여긴 메뉴가 하나밖에 없나 본데?"

"여보, 고치라고 들어 봤어요?"

아내는 입을 동그랗게 오므린다.

"아니, 고추는 들어봤어도 고치는 처음인데."

조그만 웃음이 흘러나온다.

옆 테이블에 앉아 있던 한 무리가 자리를 뜬다. 테이블 위에 깨끗하게 비워진 쟁반이 놓여 있다. 아마 혀로 설거지를 한 것일 테지. 그렇게 맛있나? 그들이 생선을 먹었다는 증거는 쟁반 옆에 떨어진 고기 국물뿐이다. 아쉬운 듯 수염을 혀끝으로 핥던 남자가 카운터 위에 돈을 놓고 나간다. 어쩐지 초췌해 보이는 모습이다. 그는 거리로 나가면서도 우산이 없다. 생선 같은 눈깔로 우리를 힐끔 보는 것을 잊지 않는다.

"한 가지 메뉴라……. 인간은 그런 단순성에서 살아갈 수 없는데."

식당 안의 퍼져 있는 생선 냄새를 들이 마시며 말한다.

"단순한 것은 어찌 보면 안정감을 줄 수도 있어. 하지만 그런 단순함이 반복되면 사람들은 미칠 수밖에 없어. 그런데 어떻게 단 하나의 메뉴로 장사를 하지? 주위에 식당이 있는 것 같지도 않은데."

아내는 대답이 없다. 여독 때문인지, 눈을 감은 채 관자놀이를 눌러 대고 있다. 나는 한 손으로 아내의 작은 어깨를 주무른다.

"장모님은 뭐라 셔? 병원 다녀온 것……."

아내는 슬며시 눈을 뜬다.

"힘내래요. 울 엄마가 그렇지 뭐. 내가 말 안 했나요? 울 엄마도 늦둥이 외동딸이에요. 그래서 다 알아요. 뭐가 좋고 뭐가 힘들고……. 엄마는 아빠랑 결혼했을 때부터 계속 행복했대요. 그래서 내가 오빠랑 결혼한 것도 너무 좋아하시는 거예요. 뱃속에서 아기가 잘못된 건 좀 슬픈 일이지만 언젠간 집안이 시끌시끌할 거래요. 나도 그럴 것 같아요."

"그래, 분명히 그럴 거야. 미정이를 다산의 여왕으로 만들어야지."

아내는 킥킥거리며 가슴팍으로 파고든다. 동시에 뱃속에서 꼬르륵 소리가 요동친다.

아주머니가 커다란 쟁반을 들고 나타나자 아내는 자세를 바로 잡는다. 갓 구워진 음식이 풍성한 냄새를 뿜어낸다. 아주머니는 익숙한 솜씨로 쟁반을 내려 놓는다.

"왜 고기 이름이 고치에요?"

아내가 눈을 동그랗게 들어올린다.

"그건 몰라요. 예전부터 고치라 불렀으니까 고치인 거지."

뱉듯이 대답하고 이내 주방으로 들어가 버린다.

"뭐야. 저 아줌마는?"

아내가 투덜대며 젓가락으로 고기를 찍는다. 고기 속살로 주위의 양념이 스며든다.

"꽤 큰데?"

그냥 크기만 한 것이 아니라 속살도 두꺼웠다. 아내가 떼어낸 조각을 내 입에 넣는다. 혀 위에서 녹아 버리는 느낌인데, 딱히 맛있다곤 할 수 없는 오묘한 맛이다.

"특이한데."

그리고 기억이 희미하다. 미각이 다른 감각들을 지배해 버린 듯, 씹고 삼키는 일에만 몸이 반응하고 있었다. 젓가락이 고깃살을 잘라내었고 입으로, 혀로 옮겼다. 아내의 벌겋게 달아오른 얼굴이 스냅사진처럼 떠올랐다. 그리고, 그리고…….

"여보 뭐해요?"

이미 쟁반 위가 깨끗해져 있다. 마지막 혀가 만든 흔적이 남았을 뿐이다. 내가 그런 것일까, 아니면 미정이가? 복부를 감싸 돌던 긴장감은 어느새 사라졌다. 아내는 상기된 얼굴로 아기처럼 웃고 있다.

"오빠, 좀 바보 같아요. 얼빠진 사람 같아."

나는 주먹을 쥐었다 펴면서 감각을 확인한다. 입 안에 모인 침을 모아 꿀꺽 삼킨다. 양념 맛이 후각으로 번진다. 몸이 나른하다.

맑은 술을 마신 듯 초점을 맞추기도 힘들다. 무슨 일이 있었던 것일까. 아내가 가는 뼈를 씹어 먹는 장면이 순간 떠오른다. 눈동자가 마치……. 그래, 생선 같았다. 그들처럼. 아내의 눈에 내가 그리 보였을 지도 모른다.

티슈로 입 주위를 훔친 뒤 아내가 입을 연다.

"내일 또 먹어요."

그리고 방긋 웃는다. 어쨌든 아내의 맘에 든 것이 있어 다행이다. 그렇다면 이곳에서의 숙박도 싫어하지 않을 것이고.

"그러지 뭐."

카운터에 사람이 보이지 않아, 전에 나간 남자처럼 2만 원을 그 위에 놓는다. 아내는 밖에서 우선을 들고 손바닥으로 빗방울을 느끼고 있다.

"벌써 어두워졌네. 여관부터 찾아야지. 음……. 이런 곳에 모텔 같은 게 있을 리는 없고. 민박집도 괜찮지?"

아내는 내 왼팔에 매달려 볼을 어깨에 비벼 댄다.

"어맛!"

나는 돌아 아내의 시선 쪽을 바라본다. 어둠과 비에 젖은 아이들이 한 쪽에 서 있다. 눈이 마주친 그들은 수줍은 듯 뒤돌아 뛰어간다.

"뭐야 저 녀석들은……. 난민촌도 아니고."

"오빠, 빨리 가자."

공터 반대편에, 역시 불 꺼진 여관 간판이 보인다. 대문은 열려 있다. 그 사이를 지나는데 뭔가 꺼림칙하다. 올 것을 알고 있었다는 듯이 쭈글쭈글한 노인이 방문을 연다.

"거기 3만 원 놓고, 저 끝 방 쓰세요. 젊은 양반."

곧바로 문이 닫힌다. 아직 열려 있는 대문을 보면서 아내가 식당에서 처음 했던 말을 떠올린다. 나가고 싶어요. 아내는 이미 신발을 벗고 마루를 밟고 있다. 아내의 눈빛이 피곤을 호소한다. 나는 대문을 닫고 아내를 따라 방으로 들어간다.

"오빠, 나 드라마 봐야 하는데."

아내가 이불을 펴는 동안, 나는 구식 텔레비전과 씨름을 한다. 화면은 어지럽게 흔들리며 잡음만을 뱉어내고 있다. 무거운 눈두덩을 비비다 코드를 뽑아 버린다. 아내는 피식 웃고는 입을 쫑긋거린다.

아직 이른 시간이지만 우리는 나란히 자리에 눕는다. 어둠 사이로 아내의 살내음이 흐른다. 강아지처럼 파고드는 그녀를 나는 부드럽게 감싸 안는다. 아내는 품속에서 킥킥 웃는다.

"엄마가 말이에요. 우리 엄마가 말이에요. 여행가서 아기 만들어 오래요."

허리를 당겨 몸을 밀착시키자 숨을 훅 하고 뱉어낸다.

"그런데 말이에요. 오늘은 너무 피곤해요. 나른하고."

말이 끝나자마자 숨소리가 낮게 깔린다. 나는 아내의 긴 머리카락을 부드럽게 쓸어내린다. 두 번이나 힘든 일을 겪고도 참으로 밝은 여자다. 부드럽게 아내의 배를 어루만진다. 내 주제에……. 욕심은 아니겠지. 아닐 거야.

그 날은 꿈도 꾸지 않았다.

눈을 뜨자, 아내는 이미 옆에 없다. 창문으로 새어드는 빛이 눈부시다. 눈을 비비며 핸드폰을 살핀다. 벌써 11시가 넘었다.

"미정아."

대답이 없다. 핸드폰의 통화 버튼을 누르자 텔레비전 위쪽에서 멜로디가 울린다.

화장실 갔나?

마당으로 나와 신발을 신는다. 양동이에 물을 받아 눈곱을 뗀다. 물에 비친 구름을 바라보다 손을 담근다. 곧 다리가 저려온다. 쪼그려 세수하는 건 익숙하지가 않다.

"일어났나?"

노인의 목소리다.

"네, 잘 잤습니다. 혹시 제 아내는 어디 갔는지 아십니까?"

노인은 어젯밤의 모습보다 훨씬 늙어 보인다.

"왜, 부근에 없던가?"

"아직 찾아보진 않았습니다."

마당에 그늘이 진다. 노인은 몰려든 구름에 시선을 멈춘다.

"오늘은 고기가 좀 올라 올 것 같군. 좋은 날이야. 간만에 좋은 날이야."

노인이 뒷짐을 지고 돌아선다. 고무신이 바닥 긁는 소리를 낸다.

"젊은 처자는…… 호숫가에 갔을지도 모르지. 산책하기 좋으니까."

호수 쪽에서 봤던 사람들이 떠오른다. 소름이 돋는다. 그런 곳에 왜……. 아니, 궁금했을지도 모른다. 내가 늦잠을 자서 슬쩍 구경나간 것이겠지.

비는 그쳤지만 길에는 군데군데 웅덩이가 있다. 신발을 더럽히지 않으려 이리저리 뛰어 다닌다.

노인이 일러준 대로 작은 바위 옆의 흙길을 따라가자 호수가 나온다. 어제 사람들이 모여 있던 선착장에는 한사람만이 앉아 있다. 남자는 다리를 물속에 담그고 있다. 아내는 보이지 않는다.

"안녕하십니까."

남자가 고개를 든다. 낯이 익는다 싶더니 머리에 수건을 묶고 땀을 뻘뻘 흘리며 고치를 먹던 그 중년이다.

"아……. 네."

낯을 가리는 듯 시선을 피한다.

"혹시 뭐 하고 계신 건지 여쭈어 봐도 되겠습니까?"

"고치 잡아요."

호수는 여전히 넓고 검다. 아무 것도 살 것 같지 않을 정도로 검다.

"낚싯대도 없는데 어떻게 고기를 잡는다는 겁니까?"

남자는 밀짚모자에 숨겨진 눈을 들어 나를 바라본다.

"제 발이 낚싯대에요. 비가 와야 고치가 많이 올라오지만, 이러고 있으면 세 시간에 한 마리는 물어요."

"문다고요? 발을…… 말입니까?"

"네, 사람 먹는 물고기니까요."

조금 모자란 사람인가. 보통 이런 구석진 마을엔 한두 명씩 이런 사람이 있는 법이다. 찢어진 밀짚모자와 얼룩진 반바지, 뭐 하나 정상으로 보이는 것이 없다.

남자는 노인처럼 구름을 응시하더니 한숨처럼 말을 뱉는다.

"보름 동안 고치가 많이 안 올라왔어요. 그래서 고치 값이 많이 올랐어요. 아, 배고파."

후덥지근한 공기가 한차례 목덜미를 스치고 지난다. 땀이 절로 스며 나온다. 나는 돌아서려다 어젯밤의 장면을 생각한다. 분명 사람들이 여럿 이 남자와 같은 자세로 앉아 있었다. 하지만 발로 낚시를 한다니…….

"발을 물면 아프지 않아요?"

던지듯 묻는다. 남자는 호수에서 다리를 꺼내 올린다. 흉터가 듬성듬성 박혀 있다.

"무지 아프죠."

그는 자랑스럽게 대답한다.

"이렇게 발을 담그고 있죠? 그러면 고치가 물 깊은 곳에서 올라와요. 가만히 눈을 감고 있으면 빠르게 올라오는 물살을 느낄 수가 있죠. 발에 닿는다 싶을 때, 재빨리 채로 떠내야 해요."

남자는 자신의 발에 난 상처를 손가락 끝으로 문지른다.

"그런데 한꺼번에 여러 마리가 물고 늘어지면 빨려 들어가요. 고치는 덩치가 크니까요. 저처럼 조금만 다치는 경우도 있고, 아니면 다리가 잘리는 경우도 있고요. 어떤 사람들은 물속으로 끌려들어가 고치 밥이 돼요."

나는 반걸음 물러선다.

"그렇게 위험한데 고치를 잡아야 합니까?"

"고치 없으면 안 돼요. 가장 맛있고."

내가 식당의 메뉴판을 떠올리는 동안 남자는 상처 난 발을 호수에 담근다. 그의 쑥색 티셔츠는 땀에 흠뻑 젖어 냄새를 풍긴다.

"저기…… 이쪽으로 온 여자 한 명 못 봤습니까? 키는 요만 하고, 머리 길이는 이만큼."

"여자 친구예요?"

"아내입니다."

남자는 피식 웃더니 모른다고 말한다.

핸드폰은 여전히 조용하다. 민박집에 돌아와 있으면 전화를 할 텐데. 관자놀이 위로 땀이 주르륵 흘러내린다. 시야가 멍해진다. 저수지의 정적 사이로 고양이 울음소리가 들린다. 멧돼지나 들어갈 만한 굴속에서 새하얀 눈동자가 깜빡인다. 경계하듯 노려보더니 슬금슬금 걸어 나와 수풀 속으로 사라진다.

핸드폰을 만지작거리다 마을로 통한 오솔길로 들어선다. 산책을 하기엔 주위가 너무 어둡다. 무성히 자란 나무들은 하늘을 가린다. 수풀 속을 괜히 바라보다 발걸음을 재촉한다. 아내가 올 만한 곳이 아니다. 산책을 하고 싶다면 내게 먼저 말했겠지.

그런데 여기가 어디지? 나는 문득 질문을 던진다. 갑갑하다. 이곳을 벗어나고 싶다. 차를 몰아 어제의 도로를 달리고 싶다. 비가 쏟아져도 상관없다. 먼저 밖으로 나가서 정신을 차리고 아내가 없어졌다고 경찰에 신고할까? 손끝으로 자동차 키를 문지른다. 뻐꾸기 울음소리가 텁텁한 공기 사이로 퍼진다. 손수건으로 이마의 땀을 닦는다. 말도 없이 사라지다니. 돌 쪼가리를 발로 차 날린다. 꽤 멀리 굴러가 공터 앞에 멈춘다.

차에 간 건 아니겠지. 설마 하며 승용차를 살피고 그 옆의 승합차 속까지 힐긋거린다. 대낮의 태양 속에 모든 것이 숨어 버린 듯하다. 겨드랑이와 사타구니 사이에 땀이 차 불편하다. 민박집도 조용하다. 이불은 그대로 너부러져 있다. 아내의 핸드폰은 여전히 텔레비전 위에 놓여 있다. 부재중 전화에는 장모님의 것도 있다. 수건을 꺼내어 화장실을 한 번 들르고 양동이에 물을 받아 땀을 씻어 낸다. 습한 공기는 다시 달라붙어 피부 구멍을 막는 것 같다. 물로 뒷목까지 닦아 내고 수도꼭지에 입술을 붙인다. 갈증이 사라지질 않는다. 게다가 배도 고파온다. 나도 모르게 고치 식당 쪽을 바라보고 있다. 생각할수록 배가 뒤틀리듯 고파진다. 먼저 먹어도 될까. 이상한 기분이 든다. 맛있게 음식을 먹으면 모든 일이 쉽게 풀릴 듯한 그런 기분이다. 어차피 아내가 밥을 먹을 때 옆에 있어 주면 되니까…….

식당에 들어가 앉자, 아주머니는 말없이 고치를 내온다.

"저기요. 혹시 제 아내 못 보셨어요? 어제 저랑 같이 왔던……."

아주머니가 푸석푸석한 눈동자를 돌린다.

"없어졌어?"

대뜸 하는 말이 실종됐어? 하는 말과 비슷하다. 아니, 더위를 먹어서 그렇게 들리는 건지도 모른다. 그냥 주린 배만 채우면 아내도 돌아올 것 같다. 눈앞의 고치는 살이 토실토실 올라와 있다. 커다란 이빨조차 먹음직스러워 보인다.

"아뇨, 그냥 아침에 먼저 나갔는데 어디 갔는지 모르겠어요."

창가 쪽에 앉은 남자가 소리친다.

"아줌마, 오늘은 고치가 혀에 찰싹 달라붙는구먼!"

그 앞에 앉아 있던 여자가 내 얼굴을 뚫어져라 쳐다본다. 해싯웃으며 핏기 없는 시선을 치운다. 하얀 발목은 끊어질 듯 가늘다. 고치의 입에 들어간다면…….

"다 지 갈 길 가는 거지. 그걸 인간이 어떻게 알아?"

"네?"

아주머니는 뒤도 안 돌아보며 말한다.

"밤 8시에 호숫가에 가 봐."

그러고는 주방으로 사라진다. 잠시 멍하니 주방문을 바라보고 있는데, 내 혀는 고기를 감고 있다. 양념 맛이 입 안 가득히 퍼진다. 눈을 감고 맛을 음미한다. 등을 돌린 사내에게서 피식거리는 웃음이 새어나온다. 모르겠다. 그냥 식당에 퍼지는 고치 냄새에 정신이 하나도 없다. 김이 모락모락 올라오는 고치의 등어리 부분을 젓가락으로 찢는다. 벌어지는 하얀 살을 보며 다른 생각은 잠시 잊는다. 이빨 사이로 스며드는 양념이 어제보다 더 달짝지근하다. 주식이 고치가 되는 건 아닐까, 걱정될 정도로.

쟁반을 비운 뒤 주위를 둘러보니 나밖에 없다. 마치 처음부터 혼자 있었던 느낌이다. 아주머니, 작은 목소리로 부른다. 인기척이 없다. 습기 먹은 공기만이 정적 사이를 흐른다. 다른 사람들이 그랬던 것처럼, 쟁반에 남은 양념을 혀로 핥고 일어섰다.

카운터에 2만 원을 내려놓고 주위를 살핀다. 주방문이 반 정도 열려 있다. 수돗물 소리가 희미하게 들려온다. 아주머니, 다시 한 번 불러보고 문 사이로 발걸음을 옮긴다. 주방 벽의 핏자국에 몸이 굳는다. 후각이 불쾌하다. 도마에 박힌 식칼이 섬뜩하다. 밤에 무슨 일이 있는지 물어볼 요량이었다. 하지만 깊은 쪽에도 아주머니는 보이지 않는다.

축축한 바닥을 조심스럽게 밟는다. 어두운 편에 놓인 수족관 벽에 눈을 붙인다. 희미하게 흘러들어온 오후의 햇살이 커다란 물고기의 실루엣을 비춘다. 이게 고치인가? 정말 크구나. 주먹 하나 정도는 꿀꺽 삼킬 정도로 이빨이 컸다. 고치는 치아를 드러낸 채 죽은 듯 유리벽에 붙는다. 삼키기 위한 이빨이라기보다는 씹기 위한 것이랄까. 입 속은 마치…….

희미한 눈알이 나를 향한다.

순간 고치가 유리벽을 이빨로 긁어 댄다. 나는 엉덩방아를 찧고 엉거주춤 벽에 기댄다. 선반에서 떨어진 양동이가 비명을 지른다. 누구야! 멀리서 아주머니의 목소리가 들려온다. 이놈들 또 왔냐! 나는 도망치듯 주방문을 빠져 나온다. 젖은 엉덩이를 털면서 공터의 중간까지 와서야 숨을 고른다.

하염없이 집에서 기다릴 수 없다는 생각에 발걸음을 옮긴다. 모자를 챙기지 않은 것을 후회하면서 손바닥으로 이마를 가린다. 페인트가 벗겨진 담벼락들은 후덥지근한 태양빛 속에 아무 말이 없다. 어설픈 나무 그늘에 몸을 숨긴 채 주위를 살핀다. 어디선가 매미가 울어 대기 시작한다. 뒤쪽이 서늘하다.

이상하다. 아내가 걱정되기 보다는 외롭다. 자취방에서 정지된 시간을 보내야 했던 그때로 돌아온 기분이다. 목덜미를 타고 올라온 검은 그림자가 얼굴의 모든 구멍을 막아 버리는 그런 기분. 미정이와 함께하면 이런 그림자는 걷어 낼 수 있을 줄 알았는데……. 욕심 때문인가. 첫 번째 유산 이후부터였다. 미리 사 놓은 장난감을 쓰레기통에 던져 넣는 것은 내가 만든 의식이었다. 하지만 생겨난 욕심은 쉽사리 가라앉지 않았다. 그리고 두 번째 유산. 이번 여행은 오직 나만을 위한 것일지도…….

나는 고개를 든다. 매미울음 사이로 파고든 날카로운 소리. 저쪽인가? 심장을 박차고 나온 핏줄기가 목덜미를 친다. 나는 멍하니 걷기 시작한다. 구름의 그림자가 골목길을 덮는 순간에도 나는 끊임없이 눈동자와 귀에 신경을 모은다. 저 부근이었던 것 같은데……. 으악! 이번엔 조금 더 선명하다. 여자 목소리. 나는 담벼락을 따라 달린다. 이끼가 눈알처럼 붙은 벽 앞에 멈춰 숨을 흘린다. 이 너머 쪽인 것 같은데……. 뒤쪽에서 매미가 울어 댄다. 해가 나타났다 다시 숨는다. 붉은 대문은 굳게 닫혀 있다.

미정아. 작게 한 번 부른다.

"미정아!"

천천히 대문 앞으로 다가간다.

누군가 내 어깨를 잡는다.

"어제 오신 분 맞나요?"

길쭉하고 턱이 강한 얼굴이 미소를 짓는다. 팔자 주름 사이가 촉촉하다.

"아, 네……."

"반갑소. 나는 성철이란 사람인데, 뭐, 이 마을의 관리인 격 되는 셈이지. 흠흠."

가래를 끌어올려 뱉어내고, 손을 잡더니 그늘 쪽으로 당긴다.

"네, 혹시……."

아내 얘기를 물으려다 말을 삼킨다. 찾는다고 말하고 다닐수록, 실종이 기정사실화 되는 것 같았다. 성철 씨는 눈을 부릅뜨더니 입가에 주름을 깊게 잡는다.

"이곳은 많이 둘러 봤소? 고치는 맛이 어떠시오?"

"좋은 곳 같네요. 한가로운 느낌이랄까요. 아, 고기도 맛있고요."

"음, 혀에 찰싹 달라붙죠. 고치 맛을 본 것만 해도 인생에 큰 행운이에요. 그것보다 더 맛있는 음식은 없을 테니까. 덥군요. 제가 아이스크림 하나 사드릴게요. 이쪽으로 오시죠. 외지인이 이곳 구멍가게를 찾기란 쉽지가 않아요."

그는 반대편 골목으로 들어서며 슬쩍 고개를 돌린다.

"함께 오신…… 아내 분은 같이 안 나오셨나요?"

"아, 지금…… 방에서 자고 있어요. 피곤했나 봐요."

뒤에서 긴 비명 소리가 들린다. 나는 돌아서 붉은 대문에 시선을 박는다. 아이들 한 떼가 검은 얼굴을 흔들며 대문 앞을 지난다. 목발 짚은 아이가 힘겹게 무리를 따라간다.

"덥죠? 저놈들이 배고파서 정신이 없나 보군요. 뭐 조만간 어설프게 낚시질하다가 고치밥이 될 게 뻔해요. 그런 애들이 한둘이 아니죠. 지금 고치 값이 올라서 아이들은 잘 못 먹거든요."

"그럼 부모가……."

"아니, 뭐 사정이 있는 애들이죠. 그런 저런 사정말이요. 뭐 복잡해서 말하긴 그렇고……. 행사가 끝나고 고치들이 좀 올라 오면, 저 놈들한테 돌아가는 것도 있겠죠."

"행사가 있나요?"

남자의 기다란 등은 말이 없다. 길쭉한 얼굴을 돌려 슬쩍 눈길을 준다.

"행사가 있긴 있죠. 뭐, 다 알게 되실 거니까 조급해 하실 것 없어요."

"무슨 말이죠?"

"덥죠? 이놈의 장마가 끝날 때도 된 것 같은데. 오늘 밤에도 후

덥지근할 거요. 심심하시면 저녁 8시에 호숫가에 들려셔도 좋죠. 아이고, 벌써 시간이 이렇게 됐나? 이거 미안하게 됐네요. 저기 골목 오른쪽으로 보면 간판 하나 보여요. 거기서 음료수 사드시면 되고요, 저는 가 봐야 할 것 같네요."

성철 씨는 휘청거리듯 걷더니 이내 골목 안으로 사라진다. 나는 코밑의 물기를 닦아 내며 매미 소리를 듣는다. 사이렌처럼 잘도 시끄럽다. 성철이 말해준 곳은 문이 닫혀 있다. 오래 전에 닫은 것처럼 자물쇠가 녹슬었다.

이 더위에 미정이는 도대체……

짧은 반바지로 돌아다니면 허벅지가 다 벌겋게 탈 텐데. 핸드폰도 놓고 가고…….

이런 저런 생각을 해 봐도 떠오르는 것이 없다. 가게 앞 대청마루에 걸터앉는다. 어차피 마실 나간 것이면 곧 돌아오겠지. 그럼다시 아기도 만들고……. 가능할까? 나뭇가지 사이로 파고든 햇살이 눈부시다. 가만히 누워 눈을 감는다. 스치는 바람이 땀을 식힌다. 술에 취한 듯 몸이 축 쳐진다. 여기서 잠들면 정말 이상한 사람처럼 보이겠지.

힘주어 몸을 일으킨다. 정말 잠들어 버릴 것 같다. 어깨가 무겁고 목이 뻐근하다. 지금쯤 민박집에 돌아왔을 지도 모르지. 여유있게 생각하자. 나는 느긋하게 걸어 민박집에 닿는다. 썰렁한 방에서 한없이 벽을 응시하다 또 다시 호숫가로 나간다.

어디에도 아내는 없다. 식당에 들러 고치를 먹은 뒤 민박집으로 돌아온다. 아주머니는 모르겠다고 퉁명스런 말을 던질 뿐이었다. 민박집의 노인도 하루 종일 보이지가 않는다. 휴대폰으로 알람을 맞춰 놓고 아침에 개어 놓지 않은 이불 속으로 들어간다. 곧 오겠지. 아내처럼 낙관적으로 생각하자. 무거운 숨을 뱉어 내며 나를 깨워 주는 것이 알람이 아니기를 바란다. 미안하게도 고치 가게에서 봤던 여자가 꿈에 나온다.

벨 소리에 잠을 깬다. 얼결에 핸드폰을 집어 든다.

"미정이니?"

알람 소리다.

셔츠를 걸치고 문을 연다. 노인의 방에는 불이 꺼져 있다. 잠깐 기웃거리다가 대문을 나선다. 어둠이 덩어리져 마을로 내려온 것 같다. 호숫가로 가는 길을 밟는다. 핸드폰 불빛에 의지해 겨우 발걸음을 옮긴다. 이미 시간은 8시를 넘어가고 있다. 조급한 마음에 뜀박질을 하다 돌부리에 걸려 뒹군다. 세 번이나 넘어지고 나서야 겨우 웅성거림을 들을 수 있다.

마을에 사람이 이렇게나 많았나.

횃불 사이로 모여든 모기들처럼 보인다. 여기저기서 괴성이 튀어 나온다. 랜턴 불빛을 흔드는 아이들이 날카롭게 웃는다. 습한 공기에 묻은 땀 냄새가 흘러 다닌다.

여기에 정말 미정이가 있을까?

머리카락을 쥐어 잡은 채 동공을 재촉한다. 불빛이 지난 자리에 얼굴들이 나타났다 사라진다. 아내는 여전히 보이지 않는다.

없어졌어?

식당 아주머니의 말이 불길하다.

"나온다!"

한 사내가 소리치고 사람들은 웅성거림이 커진다. 사람들의 시선을 따라 물가의 작은 동굴을 바라본다. 고양이 한 떼가 쏟아져 나올 것 같은 검은색이다. 횃불이 모여 동굴 주위가 환해진다.

손 하나가 튀어나와 바닥을 움켜쥔다.

나는 한걸음 물러선다. 곧 흙 묻은 머리카락이 드러난다.

설마…… 사람인가? 천천히 얼굴을 흙바닥에 끌고 있다. 아무리 어떤 의식이라고는 하지만, 저렇게 얼굴을 문지르면 다칠 텐데. 진흙이 묻은 긴 머리 사이로 보여야 할 귀가 없다. 썰렁한 구멍 주위가 검게 물들어 있다.

한 팔씩, 한 팔씩, 손톱으로 바닥을 긁듯 앞으로 나아간다. 마치 꼬리 잘린 커다란 도마뱀 같다.

복면을 쓴 건장한 남자가 횃불 사이에서 나타난다. 돌기가 난 몽둥이가 그의 손에 들려 있다. 남자는 기어가는 사람의 등을 후려친다.

연극 같은데, 저건 좀…….

기어가던 사람이 몸을 부르르 떤다. 사람들은 환호성을 지른다. 내 앞에 있던 사람은 신이 나 껑충거린다. 도깨비들이 모여 파티를 하는 듯 소란스럽다.

비실비실 웃고 있는 사람들 사이에서 성철 씨를 찾아낸다.

"저거 좀 심해 보이는군요."

"오셨습니까. 우리가 먹고 살자면 당연한 일이지요."

복면 쓴 사람이 다시 몽둥이를 휘두른다. 목청을 뜯어내는 듯한 소리가 이어진다. 사람들은 더욱 환호성을 지른다. 이런 미친 놈들…….

"소리가 왜 저렇지요?"

"그야. 혀를 잘랐으니까요."

"혀는 왜 잘라요?"

고기처럼 동그랗게 뜬 눈이 나를 쳐다본다.

"그래야 물고기가 될 수 있죠. 물고기는 혀도 없고, 귀도 없고, 다리도 없잖아요."

다시 시선을 옮긴다. 무릎 아래가 없다. 천으로 칭칭 동여맨 자리에는 피가 묻어 나오고 있다.

"얼핏 물고기 같지 않소?"

그는 손가락을 동글게 말아 올린다.

"물고기는 눈도 동그랗고 커다랗지."

어디선가 생선 비린내가 나는 것 같다. 사람들 때문에 시야가 좁아진다. 아이들은 낄낄거리며 호수 쪽으로 뛰어간다. 물소리가 시끄럽다.

"그래서 눈 주위도 커다랗게 잘라내죠. 멀리서 얼핏 보면 정말 생선 눈깔 같단 말이야. 후후후."

성철 씨는 담배 연기 뱉어내듯 웃기 시작한다. 몽둥이가 바람을 가르는 소리, 등에 맞는 둔탁한 소리, 사람들의 환호성이 순서대로 밤하늘에 퍼진다.

"강 쪽으로 가는 건가요?"

그가 웃음을 멈춘다. 사뭇 진지한 표정을 짓는다.

"당연하죠. 물고기가 되려는 거니까."

남자는 입을 동그랗게 모으고 기다란 손을 몸에 붙여 지느러미처럼 흔든다. 입을 빠끔거리며 말을 계속한다.

"저기 호수에 고치가 기다리는 소리가 들리죠? 저기 기어가는 물고기 인간을 기다리는 거죠. 그리고 물속에 들어가는 순간!"

커다란 입을 이빨이 보이게 하며 갑자기 닫는다. 이빨 부딪치는 소리가 난다.

"고치 밥이 되는 것이죠."

"그럼…… 죽는 건가요?"

남자의 눈썹이 밑으로 쳐지면서 뒤집힌 브이 자 모양을 한다.

"물고기가 되는 거라니까……."

히죽 히죽.

"죽는 것일 수도 있지."

성철 씨는 군중 속으로 사라진다.

순간 바보가 된 기분이다. 연극 같은 것을 보고 혼자 겁을 먹고 있는 꼴이 아닌가. 저 몽둥이도 진짜는 아닐 테고. 다 분장일 것이다. 저기 기어가는 사람도 그렇고. 하지만 저 사람의 모습은 너무…….

끔찍하군.

다시 아내를 찾으려 사람들의 얼굴을 훑는다. 홀린 듯한 표정의 사람들 속에 식당 아주머니도 보인다. 사람들을 밀치며 그 쪽으로 다가간다.

나를 보더니 가까이 오라고 손짓한다.

"재밌지?"

"그냥…… 조금 그렇군요."

나는 갑자기 생각난 듯 아주머니에게 묻는다.

"아……. 그리고 아내를 여기서 볼 수 있다고 말씀하셨는데……."

아주머니는 천천히 고개를 돌린다. 고치 냄새가 풍겨 온다.

"저기 있잖아."

손가락은 기어가는 사람을 가리킨다.

"무슨 소리예요? 장난하지 마세요."

"보이지?"

"장난치지 마시라니까요."

나도 모르게 목소리가 떨린다. 설마 속에 감춰 두었던 두려움이 슬며시 고개를 든다.

억! 몽둥이질에 비명이 뒤따른다. 이어지는 환호성이 횃불 위로 퍼진다.

저 목소리는 아내의 목소리가 아니다. 아무리 혀를 잘랐다 해도, 아내의 목소리일 리 없다. 마음속의 부정이 커져갈수록 신경줄도 조여온다.

기어가는 사람의 옷에 시선이 멈춘다.

야자나무……. 흙에 물들었지만, 분명히……. 저 반바지…….

나는 아내가 있는 쪽으로 뛰어든다.

"미정아!"

어깨를 돌려 받치고 머리를 들어 올린다.

아내의 얼굴은 하루 만에 완전히 달라져 있다. 입술은 너덜너덜해져서 간신히 붙어 있고, 눈은 안구와 눈꺼풀까지 도려낸 듯하다. 그 상황에서도 기어가려는 듯이 공중에서 팔을 휘젓는다. 나는 아내의 차가운 몸을 붙잡고 하늘을 향해 비명과 눈물을 쏟아 낸다.

복면 쓴 사람이 소리친다.

"비키시오!"

"미정아……. 이게, 대체……."

생선 같은 눈동자들이 멀뚱멀뚱 우리를 쳐다본다.

몽둥이가 내 어깨를 내리 찍는다. 그리고 다시 한 번…….

사람들이 나를 붙잡는다. 허우적거리는 아내와 나를 떼어 놓는다. 환호성 소리가, 고막을 갈가리 찢는 것 같다.

아내의 손가락이 다시 바닥을 긁는다. 잘려진 다리 끝에서 새어 나오는 피가, 아내가 지난 길을 어지럽게 물들인다. 횃불들은 더 요란하게 춤을 춘다. 사람들의 환호성 소리도 음악 비슷하게 변해 간다.

누군가의 손이 내 입을 막고, 팔을 잡고, 다리를 잡고 있다. 아내에게 다가갈 수도, 이름을 부를 수도 없다. 흐르는 눈물을 통해 호수로 향하는 아내를 바라볼 뿐이다.

물 위로 고치들이 튀어 오른다.

아내는 선착장 끝까지 기어가 호수 위로 얼굴을 내민다. 고치 한 마리가 뛰어 올라 얼굴을 문다. 아내는 빨려 들어가듯 물속으로 떨어진다.

불타오르는 횃불들이 환호성을 지른다.

오빠, 나가고 싶어요.

분명히 들린 것 같다. 바지에 똥오줌을 지리고 눈앞이 희미해지는 순간에도 나는 아내의 목소리를 찾고 있다. 분명히 나가고 싶다고 내게 속삭이는 것 같다.

흙바닥이 눈 밑에서 흘러가고, 불빛이 어지럽게 흔들리고, 사람들이 웃어 젖히고, 붉은 대문이 열리고. 그런 다음에야 나는 정신을 잃는다.

꿈속에서 계속 아내의 목소리를 들었다. 하지만 나는 한 발자국도 움직일 수 없었다. 쇠창살로 둘러싸인 방에서 눈을 떴을 때에도 나를 부르는 소리를 들은 것 같았다. 햇빛이 창살 사이로 흘러들어온다. 멍하니 주위를 둘러보다 얼굴을 파묻고 운다. 바닥에 아내의 향수 냄새가 남아 있다. 나는 개처럼 킁킁거리다 울부짖기를 반복한다. 소용없다. 멍하니 앞에 놓인 고치를 삼킬 뿐이다. 아이들은 대문에 매달려 실실 웃는다. 꺼지라는 말에도 아랑곳하지 않는다. 엿새 째 되는 날, 파란색의 우비를 입은 남자가 자물쇠를 푼다. 별일 아니라는 듯 씨익 웃더니 자전거를 타고 대문을 나간다.

나는 곧바로 공터 쪽으로 뛴다. 승용차에 시동을 걸고 힘주어 핸들을 잡는다. 그리고…… 그냥 그렇게 한참 동안 앉아 있다. 구름이 지나간 자리에 뜨거운 태양이 얼굴을 내민다. 공터는 썰렁한 열기만이 가득하다. 아무도 나를 붙잡으려 하지 않는다. 좌석을 뒤로 눕힌 채 눈을 붙인다. 출출함이 올라올 때쯤 차에서 나와 식당으로 향한다.

"저주야. 고치의 저주지."

식당 아주머니는 고개를 저으며 말한다. 고치를 먹은 사람은 다신 밖으로 나갈 수 없다고 한다. 고치는 한 번 중독되면 빠져나갈 수 없으며, 마을 밖으로 나간다고 해도 고치가 생각나 결국 돌아오게 된다고, 고치를 씹으며 말한다.

"뒤쪽에 방이 있으니까, 그곳에 머물라고. 이제 고치도 많이 올라오니까 일손이 달릴 거야."

나는 가만히 고개를 끄덕인다.

한 주 정도 더 지나고, 내게 아내의 다리가 주어진다. 낚시를 하라는 것이다. 아내의 다리는 낚싯대로 제격이다. 다른 사람들처럼 자신의 발이 다칠 위험도 없고, 발목이 가늘어 잡기도 편하다. 나는 신나서 고치를 낚는다. 싱싱한 고치가 양동이 안에 넘쳐난다.

"이곳 규칙이니까 어쩔 수 없어."

아주머니는 이렇게 말하면서 여자를 소개시켜 줬다. 그녀는 금방 내 품에 안겼다. 그녀의 가녀린 발목도 마음에 든다.


"자네 뭐하나?"

성철 씨가 피 묻은 손으로 내 어깨를 툭 친다.

"아뇨. 좀 딴 생각을 했어요."

그는 벽에 걸려 있는 갈고리를 꺼내 든다.

"이 일 세 번짼가?"

"헤헤, 벌써 세 번째네요."

"잘 적응하는군. 몸이 가벼워 보이는데? 아, 참. 제수씨는 괜찮나? 감기 기운이 있다는 얘기는 들었는데."

피 묻은 입술이 씰룩거린다.

"임신했어요. 헤헤헤"

성철 씨는 놀란 표정으로 말보다 먼저 악수를 청한다. 나보다 더 기분이 좋은지 작업 내내 싱글벙글이다. 누워 있는 여자의 귀를 갈고리로 찌르며 말한다.

"제수씨께 축하한다고 전해 줘."

여자의 몸뚱이가 부르르 떨린다.

"알았어요."

앞치마에 묻은 피를 손으로 툭툭 털어 내며 대답한다. 벽에 걸린 도끼를 꺼내 든다.

"이 여자의 남편은 뭐하고 있을까요?"

성철 씨가 턱으로 식당 쪽을 가리킨다.

"식당에서 고치를 먹고 있거나, 아내 찾아서 마을을 돌아다니고 있겠지. 나는 전자 쪽에 걸겠어. 그 녀석, 생선 좋아하게 생겼거든."

나는 단단히 묶여 있는 여자의 다리 옆에 선다.

"첨부터 궁금한 게 있었어요."

성철 씨는 눈알을 도려내다 말고 시선을 옮긴다. 피떡이 된 야구 모자 아래로 성철 씨의 눈이 보인다. 고치의 눈과 상당히 닮은 것 같다.

"이렇게 반죽음을 해 놓았는데, 어떻게 혼자서 호수로 기어가죠? 호수에 도착할 때쯤 손톱도 다 빠지고, 아플 텐데……."

"저주, 뭐 다른 말이 필요하겠나. 이렇게 해 놓고 그 동굴 안에 넣어 놓으면 저절로 기어 나오게 되어 있다니까."

말을 듣는 도중에 도끼로 여자의 무릎을 찍는다.

비명이 잘린 혀를 타고 방 안에 퍼진다.

# 시체 X

## 류동욱

어릴 땐 2호선, 샐러리맨인 지금은 3호선. 욕심 안 부리고 16호선 탈 때까지 살고
싶다.

알랭 드 보통과 쇼펜하우어를 좋아한다. 매드클럽 회원. 「만화방 남자들」이라는 작
품이 장르 소설 잡지 《판타스틱》과 네이버 '오늘의 문학'에 실린 적이 있는데 아는
사람만 안다. 나는 그 사람들이 고맙다.

지하철은 차가운 강바람으로 객차 안을 꽉 채우려는 듯 문들을 다 열어 놓은 채 강변역에 멈춰 서 있었다. 민수는 좀 전까지 아내와 통화를 하고 있었는데 열차가 멈춘 게 먼저였는지 아내와의 통화가 끊어진 게 먼저였는지 알 수가 없었다. 승객들은 무신경하게 잡담을 나누거나 책을 보거나 잠을 자고 있었다.

민수는 아내의 번호를 다시 눌러 보았지만 컬러링인 아바의 댄싱퀸만 요란하게 귀청을 때릴 뿐 전화를 받는 목소리는 없었다. 이번에는 집 전화번호를 눌러보았다. 역시 전화를 받지 않았다. 그리고 안내 방송이 흘러 나왔다.

"승객 여러분께 알려 드립니다. 바로 앞 열차에서 사상 사고가 난 관계로 열차가 잠시 멈춰 있습니다. 사고가 수습되는 대로 출발할 예정이니 잠시만 기다려주시기 바랍니다."

사람들은 잠시 웅성거렸지만 이내 잠잠해졌고 민수는 재차 전화를 걸었지만 여전히 불통이었다. 이놈의 마누라가 왜 전화를 받지 않는 걸까.

다시 안내 방송이 나왔다.

"사고 수습에 조금 시간이 걸릴 예정입니다. 바쁘신 분들은 다른 교통편을 이용하여 주시기 바랍니다."

금요일 퇴근길.

결단이 빠른 사람이나 진짜 바쁜 사람 몇 명이 열차에서 내렸다. 민수는 집에 조금 늦게 들어가는 정도야 얼마든지 참을 수 있었다. 견디기 힘든 건 아내가 자신의 전화를 받지 않고 있다는 사실이었다. 전화를 받아야 오늘 저녁을 집에서 먹을지, 아니면 밖에서 만나 외식을 할지 결정할 것 아닌가. 이 추운 날 지하철 역에서 집까지 20분을 걸어갔다가 다시 나오고 싶지는 않았다.

"승객 여러분께 알려드립니다. 앞 열차에서 사망 사고가 난 관계로 열차가 가지 못하고 있습니다. 바쁘신 분들은 다른 교통편을 이용하여 주시기 바랍니다. 불편을 끼쳐드려 죄송합니다."

종전의 방송내용 두 개를 합친 내용이었다. 단어 한 개가 바뀐 것만 빼고. 사상 사고가 사망 사고로 변했다. 잘못 들은 건가. 사람들이 웅성거리기 시작하고 제법 많은 사람들이 내리는 걸 보니 잘못 들은 건 아닌 모양이었다.

민수는 계속 자리에 앉아서 기다렸다. 역 앞 정류장에 집까지 가는 버스가 있는지 알 수도 없었고 설혹 있다 해도 이런 추운 날씨에 밖에서 버스를 기다리고 싶진 않았다. 어차피 사고 수습은 곧 끝날 것이다. 내려서 버스 정류장까지 가고 버스를 기다리는 시간까지 생각하면 거기서 거기다.

문득 민수는 이마 중심에 박히는 누군가의 강렬한 시선을 느끼고 고개를 들었다. 언제 탔는지 회색 승복을 입고 커다란 검정 더플 백을 어깨에 멘 노인이 바로 앞에 서 있었다. 민수는 거의 반사적으로 자리에서 일어났다.

"땡큐."

노인은 그렇게 인사하며 윙크를 했다. 재밌는 노인네란 생각을 하는데 마침 건너편 자리가 비어 금방 다시 앉을 수가 있었다. 맞은편에 앉은 노인이 계속 민수를 쳐다보며 미소를 보냈다. 자리를 양보해 줘서 고맙다는 뜻을 계속 전하려는 모양이었다. 민수도 어정쩡한 미소로 답례했다.

노인은 오늘 아침까지 산 속 깊은 곳 산사에서 수행을 하다 내려오기라도 했는지 옷에서 풀과 향 내음이 났지만 머리를 깎지 않은 걸로 보아 스님은 아닌 듯했다. 노인의 머리는 젊은 사람 못지않게 풍성했고 염색을 했는지 새카맸다. 어딘지 모르게 이국적인 풍모를 지녔는데 얼굴의 수많은 주름들은 고생이나 노화보다는 습관적인 미소의 흔적처럼 보였다.

새로 탄 승객 몇 명이 노인과 민수 사이를 가로막아 불편한 상황은 끝이 났다. 민수는 핸드폰을 다시 만지작거렸다. 아내와 무슨 얘기를 나누고 있었더라. 이상하게 기억이 나지 않았다. 그냥 시시껄렁한 얘기였던 걸로 짐작할 뿐이었다. 통화 중에 아내의 말인지, 자신의 말인지 분명하지 않지만 마지막 한 문장이 끝나기도 전에 갑자기 전화가 끊겼다는 것이 남은 기억의 전부였다. 왜 갑자기 전화가 끊어졌을까. 그리고 왜 전화가 연결되지 않는 걸까.

아내는 집 현관 쪽으로 등을 보이고 자신과 통화를 하고 있다. 괴한은 조심스럽게 현관 문을 따고 들어온다. 여러 가지 번거로운 절차들을 싫어하는 괴한은 아내에게 비명을 지를 기회조차 주지 않고 다짜고짜 들고 있는 둔기로 아내의 머리를 내려친다.

민수는 벼랑 끝에서 발을 헛디디는 순간의 아찔함을 느끼며 눈을 번쩍 떴다. 내가 지금 무슨 생각을 하고 있는 거야. 깜빡 졸다가 꿈을 꾼 것인지, 제멋대로 흘러가던 상념인지 헷갈렸다. 어제 마신 술 때문일 것이다. 그런 터무니없는 상상이라니. 아무튼 그런 일이 일어났을 리가 없다. 만약 그랬다면 통화 중에 무슨 소리라도 들렸겠지.

사람들은 손목시계를 보기도 했고 전화를 걸어 약속 시간에 맞춰 도착하지 못하는 사정을 설명하기도 했고 사정이 통하지 않으면 급하게 열차에서 내리기도 했다. 열차를 타는 사람도 있었지만 내리는 사람들보다 훨씬 적었기 때문에 시간이 지날수록 열차 안의 사람 수는 점점 줄어들었다. 안내 방송이 두 번 더 나왔지만 내용은 전과 다를 바가 없었다.

민수는 시계를 보았다. 열차가 멈춰 선 지 벌써 30분이 지난 상태였다. 주황색 유니폼을 입은 119 구급 대원 두 명이 서둘러 승강장을 뛰어가는 게 보였다. 이제 구급 대원이 뛰어갔으니 사고를 완전히 수습하려면 시간이 좀 더 필요한 듯 보였다.

민수도 지루한 기분에 객차를 걸어 나와 승강장으로 나갔다. 열차 뒤쪽 승강장엔 사람들이 없었지만 앞쪽 승강장 끝엔 사람들이 빽빽했는데 모두 잠실 철교 쪽을 바라보고 있었다. 그러고 보니 지하철을 내린 사람들은 모두 버스를 타러 나간 게 아니라 대부분 사고 구경을 하고 있었던 것이다.

민수도 호기심이 일어 승강장 끝으로 발길을 옮겼다. 걸어가면서 다시 아내의 번호를 눌렀다. 전화를 받는다면 사고의 현장을 바로 생중계해 줄 생각이었다. 아내는 이런 걸 좋아하니까. 하지만 연결은 계속 안 된다. 민수는 사람들 사이를 비집고 들어간 후 승강장 맨 끝에서 머리를 철로 쪽으로 내밀어 한강 쪽을 바라보았다. 레일은 잠실 철교위로 뻗어 있었고 철교 중간에서 강변역 쪽으로 조금 더 온 지점에 민수가 탄 열차 바로 앞에 가던 열차가 정차해 있었다.

열차 주위에는 구급 대원들 여럿이 몸을 숙이고 뭔가 열심히 작업을 하고 있었고 경찰들이 그 뒤에 서 있는 게 보였다. 민수 바로 옆에서 사람들을 막고 서 있는 역무원은 무전기로 공익을 몇 차례 호출하다가 응답이 없자 직접 부르러 달려갔다.

역무원이 자리를 뜨자마자 민수 뒤에 서 있던 땅딸막한 노인 한 명이 대담하게 승강장 끝의 계단으로 내려가 레일 위를 밟았다. 누군가 그를 제지해야 했지만 오히려 그의 뒤를 따라 한 남자가 더 내려갔다. 분위기가 그랬다. 노인과 그의 뒤를 따라 내려간 남자는 사고 현장까지 다가갔다가 사고 열차 앞에 있던 경찰의 제지를 받고 금방 다시 돌아와야만 했다. 그들이 돌아오자 사람들이 우르르 몰려들어 상황이 어찌됐느냐고 질문을 쏟아냈다. 노인이 말했다.

"모르겠네. 어두워서. 구급 대원들이 열차 밑으로 들어가서 한참 뭘 찾고 있던데."

117

"끝나려면 멀었대요? 빨리 가야 하는데."

"보니까 한참 걸리겠어."

5분도 안돼서 무리 중 몇 명은 지레 지쳐 다시 열차 안으로 들어갔고 몇 명은 외부로 나가는 계단으로 발길을 돌렸다. 민수도 슬슬 역을 빠져나가야겠다는 생각을 하고 있을 때 무전기를 든 또 다른 역무원이 철로에서 승강장 위로 불쑥 올라왔다.

"어떻습니까? 오래 걸릴 것 같습니까?"

민수가 묻자 뒤에 있던 아줌마가 재빨리 끼어들었다.

"자살한 거예요?"

역무원이 짧게 대답했다.

"예."

"열차가 달리고 있는데 어떻게 자살했대요?"

아줌마는 의외로 좋은 질문을 던졌다. 생각해 보니 이상했다. 보통 지하철 역에서의 자살은 승강장에서 기다리고 있다가 열차가 다가오는 타이밍에 맞춰 그 앞으로 뛰어내리는 식으로 이루어진다. 저 앞에 있는 열차는 한강 위 철교 중간에 있는데 저런 곳에서 어떻게 자살할 수 있는지 이해가 되지 않았다. 민수 말고도 여기 모인 모든 사람들이 귀를 쫑긋 세우고 역무원의 대답을 기다리고 있었다. 그는 멋쩍은 듯 얼굴을 몇 번 긁다가 말했다.

"그건 저도 잘 모르겠습니다. 옆에 찻길도 있고 인도도 있으니까 거기서 벽을 뛰어 넘어 들어온 것 같기도 하고."

그리고 방금 자기가 올라왔던 계단을 가리키며 말했다.

"아니면 이리로 내려가서 저기까지 걸어갔는지도 모르죠."

"오래 걸릴 것 같습니까?"

누군가 민수가 던진 것과 똑같은 질문을 던졌다.

"저도 못 봐서 그런데, 사람이 바퀴 사이에 꽉 낀 모양이에요. 역이라면 금방 꺼냈을 텐데 저긴 캄캄하니까 찾는데 애를 좀 먹는지…… 찾기만 하면 금방 끝날 겁니다."

사람들 사이에서 탄식이 흘러나왔다.

"아직 시체도 못 찾았대요?"

"아니 못 찾았다는 게 아니고. 그러니까 바퀴 사이에 낀 걸 꺼내려면 시간이 걸린다는 얘기죠."

역무원은 방금 자기가 한 말도 헷갈려 하는 것 같았다.

사람들이 하나둘씩 흩어지기 시작했다. 민수는 갈등을 하다가 그냥 열차에 남아 있는 쪽을 택했다. 기다리다 보면 아내의 전화가 올 수도 있었고 색다른 구경거리도 있을 것 같았다. 열차 안으로 들어와서 자리에 앉아 창문 밖을 보니 몇 명의 구급 대원들이 새로 현장에 투입되고 있었다. 조금 있으면 그들은 시체가 든 검은 가방을 둘러메고 이 앞을 다시 지나갈 것이다.

민수는 그 광경을 직접 목격하고 싶은 것이다. 이런 사고를 늘 접할 수는 없으니까. 20대 여자 두 명이 민수가 있는 객차 안으로 들어와 얘기를 나누기 시작했다.

"여자가 어떻게 저렇게 끔찍하게 죽는 길을 택했대."

"모르지. 실연당한 거 아닐까?"

"아무리 그래도. 실연 때문에 저렇게 죽어? 요새 경제가 어려우니까 빚에 몰린 거 아닐까?"

"낸들 아니? 에유. 그런데 큰일 났네. 영화 시작할 때 다 됐는데."

민수는 무심코 정면으로 고개를 돌리다 깜짝 놀랐다. 좀 전에 자리를 양보받았던 노인이 그를 빤히 쳐다보고 있었던 것이다. 이번에는 아무런 미소도 짓지 않고 그저 무표정한 얼굴로 그를 응시하고 있었다. 지금 민수가 있는 객차는 이전보다 훨씬 앞쪽의 객차인데 노인이 어떻게 똑같은 모습으로 건너편 의자에 앉아 있는지 이해가 가지 않았다. 그도 사고 현장을 구경하기 위해 앞쪽으로 왔다가 우연히 저 자리에 앉은 걸까. 노인은 여전히 커다란 더플 백과 함께였다.

수다를 떨던 여자들이 표를 환불받겠다고 나갔고 곧이어 누가 들어도 다른 교통편을 이용하는 게 현명한 일이라는 생각이 들게끔 만드는 안내 방송이 나왔다. 이제 서 있는 사람은 아무도 없었고 자리도 듬성듬성 비어 있었다. 민수는 다시 아내의 전화번호를 눌렀다. 지긋지긋한 댄싱퀸, 댄싱퀸, 댄싱퀸. 이제 버스를 타야겠다는 결심을 하고 자리에서 일어나는데 눈을 반쯤 감고 있던 노인이 말을 건넸다.

"조금만 더 기다려 봐. 금방 끝날 것 같으니까."

민수는 그 말에 문 쪽을 향하던 발걸음을 멈췄다.

"보니까 한참 걸릴 것 같은데요."

"한 명이 죽었다지?"

"예."

"그렇다면 금방 끝날 거야. 근데 결혼은 했소?"

"예."

"부인이 집에서 애타게 기다리고 있겠구만. 전화는 했고?"

"전화를 했는데 받질 않네요."

말을 하고 나니 괜히 쓸데없는 소리를 했다 싶었다.

"걱정하겠구만. 어서 연락을 해야지. 걱정하겠어."

그렇게 말하는 노인의 얼굴에 주름들이 주인의 의사와 관계없이 제멋대로 움직이고 있는 것처럼 꿈틀거렸다. 마치 좁은 수조 안에서 쉴 새 없이 움직이는 미꾸라지처럼.

"맨날 싸우는 부부도 연락이 끊기면 무슨 일이 있나 안절부절 못하지. 그게 부부야."

그러고서 노인은 껄껄 웃었다. 민수는 그냥 빙긋 웃어 보이고는 열차 밖으로 나갔다. 매표소 앞에는 환불을 받으려는 사람들로 줄이 길게 늘어서 있었다. 역 앞 버스 정류장에서 버스 노선도를 보니 다행히 집 앞까지 가는 버스가 있었다. 운 좋게도 마침 그 버스가 정류장으로 들어오는 중이었다.

안주머니에서 지갑을 꺼내던 민수는 아차하며 소스라쳤다. 회사에서 창립 기념일이라고 나눠 준 기념품이 담겨 있는 쇼핑백을 열차에 두고 온 것이다. 민수는 얼른 역으로 다시 뛰어 들어갔다. 열차 안에 승객들은 아무도 없었다. 노인도 보이지 않았다. 다행히 쇼핑백은 원래 자리에 그대로 있었다. 나오면서 승강장 끝을 바라봤는데 구경꾼들도 다 사라지고 좀 전에 봤던 껑다리 역무원만 혼자 남아 현장을 서성이고 있었다. 민수는 그냥 가려다가 묘한 호기심에 역무원 쪽으로 발걸음을 옮겼다.

"아직 끝나려면 멀었나 보죠?"

다리 위에 서 있는 열차는 한밤중의 상갓집처럼 어둠 속에서 홀로 빛을 발하고 있었고 그 주위로는 여전히 구급 대원이며 경찰들이 잔뜩 모여 있었다. 역무원이 짜증스럽게 말했다.

"모르겠습니다. 지금 역마다 난리에요. 역에서는 빨리 좀 하라

고 하는데 왜 저리들 늦장인지. 하긴 제가 봐도 쉽게 끝날 것 같
지는 않던데. 이런 건 정말 난생 처음이에요."

"시체…… 보셨나요?"

"글쎄요. 봤다고 해야 하나, 말아야 하나. 구급 대원들이 열차
밑으로 쑤시고 들어가서 뭔가 꺼내긴 꺼내던데…… 아니, 긁어
낸다고 하는 표현이 더 맞겠네. 그 사람들, 정말 대단한 사람들이
에요. 나 같으면 그런 일 절대 못하지. 표정들이 이런 일은 하루에
도 수십 번도 더 하는 사람들처럼 한결 같더라구요."

"여자라던데."

열차 안에서 들었던 여자들의 대화를 떠올리며 넌지시 물었다.

"누가요?"

"죽은 사람이요."

"글쎄요. 이미 죽었는데 남자건 여자건 무슨 상관이겠어요."

이제 더 이상 물어볼게 없자 민수는 수고하시라는 말을 남기고
돌아섰다. 그리고 몇 발자국 걷는데 뒤에서 역무원이 소리쳤다.

"남자에요."

민수는 걷는 걸 멈추고 뒤를 돌아봤다.

"아, 남자요?"

"예. 남자. 이제 기억이 나는데 그 뭐냐. 손목시계가 발견됐는데
남자 시계였다고 했어요."

민수는 그 말에 죽은 사람이 남자일 확률이 99%정도까지는
몰라도 100% 확신할 수는 없다고 생각했다. 자신의 와이프만 해
도 장인의 유품이라며 남자 시계를 차고 다니기 때문이다.

이번에는 정류장에서 한참을 기다려도 버스가 오지 않았다.

배가 고파왔다. 마침 뒤에 포장마차가 있어 우동이나 먹기 위해 들어갔다. 그런데 거기에 낯익은 얼굴이 있었다. 다름 아닌 더플백 노인이었다. 그는 홍합탕 한 그릇을 놓고 혼자 소주를 들이키다가 민수를 보고는 민망할 정도로 반가워했다.

"이리 앉으시오. 이리 앉아요. 허허."

민수는 별 수 없이 노인의 옆에 앉았다.

"그나저나 부인이 해 주는 맛난 저녁을 먹어야지. 어쩐 일로 이 초저녁에 포장마차를 들리시나?"

"시간이 많이 늦어서요."

우동이 나오자 노인이 술잔을 건넸다. 얼떨결에 민수는 빈속에 소주를 털어 넣었다.

"아까 어떤 사람이 그러는데 지하철 역마다 난리가 났다는구면. 지하철 개통 이래 이렇게 모든 지하철이 올 스톱된 건 아마 처음일걸. 안 그렇소?"

"자살 사고는 이전에도 많았죠."

"에이 그거야 그렇지만 이렇게 사고 수습이 늦어지는 건 처음이지. 왜 그런지 아쇼?"

노인은 민수의 대답도 기다리지 않고 말을 곧바로 이었다.

"그 전에는 다 역에서 투신하는 식이었는데 이번에는 철로 한가운데서 죽었거든. 보통 열차가 역에 들어올 때는 속력이 어느 정도 줄은 상태지. 그런데 다리 위는 어떻소? 열차가 쌩쌩 달릴 꺼 아니오? 그런 열차에 사람이 부딪히면 어떻게 되는지 알아요? 내가 인도에 갔을 때 그런 걸 본 적이 있지. 거기는 열차 탈선은 기본이고 육교 위를 달리다가 추락해서 사람들로 바글바글한 시장통 위를 덮치는 경우도 있어. 어쨌든 묵사발이라는 말은 이런 때 쓰는 거요. 그건 더 이상 사람이라고 할 수가 없는 거야."

"인도도 갔다 오셨습니까?"

역시 이국적인 풍모에는 뭔가 이유가 있었다.

"인도뿐이겠소? 내가 이래뵈도 안 간 데가 없지. 네팔, 티베트, 페루, 흐흐. 그리고 뉴욕에도 갔다 왔다고."

인도, 네팔, 티베트, 페루는 뭔가 서로 어울리는데 뉴욕이 좀 튀었다.

"다 관광차 가신 거예요?"

"관광이라기보다는…… 일종의 구도자의 순례라고나 할까. 흐흐."

"뉴욕도요?"

"뉴욕? 뉴욕은 좀 다르지. 거기에 코리아타운이 있는데 내가 거기서 강연을 좀 했지. 인과성의 극복과 인성의 회복이라는, 나조차도 무슨 뜻인지 모를 제목의 강연이었는데 사람들이 구름 때처럼 몰려 왔다구. 그래서 사람들이 그러는데 내가 강연하던 시간에는 뉴욕 그 뭐냐 34번가 쪽이 텅 비어 있었다는 거야."

민수는 우동 면발을 삼키면서 노인의 터무니없는 과장에 짐짓 놀라는 척을 해 줬다. 노인은 그런 모습을 보고 즐거워하더니 또 소주잔을 들이밀었다. 사양했지만 노인이 집요하게 권하는데다 평소 술이라면 거절하지 못하는 성격 탓에 또 한 잔을 입에 털어 넣었다.

"주량이 얼마나 되시오?"

"기본으로 세 병 정도는 마십니다."

"남자가 그 정도는 마셔야지. 그런데 부인께서 뭐라고 안 하시나?"

"지금은 포기했죠."

술 몇 잔이 더 오갔다.

"부부 간에 금슬은 좋으시오?"

"이제 뭐 그냥 사는 거죠."

어느새 소주 2병째를 마시고 있었다. 오늘은 취기가 빨리 올랐다. 거듭되는 연말 모임에 간이 지쳐 있으니 그럴 만도 했다.

"그나저나 자살한 여자, 가족도 있을 텐데. 참 안됐어."

"그러게 말예요."

"내 손자가 119 구급대에서 일한다는 거 내가 말했소?"

"아니요."

"내가 뉴욕에서 강연하다 티타임 때 들은 얘긴데 한 남자가 출장차 뉴욕에 와서 복권을 하나 사서 귀국했소. 1등 당첨금이 얼마라더라, 3000만 달러던가? 아무튼 귀국해서 복권을 맞춰 보니 덜컥 당첨이 돼버린 거야. 남자는 복권 당첨금을 탄다고 미국으로 다시 날아왔지. 아내는 한국에 그냥 남겨두고. 그런데 그거 아시오. 미국 복권 당첨되면 시민권을 그냥 준다는 거. 그 다음에 어떻게 됐겠소. 여자는 남편이 거액의 당첨금을 갖고 돌아와서 같이 행복하게 사는 것을 꿈꾸며 가슴이 한껏 부풀어 있었지. 하지만 남자는 한국으로 돌아오지 않았소. 지금은 어디 사는지도 모르지. 정리가 필요한 모든 자질구레한 일들은 남자의 변호사가 다 처리해 줬고. 아마 그는 이름도 성도 다 바꿨을 거요. 흐흐. 내가 그 얘기를 우리 손자에게 해 줬더니 손자가 놀라면서 자기도 그 얘기를 안다고 하더군. 게다가 그 남자의 부인이 지하철에서 투신자살했는데 자기가 그 현장에 있었다는 거야. 하필이면 내 손자가 말이오. 어때요, 세상이란 게 참 좁지 않소?"

노인은 더 얘기를 하고 싶은 눈치였지만 민수는 이제 자리에서 일어날 때가 됐다고 생각하고 지갑에서 돈을 꺼냈다. 그러다가 좀 전에 노인이 했던 말을 떠올렸다.

"아까요. 여자가 자살했다고 하셨잖아요. 여자인 줄 어떻게 아셨어요?"

"아니, 그냥 짐작으로. 신원 미상이라는 얘기는 들었지. 신원 미상이니 남자도 될 수 있고 여자도 될 수 있을 거야. 이 세상의 그 누구도 될 수 있는 가능성이 있는 거지."

노인은 계속 알다가도 모를 소리만 했다.

"세상은 알 수 없는 거야. 혹시 알아? 우리가 예전에 아는 사람이었을지. 흐흐."

"물론 그럴 가능성이 없는 건 아니지만……."

"아까 복권 얘기를 했지만 그 남자가 복권 당첨될 확률은 얼마였을까? 아마 길가다 벼락을 맞고 기적적으로 살아와서 또 길가다 벼락을 맞을 확률만큼이겠지. 가만 있자, 오늘 금요일이지. 혹시 로또 같은 거 사시오?"

"가끔 삽니다."

"그것 보라구. 사람들은 아무리 확률이 낮아도 자신에게 요행이 일어나길 바라면서 그보다 확률이 훨씬 더 높은 불행에 대해서는 절대 그런 일이 일어나지 않는다고 자신하지. 예를 들어 암에 걸리거나 교통사고로 죽을 확률이 얼마쯤 된다고 생각하시오? 벼락 두 번 맞을 확률, 그러니까 복권 당첨 될 확률보다는 훨씬 더 많겠지. 그런데 의사가 사형 선고를 내리거나 차 밑에 깔리기 전까지는 절대 안 믿는단 말씀이야. 좀 얌체 같다고 생각하지 않아?"

"글쎄요."

민수는 포장마차 아줌마에게 돈을 건네고 반쯤 몸을 돌렸다. 하지만 노인은 아랑곳지 않고 말을 계속했다.

"그런데 어떤 사람들, 아주 극히 일부의 사람들은 자신한테도 공정한 사람들이 있어. 그런 사람들은 행운을 바라듯 아주 적은 확률의 불행도 기꺼이 받아들일 준비가 되어 있는 사람들이지. 어떤 사람은 진심으로 그걸 갈구하기도 해. 뭐랄까, 자신이 그걸 감당함으로서 다른 사람들이 그걸 피해가기를 바라는 거지. 혹시 선생은 그런 불행을 진심으로 갈구해 본 적이 있소?"

민수는 얼버무리듯 말했다.

"시간이 늦어서 이만 가 봐야 할 것 같습니다."

노인이 강경하게 말했다.

"이 물음에만 대답하고 가시오."

"글쎄요. 제가 마조히스트도 아니고. 그런 적은 한 번도 없는 것 같은데요."

"한 번도?"

"예."

"그렇다면 자기와 가까운 사람의 불행을 갈구해 본 적은 있소?"

"그건 잘 모르겠습니다. 어쩌면 있을 수도 있겠죠. 정말 시간이 늦어서 이제 그만 가 봐야겠네요. 그럼 잘 드시고 가십시오."

민수가 포장마차 천막을 걷고 나가려는데 노인이 그의 손목을 잡고 말했다.

"내가 좋은 구경 시켜주고 싶은데. 잠깐 시간 좀 내줄 수 있을까?"

민수는 소주 탓이라고 생각했다. 노인을 따라 다시 전철 안으로 돌아온 건 아무리 생각해도 바보 같은 짓이었다. 하지만 노인의 유혹은 강렬했다. 그는 사건 현장을 보여 주겠다고 했다. 어떻게 볼 수 있냐고 했더니 자신이 들고 있던 더플 백을 툭툭 쳤다.

"이거면 돼."

민수는 사건 현장보다 그 더플 백 안에 무엇이 들었는지 궁금해 노인을 따라나섰다. 전철은 여전히 문을 열어둔 채 정지해 있었고 승강장과 객차 안은 텅 비어 있었다. 승강장 끝에서 무전기를 들고 지키던 역무원도 보이지 않았다. 노인은 객차 안으로 들어가 좌석에 털썩 앉더니 더플 백 주둥이를 열어 뭔가를 꺼냈다. 그것은 주황색 옷, 정확히 말하면 119 구급 대원의 유니폼이었다.

"내가 말했지? 내 손자가 119 구급 대원이라고. 걔 장례를 치른 지가 얼마 안 돼. 어떻게 죽었는지는 묻지 말아요. 가슴 아프니까. 구급 대원이라면 목숨은 언제든지 내놓을 준비를 할 수 있어야지. 근데 한 가지 아쉬운 건 살릴 생명을 구하려다 죽은 게 아니라 한참 전에 이미 싸늘하게 식어 버린 시체를 구하겠다고 하다가 죽었단 말야. 시체를 상대하는 건 장의사지, 구급 대원이 해야 할 일은 아니잖아? 어쨌든 이건 그 애의 유품인 셈인데. 나는 부적처럼 이걸 가지고 다니기로 했어. 그런데 오늘 이걸 쓸 기회가 왔구먼."

"혹시 이걸 입고 저기로 내려가라는 말씀인가요?"

"그렇지. 옷은 여기서 갈아입으면 돼. 옷이 꽤 크니 지금 입고 있는 옷 위에 걸쳐 입어도 될 거야."

노인이 무슨 생각으로 이러는지 알 수가 없었다.

"제가 왜 그래야만 하죠?"

"이 친구 실없는 친구구먼. 그럼 여기까진 뭐 하러 다시 따라 왔나."

민수가 선뜻 대답을 못하자 노인이 묘하게 웃으며 말했다.

"아까 내가 물어 본 거 있잖아."

"뭘요?"

"불행을 진심으로 바라 본 적이 있냐는 물음. 자신이든, 자신과 아주 가까운 사람이든."

"직장 동료 중에 얄미운 놈이 한명 있었는데 외국 출장 갈 때 비행기가 떨어졌으면 하고 바랐던 적은 있습니다."

"그보다 더 가까운 사람은?"

"친구 중에도 그런 놈이 한 명 있었죠."

"그보다 더, 더 가까운 사람은."

"이제 없는데요."

"정말?"

"예."

"만약에 말야. 이렇게 가정해 보세. 지금 자네 안주머니에는 로또가 한 장 있고 내가 전지전능한 신이라면 나한테 어떤 부탁을 하겠나?"

"당연히 복권이 당첨되게 해 달라고 부탁하겠죠."

"좋아. 그런 엄청나게 작은 확률의 행운을 부탁할 정도로 자네
는 뻔뻔해. 그렇다면 이런 건 어떨까? 지금 우리가 앉아 있는 이
레일 조금 앞쪽에 신원을 알 수 없는 시체가 한 구 있네. 갈가리
찢기고 눌려서 형체를 알아볼 수 없을 정도의 시체지. 누군지 알
수 없는 시체. 한마디로 미지수인 셈인데, 그러니 저 시체는 이 세
상 어느 누구라도 될 수 있는 가능성이 있다는 거야."

"그건 말이 안 되죠. 신원 미상이라고 하더라도 결국 누구인지
는 밝혀지잖아요? DNA검사라는 게 있고. 그리고 신원이 끝내 밝
혀지지 않아도 어쨌든 죽은 사람은 어느 누구였겠죠. 그건 이미
정해진 거 아닙니까?"

"운명이란 게 원래 정해져 있는 건지, 아닌지에 대한 논쟁이나
말장난 따위는 하고 싶지는 않네. 어쨌든 한번 가정을 해 보자는
거지. 저 시체는 미지수고 자네는 복권처럼 저 시체를 가슴에 품
고 있네. 자, 내가 신이라면 나에게 그 시체가 누구의 시체가 되게
해 달라고 부탁할 건가?"

"그런 부탁은 하고 싶지 않습니다."

"이미 부탁을 했으니 그럴 수도 있겠지."

"예?"

"그 부탁의 결과를 확인하고 싶다면 어서 이 옷을 입게."

그리고 노인은 입을 다물었다. 민수는 노인이 내뿜는 이상한
기운에 압도되는 것 같았다. 이 노인은 보통 노인이 아니다. 엄청
난 광인이야. 나를 끝끝내 저 현장으로 데려갈 심산이야. 대체 이
유가 뭘까. 저 끝에는 뭐가 있을까.

민수는 거부할 수 없는 힘에 이끌려 노인이 건네 준 옷을 주섬

주섬 입었다. 노인이 앞장섰고 민수가 뒤를 따랐다. 하지만 승강장 끝을 지나 철로 밑으로 내려와서부터는 민수가 앞장을 서기 시작했다. 한강 철교 위로 진입하자마자 밑에서 철로 사이를 뚫고 올라오는 강바람에 사타구니가 얼어붙는 것 같았다.

철교 위에 서 있는 열차는 유령선처럼 그 자리에 고정되어 있었고 운전석에 있던 기관사는 어디에도 보이지 않았다. 뒤돌아보니 노인은 그냥 묵묵히 철로 위를 걸으며 뒤따라오고 있었다.

민수는 발을 헛디디지 않도록 조심조심 철로를 걸으면서 노인이 던진 수수께끼 같은 말을 다시 한 번 생각했다. 만약 노인의 말대로 저곳에 있는 시체가 그 누구도 될 수 있다면 자신은 누가되기를 바랄까. 민수는 아내와 했던 통화를 떠올렸다. 그건 거의 자동적인 연상이었다. 그제야 민수는 자신이 뻔히 알고 있는 답을 애써 회피했다는 사실을 깨달았다. 민수는 전철 안에서 휴대폰을 통해 들려오던 아내의 짜증 섞인 목소리를 들었을 때 아내가 진심으로 죽어 버렸으면 좋겠다는 생각을 했었다.

'미치겠어. 정말 죽고 싶어.'
'왜 그래. 또. 지금 전철 안이니까 가서 얘기하자.'
'오늘도 늦게 들어올 거지?'
'지금 가는 중이라니까.'
'거짓말. 어제도 그랬잖아. 그래 오늘도 늦게 들어와 봐. 와이프가 죽든 말든.'
'자꾸 그럴래? 이러니 내가 일찍 들어가고 싶겠어?'
'이번엔 정말 죽을 거야. 저번처럼 실패하지 않을 테니까 걱정

131

마. 자긴 내가 죽었으면 좋겠지? 그때 되게 아쉬웠지? 병원에서 울었던 것도 아쉬워서 운 거지? 이번엔 확실한 방법을 알았으니까 걱정할 것 없어. 100프로 확실한 방법이니까.'

그래, 죽어. 그냥 생각만이 아니었다. 전화가 끊어지기 직전 민수가 옆자리에 앉은 승객들이 안 들릴 정도로 아내를 향해 조용히 내뱉은 말은 '그래, 죽어.'였다. 그리고 지금 저 시체가 그 누구도 될 수 있다면, 만약 아내의 시체라면 기분이 어떨지를 상상했다. 이건 너무도 끔찍한 일이야. 나는 뉴욕에서 복권이 당첨된 일도 없어. 그리고 그랬다면 그냥 그 남자처럼 미국으로 도피하면 그만이지, 아내의 죽음을 원할 필요는 전혀 없잖아. 이렇게 생각하던 민수는 어쩌면 나는 내 인생에서 복권 같은 게 절대 당첨될 일이 없기 때문에 그보다 가능성이 높은 다른 행운을 바랐는지도 모른다는 생각까지 하게 되자 온몸에 소름이 끼쳤다.
이건 노인이 말한 것처럼 불행을 기꺼이 감수한다는 개념이 아냐. 앞 뒤 모두 밝은 행운만 있는 게 아니라 어두운 이면을 갖고 있는 행운도 있을 수 있다. 아내의 죽음이 행운이라고? 반쯤 미쳐 버린 히스테리, 의부증 환자에다가 시도 때도 없이 자살을 기도하는 여자를 아내로 둔 남자에게는 행운이 될 수도 있겠지.
말도 안 돼. 확률은 제로다. 아내는 집에서 전화를 받고 있었다. 아니, 잠깐. 먼저 전화를 건 건 아내 쪽이었다. 순전히 어제의 실수를 추궁하기 위해서 평소와 달리 먼저 전화를 한 것이다. 그런데 집에서 걸었다면 집 전화를 쓰지, 왜 군이 휴대폰을 썼을까? 아내는 집에 있을 때 가급적 휴대폰을 쓰지 않는다. 아냐. 분명히

TV 소리가 들렸어. 집에서 전화를 건 게 틀림없어. 이 시간에 외출할 리도 없고. 가만 있자, 요새는 외출이 부쩍 잦아졌지. 퇴근해 보니 집이 비어 있는 경우가 종종 있었어. 그리고 TV. 그래 아까 내 옆자리에 앉은 여자도 휴대폰으로 TV를 보고 있었어. 어쩌면 아내는 바로 앞의 열차를 탄 건지도 몰라. 그놈의 무지막지한 히스테리 발작이 그녀에게 한창 질주하는 전철의 문을 열어젖힐 만한 힘을 줬을지도 모르지. 그렇다면 저 시체가 아내의 시체일 수 있는 확률은 얼마일까?

전철은 무대 위에 선 비극의 여주인공처럼 스포트라이트를 온몸으로 받고 있었다. 그리고 그 옆에는 경찰과 구급대원들이 열심히 조연 겸 엑스트라 역할을 하고 있었다.

"이봐! 그 밑에 찾아봤어?"

"여기도 붙어 있는데요."

"그것보다 저것부터 빨리 꺼내야지!"

"그건 아무래도 바퀴를 들어 올려야 할 것 같습니다."

민수는 멍청히 한쪽 구석에서 그 광경을 바라보고 있었다. 그때 꽤 나이가 많아 보이는 경찰 한 명이 그를 보고 소리쳤다.

"이봐요! 와서 이것 좀 도와줘 봐. 어이 어딜 봐! 당신 말야."

그제야 민수는 자신이 구급대원 복장이란 걸 알았다. 민수는 경찰이 시키는 대로 전철 밑으로 기어들어가야 했다. 경찰이 뒤에서 플래시를 비춰 주며 말했다.

"저기 저거 레일 사이에 살짝 걸쳐 있는 거 보이지. 간당간당하네. 잘못 건들면 밑으로 빠져서 강에 떨어지겠어."

처음에는 경찰이 뭘 가리키는 건지 몰랐다. 그러나 경찰의 플래시 불빛이 무언가를 가리키며 빙글빙글 돌 때에 민수는 그것이 사람의 짓이겨진 머리통임을 알았다. 성질 나쁜 거인이 한 손으로 사람의 머리를 움켜잡고 바로 몸에서 뜯어버린 것 같은 모양이었다. 그리고 머리통에 달린, 반쯤 뿌리 뽑히고 남은 나머지 머리카락이 길게 레일 사이를 지나 한강 쪽으로 뻗쳐 있는 게 보였다. 누가 봐도 여자의 머리카락이었다. 그리고 그 머리카락에는 너무나 익숙한 모양의 머리핀이 달려 있었다. 런던 출장 갔을 때 아내에게 사다 준 머리핀과 똑같은 나비 모양의 머리핀이었다. 민수는 충격과 두려움으로 사지가 마비되는 느낌을 받았다. 다시 몸을 일으켜 주위를 둘러보았다. 노인은 어디론가 사라지고 없었다.

"뭐해! 빨리 안 하고."

민수는 다시 전철 밑으로 기어들어갔다. 그의 손에는 경찰이 건네 준 갈고리가 달린 긴 장대가 쥐어져 있었다. 민수는 팔을 길게 뻗어 갈고리로 머리를 툭툭 건드렸다. 오히려 그게 머리를 미는 식이 되었고 볼링공이 레인 위를 굴러가듯 머리통이 레일 사이에 아슬아슬하게 걸쳐서 굴러 갔다. 갈고리 끝에 머리카락이 걸리지 않았다면 곧장 강물에 빠졌을 것이다. 씹할. 그냥 버스를 타고 가 버렸어야 하는 건데. 그랬으면 아무 일도 없는 건데. 민수는 천천히 장대를 잡아당겼다. 갈고리가 걸린 게 뒤통수 쪽이라 얼굴은 보이지 않았다.

어떤 특정한 동작이나 활동이 까맣게 잊고 있던 기억을 되살리는 경우가 있다. 지금 민수에겐 땀을 뻘뻘 흘리며 장대를 잡아겐기는 동작이 그랬다. 결혼하고 그 다음해 가을 민수는 아내와 함께 문경에 있는 어느 농장에 밤을 따러 간 적이 있었다. 장대로 밤을 따면서 단풍잎 사이로 비치는 가을 햇살에 눈을 찡그리던 아내의 모습은 얼마나 귀여웠던가. 민수는 장대질을 멈췄다. 그리고 열차 밑에서 몸을 빼고 일어났다. 경찰이 무슨 일이냐고 말했지만 대꾸도 하지 않고 다시 승강장 쪽으로 걸어갔다.

지하철을 지나는데 객차 안에 앉아 있는 노인이 보였다. 노인은 전과 다름없이 태연하게 객차에 앉아 있었다. 민수는 노인 앞으로 가 물었다.

"저 시체는 누구죠?"

"확인 안 해봤나?"

민수는 노인의 멱살을 잡아 일으켜 세우고 싶은 충동을 억지로 참고 다시 한 번 물었다.

"누구냐니까요?"

"부탁한 그대로야."

"부탁? 무슨 부탁?"

열차의 문들이 치익 소리를 내며 일제히 닫혔고 열차가 딸꾹질을 하듯 한 번 덜컹거렸다가 갑자기 움직이기 시작했다. 그 바람에 민수는 잠시 균형을 잃었는데 때맞춰 노인이 벌떡 일어났다. 분명히 처음 봤을 때는 허리가 약간 구부정하면서 민수보다 작았는데 지금은 민수가 올려다봐야 할 정도로 키가 컸다. 열차는 사고 열차가 멈춰 있던 지점을 지나고 있었다. 민수는 열차가 금방이라도 다리 밖으로 나가 한강의 어둠 속으로 추락할 것 같은 기분을 느꼈다.

"무슨 부탁을 했든지 간에."

민수는 레일 위에 걸쳐져 있던 여자의 머리를 다시 한 번 떠올렸다.

"그 부탁을 철회하고 싶습니다."

"방금 어떤 부탁이었는지 모른다고 하지 않았나?"

열차는 잠실역을 무정차 통과하고 있었다. 그러나 잠실역 승강
장을 새카맣게 메운 사람들은 어떤 불평도 없이 침묵을 지키고
있었다. 그들의 눈에는 회송 열차 한 대가 지나간 것뿐이었다. 민
수는 무겁게 입을 열었다.

"아내와 전화 통화를 하다가 아내가 죽어 버렸으면 좋겠다고
생각했습니다. 아니, 죽어 버리라는 말까지 했습니다."

"그런 말을 하는 남편들이 더 많을까? 열차에 뛰어들어 자살
하는 여자들이 더 많을까?"

"그게 무슨 소리죠?"

"내 말은 그런 말을 하는 남자들은 아주아주 많다는 거지. 그
게 다 실현된다면 지하철 역마다 시체 안치소를 설치해야 할 거
야. 그러니 뭔가 하나 더 있어야겠지."

민수는 입술을 질끈 깨물었다.

"승강장에서 사고 현장을 지켜보고 있었을 때 저 시체가 아내
였으면 어떨까 하고 생각했습니다."

노인이 뭔가 말하려고 입을 열려고 하는데 민수가 재빨리 다
음 말을 했다.

"하지만, 말도 안 돼요! 아내는 집에서 내 전화를 받고 있었고
그래서 한강 철교 위에 있는 열차 밑의 시체가 내 아내일 확률은
제로라구요! 그러니 이 영감탱아! 당신이 무슨 말을 하든지 간에,
그리고 그 시체가 내 아내의 머리핀과 똑같은 머리핀을 달고 있

든지 간에, 저 시체는 내 아내일 리가 없어! 아내가 죽었으면 하고 바란 건 순간이었고 그런 순간의 희망이 다 실현된다면 이 세상에 살아 있을 놈들은 한 놈도 없을 거야. 안 그래? 그러니 어서 말해. 이 미친 영감탱이야! 저 시체가 내 마누라가 아니라고!"

민수는 자기도 모르게 노인의 멱살을 움켜잡았다. 하지만 노인의 표정에는 조금도 변화가 없었다. 열차는 쉬지 않고 달렸고 그 속도는 점점 더 빨라져 역을 통과할 때 역 이름을 확인하기도 어려울 정도였다. 멱살이 잡혀 숨쉬기도 어려울 텐데 노인은 평상시와 똑같이 평온한 목소리로 말했다.

"나는 죽은 사람이 누구라고 말한 적이 한 번도 없는데."

"방금 부탁을 들어줬다고 했잖아."

"보통 불운이란 건 죽음처럼 알아서 제 발로 뚜벅뚜벅 걸어오니까 그냥 마음 편히 기다리고 있으면 되는데 성질 급한 사람들이 꼭 있지. 하지만 터무니 없는 행운을 바라는 사람이 너무 많으니 거기에 비하자면 훨씬 더 염치가 있는 인간들이지. 하지만 요새는 그런 인간들도 너무 늘어났어. 나중에 가면 양쪽 다 숫자가 비슷해지겠어. 게다가 자신이 바라는 게 행운인지, 불운인지 헷갈려 하는 사람들까지 나타났다니까."

"당신, 도대체 누구야?"

"아내를 사랑하나? 아니면 사랑해야 한다고 생각하나?"

노인은 대답 대신 엉뚱한 질문을 던졌다. 민수는 노인의 멱살을 잡은 손에 힘을 더하며 대답했다.

"사랑한다면 어쩔 거요?"

"그럼 다음 역에서 내려."

이 말과 동시에 열차의 속력이 확 줄었고 이번에 민수는 완전히 균형을 잃고 왼쪽으로 크게 넘어졌다. 민수가 고개를 들고 정신을 차렸을 때 노인의 모습은 보이지 않았다. 열차가 천천히 멈춰서고 있었다. 문이 열리자 승객들이 밀물처럼 밀려들어왔다. 민수는 그런 승객들을 가까스로 밀쳐내며 객차에서 내렸다. 정신을 차리고 역 이름을 보니 다시 강변역이었다. 민수는 무엇에 홀린 사람처럼 휘청거리며 계단을 내려가다가 퍼뜩 정신이 들어 다시 승강장으로 뛰어 올라갔다. 꺽다리 역무원이 하품을 길게 하고 있었다. 민수는 심장이 터져 버릴 것 같은 기분을 느끼며 그에게 물었다.

"아까 죽은 사람."

"예?"

역무원은 깜짝 놀라 입을 다물지도 못한 채 하품을 멈췄다.

"아까 죽은 사람, 신원은 밝혀졌나요?"

"아니요, 시체를 분석해 봐야 안다고 하던데."

"성별도 모릅니까?"

"남자라던데요."

버스에서 내린 민수는 잠을 푹 자고 난 것처럼 머리가 맑게 개이고 시야가 또렷해진 것을 느꼈다. 지금 민수는 아내가 좋아하는 군고구마 한 봉지를 가슴에 품고 그의 집 초인종을 기분 좋게 누르고 있다. 아내가 문을 열어주면 따뜻하게 안아 주자. 그리고 잘못했다고, 사랑한다고 얘기하자.

그 전에 민수와 그의 아내가 통화를 하고 있던 세 시간 전으로 돌아가 보자. 그의 아내는 집 현관 쪽으로 등을 보이고 민수와 통화를 하고 있었다. 괴한은 조심스럽게 현관문을 따고 들어왔다. 여러 가지 번거로운 절차들을 싫어하는 괴한은 아내에게 비명을 지를 기회도 주지 않고 다짜고짜 들고 있는 둔기로 아내의 머리를 내리쳤다. 아니, 내리칠 뻔했지만 그러지 못했다. 자기만 빼고 모든 이들이 행복하다고 여겨 세상에 저주를 퍼붓다가 살인까지 결심하게 된 이 염세주의자는 민수의 아내가 남편과 통화하던 내용을 뒤에서 듣고 그녀도 자기 못지않게 불행한 사람이라는 걸 깨달았기 때문이다.

하지만 그것만으로는 충분히 위안이 되지 않았는지 그는 민수의 집을 나와서 자살을 선택했다. 사실 자살은 이미 오래전에 결정한 것이고 잠실대교 인도를 걷던 그에게 남은 선택은 오로지 한강으로 뛰어드느냐, 왼쪽에 달리는 열차로 뛰어드느냐의 문제였다. 결국 그는 열차 쪽을 택했다. 하긴 열차도 계획 속에 있긴 했다. 희생자의 토막이 담긴 가방을 열차에다 던지자, 그게 그의 기상천외한 계획의 일부였지만 희생자가 없으니 실현될 수 없었다.

그렇게 해서 신원을 알 수 없는 미지의 시체, 즉 시체 X의 값은 확정되었다. 그 결과 남편의 전화를 받지 않을 정도로 토라졌던 아내는 아직도 화가 덜 풀려 뾰로통한 표정이긴 하지만 민수가 사다 준 고구마를 맛있게 먹을 수 있었다.

# 기억변기

## 모희수

현재 한국 미스터리 작가 모임 소속이며, 스릴러, SF, 공포 등 다양한 장르에 걸쳐
소설을 쓰고 있다. 사람들에게 쉽게 잊혀지지 않을 걸작을 써내는 것이 지금 가지고
있는 가장 큰 목표다.

1

처음 편지가 왔던 그때가 떠올랐다.

그날 나는 집 안 모든 가구에 붙어 있는 빨간 차압 딱지를 보며 절망에 사로잡혀 있었다. 대학 동창인 C와 함께 하던 사업이 부도가 났다. 직접적인 원인은 C의 순진한 성격이었다. 사업하는 사람으로서의 재능이 없었던 셈이다. 결국 녀석이 어떤 사람에게 금융 사기를 당해 회사는 막대한 빚을 지게 되었고, 나와 C는 빚을 갚기 위해 백방으로 뛰어다녔지만 결국 자금을 마련하지 못했고 회사는 부도처리 되었다.

회사가 망하던 날 C는 말했다.

"난 일단 아버지가 여윳돈이 있어서 어떻게 해 보시겠대. 너도 도와 달라고 했지만 아버지가 그것까진 안 되겠다고……."

"됐어, 나까지 도와주실 돈은 없겠지."

"미안하다. 네가 사업한다고 했을 때 내가 그렇게 같이 하자고 조르지만 않았어도……."

일을 저질러놓고 사과하는 C가 조금 원망스러웠지만 난 그 녀석의 잘못을 따질 여유조차 없었다. 그날부터 사채업자들과 빚쟁이들에게 쫓겨 다니는 생활을 시작해야 했으니. 가끔씩 사채업자들이 집의 문을 두드리면서 소리쳤다.

"당신들, 빚 안 갚으면 정말 뼈만 남게 될 거야."

그런 사채업자들의 성화에 현관문 초인종이 울리는 소리만 들어도 식은땀을 흘릴 지경이었다. 이런 상황 속에서 아내와의 사이는 점점 악화되어 갔다. 아내는 이 모든 것이 나의 부주의 때문이라고 자주 불평했고, 자신이 왜 이런 꼴을 당해야 하냐고 화를 냈다.

"당신이 해결해. 왜 나까지 이런 꼴을 당해야 돼?"

가뜩이나 힘든 상황에 매일같이 쏟아져 나오는 아내의 불평까지 듣고 있자니 견디기가 힘들었다.

그때 그 편지를 보게 되었다. 보낸 이의 주소도 없고 소인도 없는 편지가 우리 집 우편함에 들어 있었다. 처음엔 흔한 광고 전단진줄 알고 무시하려고 했지만 겉봉에 쓰인 글자 한 줄이 마음을 흔들었다.

'요즘 사정이 좋지 않다는 걸 알고 있습니다.'

난 무엇에 이끌리듯 하얀 편지의 겉봉을 잡아 뜯었다.

안녕하십니까, S씨.

친구와 함께 하던 사업이 망하셨지요?

알 수 없는 두려움에 난 누가 보고 있기라도 한 건 아닌가 싶어 편지를 내리고 주변을 돌아보았다. 다행히 주위엔 아무도 없었다. 난 긴장되고 불안한 마음으로 다시 편지를 읽어 내려갔다.

요즘 돈이 간절히 필요할 겁니다. 할 수 있다면 도둑질이라도 하고 싶을 겁니다. 사채업자들이 어떤 사람들인지는 잘 아시죠? 전 사채업자들에게 돈을 갚지 못해 끔찍한 일을 당한 사람들을 많이 봤습니다. 중국으로 끌려가 장기를 모두 빼앗기고 남은 육신은 바다 한가운데 버려져 물고기 밥이 된 사람도 알고 있습니다.

S씨에겐 그런 일이 없어야 할 것입니다. 그런 의미에서 S씨에게 좋은 일을 하나 소개하려 합니다.

편지로 이야기하기는 좀 그렇고, 생각이 있으시다면 내일 아침 10시 반에 S씨 아파트 입구에 있는 카페로 나와 주시기 바랍니다.

혹 편지를 읽고 다른 의도가 있는 건 아닌지 의심하실 수도 있겠지만 저를 만나 이야기를 들어 본다면 생각이 바뀌실 겁니다. 만약 S씨가 나오지 않는다면 저는 우리가 서로 인연이 없는 것으로 간주하고 일을 해 줄 다른 사람을 찾을 것입니다. 사람은 많습니다. 꼭 S씨가 아니라도.

그럼, 내일 뵙길 바랍니다.

한동안 편지에서 눈을 뗄 수가 없었다. 누군가의 장난으로 치

부해 버릴 수도 있겠지만 이상하게 마음을 사로잡는 뭔가가 있었다. 어쩌면 돈이 절실히 필요하다보니 지푸라기라도 잡고 싶었는지 모른다. 기생충 같은 차압 용지를 떼버릴 수만 있다면 웬만한 일은 다 할 준비가 되어 있었다.

다음 날 10시 반 난 아내에게 비밀로 하고 그 카페로 나갔다. 카페 안에 손님이라곤 여자 한 사람뿐이었다. 여자는 입구를 등지고 앉아 있어 얼굴을 볼 수가 없었다.

'저 여자일까?'

반신반의하며 다가가자 어떻게 알았는지 여자가 내 쪽으로 고개를 돌렸다. 갓 대학을 졸업했을 것 같은 청순한 외모의 그녀가 살짝 눈웃음을 치며 인사했다.

"안녕하세요, 오셨네요."

난 경계심을 나타내며 여자 앞으로 돌아가 조심스럽게 말했다.

"제게 편지를 보내신 분이십니까?"

"예. 맞아요. 앉으세요."

시원스럽게 대답한 여자가 세련된 디자인의 명함을 건네며 말했다.

"전 이곳에서 근무하고 있습니다."

명함엔 '노스텔지어 기억클리닉'이라는 회사 상호와 함께 '당신의 아픈 기억은 저희에게 맡기세요.'라는 홍보 문고가 적혀 있었다. 그리고 그 아래 관리 팀장 K라는 직책과 이름이 있었다.

"기억클리닉이 뭔가요?"

"요즘 새롭게 생겨난 신종 사업이에요. 고객의 나쁜 기억을 흡수해서 없애 주는 일을 하고 있어요."

난 눈을 껌뻑거리며 물었다.

"그런 게 가능한가요?"

"못 들어보셨어요? 저희 회사 말고도 기억클리닉 회사가 세 개나 더 있는데. 요즘 뉴스에도 자주 나오고 있고요."

그 말과 함께 예전에 들었던 뉴스가 하나 떠올랐다. 몇 년 전에 미국 어느 연구소에서 기억을 다른 사람에게 옮겨 주는 신기술이 개발됐다는 얘기였다. 획기적인 기술이라 한동안 화제가 됐던 것 같다.

"그럼 제게 소개하겠다는 좋은 일이 그 기억클리닉 회사 일입니까?"

"예, 금방 알아채시네요."

뭔가가 이상했다. 요즘처럼 어려운 취업난에 이렇게 쉽게 취직을 시켜 주다니. 자기들이 나에 대해 아는 게 뭐가 있다고. 난 잔뜩 경계심을 품고 눈을 부라렸다.

"아니, 저에 대해 뭘 안다고 채용을 해요? 제 토플 점수는 아세요? 제가 어느 대학 나왔는지는 아시고? 아니, 일을 맡길 거라면서 어떻게 그런 것도 안 보고 취직을 시켜 줍니까?"

여자가 정색을 하고 말했다.

"그런 건 알 필요가 없습니다."

"알 필요가 없다니요? 말이 참 이상하네요."

"저희는 뇌가 있는 살아 있는 사람이면 아무나 상관없으니까요."

"뇌가 살아 있는……?"

의외의 말들이 자꾸 쏟아져 혼란스러웠다. K는 계속 말을 이었다.

"그래요. S씨가 저희 회사에 들어와 할 일은 남의 나쁜 기억을 대신 받아 주는 일이에요. 다시 말해 고객이 S씨에게 자신의 나쁜 기억을 버리는 거죠."

나는 나도 모르게 혼자 여자의 말을 중얼거렸다.

'다른 사람의 나쁜 기억을 받는다?'

내가 이해가 가지 않는다는 듯 물었다.

"그럼 그냥 고객의 나쁜 기억을 지워 주면 되잖아요? 왜 굳이 번거롭게……."

여자가 어깨를 으쓱하고는 말했다.

"기억을 지우는 것이 가장 좋은 방법이긴 하지만, 아직 이 분야는 제대로 개척되지 못 했거든요. 과학자들이 시도를 해 봤지만, 지우고 싶지 않은 기억까지 지워지는 부작용 때문에 여전히 연구가 제자리에 머물러 있어요. 그래서 현재 저희 회사를 포함한 기억클리닉에서는 기억 흡수만을 하고 있어요."

여자는 얄미우리만치 초롱초롱한 눈으로 가만히 날 응시했다. 난 뭐라고 대답해야 할지 갈피를 잡을 수가 없었다. 내 심정을 눈치 챈 듯 여자가 웃으며 말했다.

"기억 흡수란 일이 두려우신가요?"

두렵다기보다는 모르기 때문에 불안한 것이다. 남의 나쁜 기억을 받는다는 게 어떤 기분일지 상상조차 할 수가 없었던 것이다.

하지만 내겐 이 일을 거절할 여유가 없었다. 지금은 그보다 더 위험하고 힘든 일이라도 해야 할 형편이었다. 돈이 필요했다. 너무도 간절하게.

"보수는……?"

여자가 기다렸다는 듯 자신감 넘치는 어조로 말했다.

"아마도 현재 S씨가 할 수 있는 다른 어떤 일과도 비교가 안될 만큼 많을 걸요? 몇 달 정도만 일해도 현재 S씨가 지고 있는 빚과 이자를 모두 갚을 수 있으리라 보는데요."

여자의 말을 듣는 순간 가슴이 설레며 이미 마음은 급격하게 기울었다. 그래도 난 혹시나 하는 노파심에 마지막 질문을 조심스럽게 던졌다.

"설마…… 불법은 아니겠죠?"

여자가 생긋 웃었다.

"그럼요. 이 일이 불법이면 버젓이 사무실 만들어 놓고 일할 수 있겠어요? 약간의 윤리 논쟁은 있지만, 아직까진 관련 법규도 없는 걸요. 워낙에 생소한 사업이니까요. 그리고 저희 회사를 찾는 고객들 대부분이 상류층 분들이에요. 아시겠어요?"

여자가 약간 날 무시하는 기분이 들었지만 그런 건 상관없었다. 합법이라니 설마 터무니없는 일이야 시키겠는가. 난 여자에게 일을 하겠다고 대답했다. 여자는 곧바로 계약서를 꺼내 사인하라고 했다. 계약서에 사인을 마치자 여자는 이 일이 비정규직이란 말을 살짝 덧붙였다.

그날 밤 집에 돌아오자 아내가 어딜 다녀왔느냐고 물었다. 아내에겐 당분간 기억 흡수 일을 비밀로 하고 싶었다. 남의 나쁜 기억을 대신 받는 일을 한다는 얘기를 하는 게 썩 내키지가 않았던 것이다. 우선은 아는 사람이 사장으로 있는 제법 큰 회사에 취직이 됐다고 둘러 댔다. 아내는 의외라는 눈빛으로 쳐다봤지만 더 이상 캐묻지는 않았다.

2

다음 날 그 여자, K가 알려 준 기억클리닉으로 출근했다. 기억 클리닉이 있는 곳은 생각보다 허름한 상가 건물 4층이었다. 4층 복도에는 간판 하나 없는 똑같은 모양의 문들이 양편으로 늘어서 있었다. K가 단지 403호라는 말만 해 줬기 때문에 난 문의 호수 를 일일이 확인해야만 했다.

아무런 특색도 없는 403호라는 호수를 확인하고는 문을 열었 다. 사무실은 내가 상상하던 것과 딴판이었다. 내부는 일반 개인 병원과 거의 다를 바가 없었다. 무엇보다 접수대에 간호사 복장 을 하고 앉아 있는 K를 보자 실소가 나올 지경이었다. 내가 인사 를 하며 어색한 표정을 짓자 K가 되물었다.

"왜요? 뭐가 잘못됐나요?"

"아뇨. 그냥."

K가 일어나 다가와서는 말했다.

"제가 앞으로 S씨의 일을 도와드릴 겁니다. 찾아오는 고객들을 응대하고 기억 흡수 전 과정을 직접 진행할 거예요. 일단 진료실 로 가볼까요? 거기서 일에 대한 구체적인 안내를 해 드릴게요."

그녀를 따라 안쪽 진료실의 문을 열고 들어가자, 비로소 낯선 장비들을 볼 수가 있었다. 방의 한가운데 파마기 모양을 한 두 대 의 기계가 나란히 놓여 있었다.

"저게 뭡니까?"

"저게 바로 기억 흡수 장치예요."

여자는 요상하게 생긴 기계에 다가서더니 소중하게 어루만지며 설명을 시작했다.

"기억 흡수 장치는 뇌의 기억 정보를 읽어내서 기억을 옮기는 데 기억을 가진 사람이 어떤 기억을 지우고 싶어 하는지 정확하게 읽어내는 거죠."

K는 주머니에서 뭔가를 꺼냈다. 작은 LCD 패널이었다.

"이 패널은 기억 흡수 장치를 조정하는 일종의 터치형식 리모컨이라고 생각하시면 돼요. 이 스크린에 고객의 기억 목록들이 뜨고 그중 고객이 지우고 싶어 하는 기억은 빨간색으로 표시돼요. 그 기억들 중 고객이 의뢰한 기억만 찾아서 클릭해 주면 이렇게 창이 떠서 기억을 지우겠냐고 물어 보는데요, 그때 Yes버튼을 누르면 기억 흡수가 시작돼요. 설명만으로는 부족하니까 직접 경험해 봐요. 마침 고객 한 분의 예약 시간이 다됐으니까."

K는 LCD 패널을 넘기고 진료실을 나갔다. 그녀가 진료실을 나감과 동시에 기억클리닉의 문이 열리는 소리가 들렸다.

잠시 밖에서 고객과 이야기를 나눈 뒤 K가 고객을 데리고 진료실로 들어섰다. 40대 정도로 보이는, 얼굴에 그늘이 짙은 남자였다. 남자는 나를 흘끗 쳐다보고는 내 옆 리클라이너 소파에 앉았다. 그가 나쁜 기억을 나의 뇌에 버린다고 생각하니 기분이 너무나 이상했다.

그는 몇 달 전 동생과 싸운 기억을 지우고 편한 마음으로 가족을 대하고 싶어서 이곳을 찾았다고 했다. K가 나와 그를 리클라이너 소파에 각각 앉도록 했고 잠시 후 내 머리와 그의 머리에 기억 흡수 장치를 설치해 주었다.

기억 흡수 장치가 머리에 부착되는 낯선 느낌이 전해지자 수술대에 누운 것처럼 마음이 불안해지고 긴장됐다. 잠시 후 LCD 패널의 스크린이 켜졌고, 기억 장치가 남자의 기억들을 읽기 시작했다. 스크린에 무수한 파일 목록들이 컴퓨터 바이러스를 검사할 때처럼 빠르게 지나갔고 그 중 하나의 기억이 붉은색으로 표시되며 깜빡거렸다.

스크린에 '기억을 지우시겠습니까?'라는 질문이 떴고 나는 'Yes'를 클릭했다. 다음 순간 스크린에는 기억 흡수를 시작한다는 메시지가 떴고 몸이 뭔가에 빨려 들어가는 것처럼 움찔거렸다. 머릿속에 지금까지 한 번도 본 적이 없는 낯선 풍경이 나타났다.

싸움의 기억.

누군가 내 얼굴을 치고 있다. 날 때리는 사람은 내가 한 번도 본 적이 없는 사람인데 동생이라고 기억이 들어왔다. 그래, 이 기억은 내 것이 아니라 옆에 앉은 남자의 기억이다. 그 사람의 기억이 계속 파노라마처럼 생생하게 펼쳐졌다. 맞고 있던 내가 반격을 시작했다. 싸움은 지독했다. 동생이 코가 깨져서 피가 줄줄 새어 나오는 데도 나는 주먹질을 멈추지 않았다. 동생이 바닥에 늘어진 후에도 나는 계속 때렸다.

짧다면 짧고 길다면 긴 기억 흡수의 시간이 끝나고 나는 중노동이라도 한 것처럼 힘없이 축 늘어졌다. 속이 메슥거렸다. 남자가 자리에서 일어나자 K가 다가가 물었다.

"깨끗하게 잊으셨나요?"

남자가 어리둥절한 표정으로 물었다.

"내가 어떤 기억을 지웠죠?"

"동생과 싸운 기억이요."

남자가 무슨 소리냐는 표정으로 되물었다.

"내가 동생과 싸웠다고? 내가?"

K가 빙긋 웃더니 말했다.

"맞습니다. 선생님은 동생분과 싸운 일이 없어요. 결코!"

"그렇죠? 이 사람이 무슨 이상한 소리를 하고 있어."

그는 평온한 얼굴을 하고 기억클리닉을 나갔다. 접수대에 앉아 있던 K가 물었다.

"괜찮으세요?"

"아니요, 별로 안 좋은데요."

낯선 기억이 내 머릿속을 떠다니고 있었다. 불편하게 느껴졌다.

"익숙해지시면 괜찮을 거예요. 혹시 속이 안 좋거나 한 건 아니죠?"

"속도 안 좋은데요."

헛기침이 나왔다. 너무도 낯선 감각이라 몸이 받아들이지 못하고 있었다.

"정 힘들면 언제든 저에게 이야기하세요. 저한테 소화제라던가 아스피린 정도는 있으니까요. 그런 걸로 해결 안 될 정신적 문제는 정신과 의사에게 가서 상담을 받아보시고요."

"정신과 의사요?"

"아, 제가 말씀을 안 드렸군요. 기억 흡수 일을 하는 사람들은 전담 정신과 의사가 있어요."

"정말입니까?"

"예. 말이 나온 김에 오늘 일이 끝나면 한 번 찾아가보세요. 무료니까 비용은 걱정하지 마시고요."

정신과 진료소는 기억클리닉에서 걸어서 10분 거리에 있었다. 진료소에 들어가서 간호사에게 내 이름을 댔더니, 접수대 의자에서 초조하게 기다리고 있는 다른 사람들보다 먼저 진료실에 들어갈 수 있게 해 주었다. 나이가 꽤 지긋해 보이는 의사가 나를 맞았다.

"오늘 기억클리닉 일을 시작하셨다고요? 할 만합니까?"

"많이 낯섭니다. 다른 사람의 기억이 제 머릿속에 있다는 게 상당히 징그럽네요."

"예, 저번에 오신 기억 흡수자 분도 처음에는 그랬습니다만, 일에 익숙해지니까 곧 괜찮아지셨어요. 기억 흡수 일을 하면서 당신이 명심해야 할 건 이겁니다. 자기 기억과 남의 기억을 잘 구분할 것. 당신도 가족과의 행복한 기억이 있을 것 아닙니까. 그런 기억들을 자주 떠올리세요. 그리고 이 일을 너무 나쁘게만 보지 마세요. 결국 이 일도 누군가에게는 도움이 되는 일이니까요. 당신도 기억 흡수를 하고 나가는 고객들의 행복한 표정을 봤겠지요. 그 사람이 평온하게 내일을 살 수 있게 해 준 사람이 누굽니까? 당신 아닙니까?"

그 말을 들으니 의외로 마음이 편해졌다. 마음의 안정을 얻으니 문득 그가 했던 말 중에 궁금한 부분이 생겼다.

"지난 번에도 기억 흡수자가 왔다고 하셨죠?"

"예."

"그분은 지금도 일하고 계시나요?"

순간 정신과 의사의 얼굴에 잠시 그늘이 스쳤지만 그는 이내 웃음을 되찾았다.

"그럼요, 지금도 행복하게 일하고 계십니다."

어딘지 모르게 찜찜한 구석이 있어 더 물어보려는데 그는 다음 환자를 호출했다. 어쩔 수 없이 진료소를 나오는데 휴대폰이 울렸다. K였다.

"여보세요?"

"S씨? S씨 계좌로 오늘 일당이 입금되었으니까 확인해 보세요."

"일당이요? 돈이 일당으로 나오는 거였나요?"

"예. 계약서에 적혀 있는데 확인 안 하셨나 보네요. 계좌에 돈 들어왔나 확인해 보세요."

은행에 전화를 해서 계좌를 확인해 보니 K 말대로 돈이 들어와 있었다. 돈의 액수는 내 생각보다도 많았다. 보수가 만족스러울 거란 K의 말은 허언이 아니었던 셈이다. 일당을 확인한 순간 찜찜하던 기분도 말끔히 사라졌다. 정말 이 정도 액수가 매일 들어온다면 머잖아 빚도 갚을 수 있을 테고 남의 기억을 받는 일도 얼마든지 할 만하다는 생각이 들었다.

설레는 기분으로 집에 돌아오니 아내가 날 본체만체하고는 방으로 들어갔다. 요즘 아내는 늘 그런 식이다. 밥도 차려 주지 않고 말을 걸어오지도 않는다. 각방을 쓴 지는 오래 됐다. 크게 싸운 것도 아닌데 날 쳐다보는 아내의 눈길은 갈수록 싸늘하게 변해갔다. 아마도 사업에 실패해 이 지경에 이른 것에 대한 원망이 슬슬 나타나는 것 같았다. 직장을 다닌다고 해도 애초에 워낙 빚이 많아 큰 기대를 하지 않는 모양이었다.

문득 아내에게 일당이 들어왔다는 이야기를 해 줄까 하는 충동이 일었지만 그만뒀다. 겨우 첫 번째 일당을 받고 호들갑을 떨고 싶진 않았던 것이다. 그리고 아내는 무슨 일을 해서 이렇게 많은 일당을 받았는지 의심할 수도 있었다. 나중에 빚을 갚을 수 있을 때까지는 비밀을 지키는 게 낫겠다는 생각이 들었다.


3

기억클리닉 일을 시작한지 한 달이 지났다.

남의 기억을 받아들이는 일은 생각지도 못한 부작용을 만들어 냈다. 남에게 받은 기억들이 머릿속을 엉망으로 헤집어 놓아 어느 것이 내 기억이고 남의 기억인지 혼란스러웠다. 게다가 대부분의 기억들이 생각하기조차 끔찍한 것들이어서 더더욱 견디기가 힘들었다. 나중에는 내 머릿속이 더러운 기억들로 가득 찬 변기처럼 느껴질 정도였다.

그날도 나는 다른 사람들의 기억을 받느라 거의 탈진 상태였다. 극심한 두통이 온 데다 속까지 울렁거려서 리클라이너 소파에 죽은 듯이 누워 있었다. 오늘은 제발 더 이상의 고객이 찾아오지 않기를 간절히 기도했는데 진료소 문이 열리는 반갑지 않은 소리가 들렸다.

난 일어나 고객을 맞을 기력조차 없었다. 밖에서 K와 고객이 이야기하는 소리가 들려왔고 그들이 진료실로 들어왔다.

"S씨, 고객 분이 오셨어요. 어머, 뭐 하는 거예요?"

난 소파에서 간신히 일어나 K와 고객이라는 남자를 번갈아 보았다. 딱 부잣집 아들 같은 타입의 남자였다. 난 오늘은 정말로 더 이상의 기억을 받고 싶지 않았다. 난 K에게 힘없이 손짓했다. K가 불만스러운 표정으로 다가왔다.

"잠깐 할 얘기가 있는데 저분한테 잠시만 기다리라고 하면 안 됩니까?"

"뭔데요?"

그녀는 이해가 안 된다는 표정이었다.

"잠깐이면 됩니다."

K는 약간 화가 난 듯 나를 보고 있다가 남자에게 잠시만 접수대 의자에 앉아 계시라고 말했다. 남자는 기분이 나쁜 듯 나와 K를 번갈아 보다가 진료실 문을 열고 나갔다.

"뭐예요? 갑자기!"

K가 못마땅한 목소리로 물었다.

"K씨, 너무 힘들어요. 오늘은 좀 그만하면 안 되겠습니까? 저 분에게는 내일 오시라고 하고요."

K는 어처구니가 없다는 표정이었다.

"그걸 말이라고 해요?"

"제발요, 집에 가서 좀 쉬고 싶어요."

거의 무릎을 꿇고 매달리다시피 사정했지만 K는 단호했다.

"안 돼요!"

"제발…… 어떻게 안 되겠습니까?"

"안 된다고 했을 텐데요. 우리 클리닉을 찾는 고객 분들이 어떤 사람들인지 알죠? 게다가 자신의 기억을 다른 사람에게 넘기는 일은 기억을 받아 들이는 일 못지않게 용기가 필요한 일이에요. 저 분도 얼마나 어렵게 한 걸음인지 알기나 해요?"

K는 말도 못 붙일 만큼 단호한 눈빛으로 날 노려본 후 진료실 문을 열어 남자 고객을 불렀다. 남자가 불쾌한 얼굴로 말했다.

"당신들 이런 식으로 할 거야? 감히 날 기다리게 만들어?"

"죄송합니다."

K가 머리 숙여서 사과를 했다.

"됐어. 얼른 시작해. 지금 머릿속이 찜찜해서 미칠 것 같아!"

그렇게 말하고 그는 서둘러 리클라이너 소파에 앉았다. 내가 망설이자 옆에서 K가 노려보며 재촉했다. 할 수 없이 리클라이너 소파에 앉자 K가 재빠르게 나와 남자의 머리에 기억 흡수 장치를 씌웠다. LCD 패널에 남자의 기억 목록이 떴다. K가 남자에게 물었다.

"이중에 뭘 지우고 싶으십니까?"

"응? 몇 달 전에 내가 교통 사고를 냈는데 여자 하나랑 애 하나가 죽었어. 그 기억이 있을 거야. 그것 좀 지워 줘."

"그럼…… 사고에 관한 기억이란 말입니까?"

내가 놀라서 반문하자 남자가 성가신 듯 말했다.

"그래, 그렇다고. 왜 이렇게 말이 많아? 얼른 안 해? 그 기억 때문에 기분이 찜찜해서 미치겠다니까. 얼른 지워!"

패널에는 남자가 지우고 싶은 기억이 빨간색 글자로 떴다. 사고에 대한 기억은 기억 중에서도 심적인 충격이 가장 큰 기억 중 하나다. 그걸 누르기가 겁이 났다. 기억은 보나마나 끔찍할 것이다. 지금처럼 지친 상태에서 그런 기억을 뇌에 집어 넣어야 한다는 것이 너무나도 두려웠다. 내가 주춤하고 있자 K가 내 손에서 패널을 빼앗아서 버튼을 눌렀다. 잠시 뒤 머릿속으로 남자의 기억이 들어오기 시작했다.

남자는 차를 운전하며 전화를 받고 있었다.

'야, 이년아 뭐야? 뭐? 누구 번호? 아, 내가 그 새끼 명함을 차에다 뒀는데 어디 있더라?'

남자는 차 여기저기를 뒤적거리면서 명함을 찾았다. 차는 여전히 앞을 향해 나아가고 있었지만 그는 명함을 찾는데 정신이 팔려 있었다.

'아 찾았다, 여기 있네.'

명함을 찾아 고개를 들었을 때는 아이를 품고 횡단 보도를 건너는 젊은 여자를 피할 수가 없었다. 새벽이었고 신호등은 빨간불이었다. 여자는 한 손에 빵집에서 산 빵을 들고 행복한 표정을 짓고 있었다. 여자와 아이가 차에 부딪히는 충격이 시각적으로 전해졌다. 여자와 아이가 아스팔트에 부딪히는 소리가 무겁게 울렸다. 남자는 공포에 질려 밖으로 나갔다. 아이는 머리가 깨진 채 정신을 잃었고, 여자 역시 머리가 깨져서 붉은 피가 도로 위에 퍼지고 있었다. 여자가 숨을 헐떡거리면서 힘겹게 아이의 이름을 불렀다. 남자는 겁이 나서 재빨리 차에 올라탔다. 그리곤 신음하는 여자의 몸 위로 차를 몰고 지나갔다.

난 소파에 앉은 채로 토했다.

기억 흡수 장치가 제대로 일을 마치려면 기억이 옮겨진 후에도 몇 초 정도는 그대로 앉아 있는 것이 안전하지만 그런 걸 따질 겨를도 없었다. 난 억지로 기억 흡수 장치를 머리에서 떼어 내고 화장실로 향했다. 화장실 문을 열자마자 급하게 속에 있는 것들을 게워냈다.

화장실 문이 열리고, K가 들어왔다.

"뭐하는 거예요? 저분이 놀라셨잖아요."

"예?"

"고객 앞에서 토를 하면 어떻게 하냐고요?"

순간 K 뒤로 그 남자가 들어왔다. 내 토사물이 남자의 옷에 묻은 모양이었다. 녀석이 뒤에서 내 머리카락을 움켜잡고 말했다.

"병신 같은 새끼가. 이 옷이 얼만 줄 알아? 어디다가 토를 해?"

녀석이 내 머리를 앞뒤로 흔들다가 확 밀치면서 놓는 바람에 난 세면대 거울에 머리를 박았다.

"개새끼가 사람 기분 더럽게 만들고 있어."

녀석이 내게 침을 뱉고 화장실을 나가려고 했다. 난 참을 수가 없었다. 커다란 불덩이가 목구멍으로 올라오는 것 같았다. 난 벌떡 일어나서 녀석을 바닥에 밀치고 미친 듯이 때리기 시작했다. 어디에 그런 힘이 남아 있었는지 모른다. 녀석이 여자와 아이에게 한 짓도 싫었고 그런 더러운 기억이 내 머릿속에 있다는 것도 죽을 만큼 싫었다.

"씹할 놈아, 뒈져 버려! 개새끼야!"

한참 주먹질을 하고 있는데 뒤에서 저릿한 충격이 느껴졌다. 움찔하며 바닥으로 몸이 기우는데 전기 충격기를 들고 있는 K가 보였다. 난 그대로 정신을 잃었다.

4

깨어나 보니 난 진료실의 리클라이너 소파에 묶여 있었다. 온
몸이 쑤시고 머리도 깨질듯이 아팠다. 잠시 후 진료실로 K가 들
어왔다.

"대체 지금 뭐하자는 거예요?"

K는 마치 벌레를 보듯 날 쳐다봤다.

"고객을 폭행하다니 당신 미쳤어요?"

그 사람이 먼저 나를 때렸다고 말하고 싶었지만, 말도 잘 나오
지 않았다.

"기억클리닉에는 주로 상류층 분들이 찾아온다고 말씀드렸을
텐데요. 방금 그 사람은 XX기업 아들이라고요. 거기서 우리한테
기부금을 얼마나 내는 줄 알아요?"

K는 품에서 담배를 꺼내 폈다.

"S씨, 요즘 정말 같이 일하기 힘들군요. 당신 때문에 피해가 얼
마나 막심한 줄 알아요? 갈수록 하루에 받아들이는 기억의 양이
점점 줄어들고 있잖아요. 자꾸 이런 식으로 하면 당신 진짜 어떻
게 될지 몰라요. 처음에 얘기했죠. 이 일은 쉽게 그만둘 수 없다
고. 당신은 고객들의 온갖 비밀스런 기억들을 모두 가지고 있기
때문에 죽을 때까지 우리들의 관리를 벗어날 수가 없어요. 무슨
말인지 알죠?"

K가 서늘하게 노려보더니 내 몸을 묶고 있던 밧줄을 풀었다.

"우리가 장사 적당히 하는 것 같아요? 우린 당신에 대한 모든
걸 알아요. 심지어 당신이 요즘 부인과 각방을 쓰고 있다는 것도

우린 알고 있거든요. 괜히 허튼 행동할 생각은 꿈도 꾸지 말아요. 당신 머릿속에 고객들의 기억이 들어 있는 한은."

K는 진료실을 나갔다. 난 소파에 누워서 멍하니 천장을 봤다. 울고 싶은데 울 수가 없었다. 화가 나는데도 화를 낼 수가 없었다. 너무도 끔찍한 것들을 많이 보고 겪어서 웬만한 자극에는 전혀 감정이 동요하질 않는 것이다.

이 일을 하고부터 무엇을 해도 의욕이 없고 어떤 자극을 받아도 무감각했다. 텔레비전에서 살인 사건에 대한 뉴스가 나와도 지진이 일어나서 수백 명이 죽었다는 소식을 들어도 그냥 무덤덤했다. 난 소리 없이 부서지고 있었다.

이러다가 본래의 내가 사라져 버리는 건 아닌지 두려웠다. 휴대폰을 들었다. 휴대폰 목록을 보면서 거기에 있는 모든 사람들에게 전화를 걸어 보고 싶었다. 그리곤 이렇게 물어보고 싶었다.

'저 기억하시죠? 저에 대해 뭐 아는 거 없으세요? 작은 것이라도 좋으니까 저에 대한 기억을 말해 주세요.'

전화번호 목록에 아내 번호가 보였다. 요즘 아내는 날 이상한 괴물 보듯 한다. 매일 술에 만취가 되어 집에 들어가고 밤마다 악몽을 꾸며 고래고래 고함을 지른 덕분이다. 지금은 세상 그 누구보다 아내의 따스한 위로 한마디가 필요하다. 예전에 그랬던 것처럼 다정하게 내 머리를 끌어안고 '많이 힘들지?' 하는 한마디가 너무도 절실히 그리웠다.

5

난 술에 취해 집에 들어갔다. 아내는 먼저 자고 있었다. 오늘은 따로 자고 싶지 않았다. 난 대충 옷을 벗고 조용히 침대 속으로 기어들어갔다. 아내는 내가 옆에 누운 걸 아는지 모르는지 별다른 반응이 없었다.

그래도 아내가 옆에 있다는 사실만으로도 외로움이 많이 사라지며 위안이 됐다. 난 스르르 잠이 들었다가 새벽 즈음에 또다시 악몽을 꿨다. 어떤 여자가 내게 주고 간 기억 때문이었다. 그녀는 쫓아오는 누군가를 피해 도망가다 막다른 골목을 만난다. 급하게 골목 옆에 있는 집의 대문을 두드린다. 살려 주세요, 누가 쫓아와요. 그렇게 문을 두드리지만 그 집에서는 아무도 나오질 않는다. 그녀를 쫓아오던 사람이 눈앞에 다가와 있다. 내 눈에, 아니 그녀의 눈에 모자를 푹 눌러쓴 한 남자가 급격히 가까워진다. 그는 그녀의 목에 칼을 들이대고 골목으로 끌고 간다. 남자는 여자의 옷을 찢은 후 강간을 하기 시작한다. 끔찍하게도 난 놈에게 강간을 당했다.

"아악!"

난 발버둥을 치고 울부짖으며 잠에서 깨어났다. 온몸이 식은땀으로 흥건하게 젖었다.

"또야?"

잠에서 깬 아내가 짜증 섞인 목소리로 말했다. 아내는 나를 등진 채 쳐다보지도 않았다.

"미안해. 악몽을 꿨나 봐."

"미안? 도대체 이게 몇 번째야? 그럴 거면 다른 방에서 자던가. 누구 말려 죽이려고 작정한 거야?"

"미안하다고 했잖아, 우욱."

요즘은 툭하면 구토가 치밀었다. 화장실로 달려가서 변기에 한참을 토한 후에 간신히 몸을 추슬러서 일어났다. 화장실 거울 속에 너무나 낯선 남자가 서 있었다. 정말 저게 내 얼굴인가 싶었다.

"대체 뭐가 문제야?"

잔뜩 인상을 찡그린 아내가 화장실 문가에서 팔짱을 끼고 물었다.

"나한테 할 말 없어?"

"뭘?"

"나한테 숨기는 거 있잖아. 당신 정말 회사에서 일하는 거 맞아? 대체 밖에서 무슨 일을 하길래 사람이 그렇게 망가질 수가 있어? 호스트 바라도 나가는 거야?"

"오늘은 제발 그만 하자. 머리가 너무 아파서……."

하지만 아내는 물러서지 않았다.

"제대로 일하고 있는 건 맞아? 당신이 불러온 빚이잖아. 제대로 돈 모으고 있는 거냐고? 요즘 밤마다 술 마시고 다니는 돈은 어디서 나오는 건데?"

"씹할, 그 돈 얘기 좀 그만해!"

"내가 돈 얘기 안 하게 생겼어? 돈 때문에 이 고생인데!"

"알았어! 돈 모으고 있으니까 좀 그만 하라고!"

"뭘 하면서 돈을 모으고 있는데? 나한테 이야기해 보란 말이야!"

"당신한테 이야기한다고 당신이 쉽게 받아들일 수 있는 일이 아니야!"

"그게 무슨 소리야? 무슨 이상한 일이라도 하고 있다는 거야?"

"아니야, 아무 것도. 제발 오늘은 그냥 자자."

"확실히 이야기해! 대체 뭐냐고?"

"그만 하고 자라니까……."

"지금 내가 자게 생겼어? 똑바로 말해!"

"씹할 좀 닥쳐!"

나도 모르게 손이 나갔다. 아내가 놀란 눈으로 날 보고 있었다. 놀라서 몸이 굳어 버렸는지 뒤로 물러날 생각도 하지 않았다. 난 황급히 손을 내렸다.

"지금 나 때렸어?"

"미, 미안해. 얼른 가서 자."

"니가 뭔데 주먹질이야? 등신같이. 이젠 폭력까지 쓰냐?"

"씹할! 닥치라고!"

난 다시 아내의 뺨을 있는 힘껏 쳤고 아내는 바닥에 주저앉았다. 아내가 방으로 뛰어 들어갔고 방문이 잠기는 소리가 났다. 아내에게 어떻게든 사과해야 했다. 난 방문을 두드리면서 말했다.

"여보, 내가 잘못했어. 문 좀 열어 봐."

난 미안하다고 사과했고 나중엔 용서해 달라고 울면서 애원했지만 방문은 열리지 않았다. 얼마나 그렇게 있었는지 모른다. 어느 순간 잠에 빠져들었다가 눈을 뜨고 일어나니 아내는 집에 없었다.

6

기억클리닉에 출근해 처가에 전화를 걸어 봤지만 아내는 거기에 없었다. 오히려 장인 장모가 무슨 일이냐고 걱정스럽게 물어와 엉뚱한 변명을 둘러 대야만 했다. 불안하게 마음을 졸이는데 진료실 문이 열리며 K와 고객이 들어왔다.

대단히 비대한 여자였다. 남자에게 차이고 나서 스트레스로 인한 식욕을 억제하지 못해 비대해져 버린 여자. 먹고 토하고 먹고 토하는 거식증에 걸린 여자. 그녀가 자신의 기억을 내게 주고 평온한 표정으로 기억클리닉을 나가는 것과 동시에 나는 화장실에서 또다시 토했다. 몸을 가누기가 힘들었다. 간신히 정신을 차리고 세수를 하는데 화장실 문이 열렸다. K가 나를 못마땅한 눈초리로 보며 말했다.

"손님이 또 오셨어요. 얼른 나와요."

기억클리닉 일이 끝난 뒤 녹초가 된 몸을 이끌고 간신히 집으로 들어갔다. 뜻밖에도 아내가 돌아와 있었다. 난 너무 반가운 마음에 달려갔지만 아내는 가방에 자신의 짐을 챙기고 있었다. 이런 때에 아내마저 없다면 더 이상 버틸 자신이 없을 것 같았다. 마음이 다급해져 무릎을 꿇었다.

"여보, 내가 잘못했으니까 제발 돌아와. 어제 내가 잠깐 미쳤나 봐. 이젠 절대로 그런 일 없을 거야. 그날 너무 심한 악몽을 꿔서 나도 모르게 그만."

아내가 무표정하게 말했다.

"다 끝났어. 여기서 끝내."

난 어쩔 수 없이 모든 걸 실토하기로 했다.

"여보, 실은 나…… 기억클리닉에서 일하고 있어."

아내가 손길을 멈추고 날 돌아봤다.

"기억클리닉?"

내 말에 아내는 잠시 의아해하는 표정을 짓다가 갑자기 뭔가 떠오른 듯 눈을 부릅떴다.

"잠깐만 그거 누군가의 나쁜 기억을 다른 사람의 뇌로 옮겨 준다는 그거지? 요즘 뉴스에서 계속 나오는 거. 윤리적으로 문제가 있어서 법으로 막아야 한다고 한창 떠들고 있는 그거 맞지?"

"맞아. 나도 그 일을 하고 있어."

내 말이 끝나기가 무섭게 아내는 화들짝 뒤로 물러났다. 내가 손을 뻗자 아내는 기겁을 하며 뿌리쳤다.

"저리 가!"

아내는 마치 내가 더러운 벌레라도 되는 것처럼 손을 내저었다.

"제발 여보! 어쩔 수가 없었어."

"더러워! 그 머릿속에 들어 있을 것들을 생각하면. 어떻게 그런 일을 할 수가 있어?"

아내는 짐을 챙긴 가방을 들고 안방을 나가려고 했다.

"여보, 내 말 좀 들어보라니까!"

내가 팔을 낚아채자 아내가 '아악!' 하고 비명을 지르며 뒤로 물러났다. 그녀의 팔뚝에 소름이 돋아 오르는 게 보였다. 아내는 정말로 날 괴물 취급하고 있었다. 세상에서 제일 더럽고 끔찍한 괴물.

순간 어떤 남자가 내게 주고 간 기억이 하나 떠올랐다. 자기 아내를 죽인 남자였는데 그 기억을 흡수하기 전 남자는 말했다. 다 그럴 만한 이유가 있었다고. 자신이 가족을 위해 애쓰고 있는 동안 아내는 바람을 피우고 있었다고. 어느 순간 정신을 차리고 보니 아내의 목을 조르고 있었다고.

하필이면 왜 이 순간에 그의 기억이 이토록 강렬하게 떠오르는 것일까.

"내가 괴물로 보여?"

내가 갑작스럽게 다가서자 아내는 놀란 눈으로 조금씩 뒤로 물러섰다.

"내가 더러운 기억을 받아 내는 변기 같아? 그런 거야? 그렇게 보여, 이 씹할 년아? 말 좀 해 봐!"

내가 고함을 지르자 아내는 비명을 지르며 후다닥 현관으로 도망치려고 했다.

개 같은 년.

난 무섭게 달려들어서 아내를 엎어뜨렸고 욕지거리를 쏟아 내면서 주먹을 퍼부었다. 워낙에 본 것이 많아서 그런지 때리는 일이 너무나 익숙하게 느껴졌고 전혀 두렵지가 않았다. 아내의 몸이 더 이상 움직이지 않는다는 걸 알면서도 난 주먹질을 멈출 수가 없었다. 예전 동생을 그렇게 때려서 내게 기억을 버렸던 어느 남자처럼. 내 안에는 그런 기억이 수도 없이 많았다. 기억이 서로 뒤엉키며 새로운 기억을 만들어 냈다. 아내의 얼굴은 처참하게 망가져 시뻘건 고깃덩어리처럼 변했다.

죽은 아내의 모습에서 난 다시 어떤 살인범이 내게 주고 간 기억을 떠올렸다. 그는 살인을 한 후 시체를 자신만 아는 외진 산속에 묻곤 했다. 기억 흡수를 하던 그 시점까지도 경찰이 발견하지 못한 곳. 아내의 무덤이 될 곳이었다.


7


산속에 아내를 묻고도 난 아무렇지도 않았다. 예전 우리가 행복하게 살았던 기억은 너무나 아득했고 좋은 추억을 떠올리려 하면 끔찍한 기억들이 먼저 생각나 그것들을 덮쳤다. 더 이상 난 아내와의 추억을 떠올릴 수가 없었다. 덕분에 아내를 죽이고도 아무런 감정을 느낄 수가 없었다. 난 진짜 괴물로 변해 가고 있었다.

내가 살 수 있는 길은 오직 한 가지뿐이었다. 내 머릿속에 가득한 더러운 오물을 비우는 것이었다. 두 가지 방법이 있다. 모든 기억을 지우고 백지가 되어 살아가든가, 누군가의 머릿속에 내 기억을 모두 쏟아 버리든가.

C의 얼굴이 떠오른 건 가히 운명적이었다.

녀석은 이 모든 일의 시작이었다. 녀석이 내게 사업하자고 조르지만 않았어도, 순진하게 사기꾼에게 속아서 회사를 말아먹지만 않았어도 내게 이 모든 비극이 일어나진 않았을 것이다. 그 녀석이라면 아무런 죄의식 없이 내 기억을 모두 줄 수 있다.

하지만 어떻게 계획을 실행에 옮기지? 문제는 K였다. 그 빌어먹을 년이 이런 일을 허락해 줄 리가 없었다. 또 말도 안 되는 소리라고 펄쩍펄쩍 뛸 것이다. 그래도 혹시 몰라 K에게 전화를 걸어

간절하게 애원을 했다. 하지만 돌아오는 대답은 내 예상을 조금도 빗나가지 않았다.

"미쳤어요? 우린 그런 불법적인 일을 하는 회사가 아니란 말예요!"

"제발, 어떻게 안 되겠습니까? 어차피 전 이제 지쳐서 더 이상 아무런 기억도 받아들일 수가 없어요."

"안 된다고 했잖아요. 무슨 말도 안 되는 소리를. 당신 내가 이 야기했죠? 자꾸 이런 식으로 나오면 정말 무슨 조치를 취한다고. 평생 식물인간으로 병원에 누워 지내게 할 수도 있어요. 알 았어요?"

K는 전화를 끊어 버렸다. 난 다음 날 아침 마음을 단단히 먹고 기억클리닉을 찾아가 한 번 더 K에게 사정했다.

"K씨, 더 이상 못 버티겠어요. 한 번만 머리를 비우면 K씨가 하라는 대로, 이 일만 빼고 뭐든 시키는 일은 다할게요. 그러니까 제발……."

"헛소리 그만하고 얼른 일할 준비나 해요. 곧 예약 고객들 오 니까."

늘 그랬듯 K는 감정이라곤 없는 사람처럼 사무적으로 잘라 말했다. K에겐 인간적인 호소 따위는 전혀 의미가 없었다. 어쩌면 그녀도 나와 같은 괴물인지도 모른다.

난 K를 향해 다가갔다. K는 내게서 등을 돌리고 있다가 어떤 예감을 느꼈는지 갑자기 고개를 돌렸다. 난 손으로 다짜고짜 그녀의 가는 목을 움켜잡았다. 그리곤 누구의 것인지도 모르는 기억 속의 대사를 읊었다.

"이년아, 그동안 나를 개처럼 다루느라 재미 좋았지?"

K가 캑캑거리는 소리가 경쾌하게 고막을 울렸다. 그동안 나를 깔보던 K의 눈이 두려움에 부풀어 터질 것 같았다. 난 그러고도 한참을 목을 잡고 흔들었다. 내가 목을 놓자 K는 통나무처럼 바닥에 쿵 하고 떨어졌다.

난 그녀의 시체를 끌고서 화장실 안에 집어 넣은 후 C에게 전화를 걸었다.


8


난 미칠 것 같은 설렘으로 C를 기다렸다. 기억클리닉의 문이 열리고 C가 들어섰다. 난 너무나 반가워서 하마터면 그를 와락 끌어안을 뻔했다. C가 기억클리닉을 둘러 보며 말했다.

"와, 여기가 정말로 니가 투자한 병원이야? 진료 과목이 뭔데?"

"겉만 병원이고 실은 요즘 새로 뜨는 신종 사업인데……."

난 C의 어깨를 잡고 진료실 안으로 들어가 리클라이너 소파에 앉히며 말했다.

"신종 사업? 이건 뭐야? 무슨 퍼머기처럼 생겼는데?"

C는 신기한 것처럼 이것저것 만지며 기분이 좋아 보였다. 내가 그의 귀에 대고 낮게 속삭였다.

"이게 뭐냐 하면 저 기계를 머리에 쓰면 정말로 섹스 하는 것 같은 자극을 주는 기계야. 머릿속으로 포르노 영상이 들어오거든."

C의 눈이 휘둥그레졌다.

"그게 정말이야?"

내가 고개를 끄덕이고는 웃으며 말했다.

"한번 해 볼래?"

# 늪

우명희

『한국 공포 문학 단편선』 시리즈에 「들개」, 「담쟁이 집」, 「불귀」 수록. 환상 문학 웹

진 〈거울〉 중단편선에 단편 「사라진 아내」 수록.

사건 현장에 들어서자 더운 열기와 함께 역한 냄새가 훅 밀려 들었다. 나는 한 손으로 코를 틀어막고 스위치를 켰다. 썩은 나무 토막처럼 보이는 몸뚱이 주위로 파리 떼가 득실거렸다. 손으로 파리 떼를 쫓으며 다른 손으로 땀이 밴 이마를 훔쳤다. 셔츠 주 머니에서 손전등을 꺼내 버튼을 눌렀다. 피해자의 몸뚱이를 위에 서 아래로 천천히 훑어 내려갔다. 피해자는 벌거벗겨진 채 두 손 은 보일러 기둥에 묶여 있었다. 피해자의 얼굴에 전등을 비췄다. 얼굴은 코뼈가 드러나고 허연 이빨이 도드라져 보일 만큼 부패가 심했다. 구더기가 야금야금 파먹은 두 눈은 얇게 썬 오이 두 쪽을 얹은 것처럼 보였다. 불빛은 시체의 목을 지나 가슴으로 내려왔 다. 젖꼭지가 있어야 할 자리에 유독 구더기가 많이 몰려 있었다. 냄새를 맡은 파리가 시신의 구멍이나 상처에 알을 낳는 사실을 비춰보면 범인이 유두를 잘라 냈을 가능성이 컸다. 쥐새끼의 짓이라면 시체 훼손이 더욱 심했을 것이다. 코에서 손을 떼고 숨을 크게 내뱉었다. 손전등의 불빛은 부푼 배를 지나 음부로 내려갔다. 거기에 뭔가 있었다. 무의식적으로 손을 뻗었다. 손가락이 피해자의 음부에 거의 닿았을 때 누군가 계단을 뛰어내려왔다. 우 형사였다. 나는 손을 거두고 상체를 세웠다.

"이봐, 질 속에 뭐가 든 것 같아. 한번 보라고."

나는 가까이 다가온 우 형사에게 손전등을 건네며 말했다.

"뭐 같아 보이나? 손가락 같지 않아?"

우 형사는 그곳을 자세히 들여다보더니 그런 거 같다고 맞장구쳤다. 그는 보일러 기둥 뒤에 가려진 피해자의 손을 살폈다. 오른쪽 약지가 통째로 사라지고 없었다.

일주일 뒤 부검 감정서가 도착했다. 질 속에 든 것은 피해자의 손가락이었다.

그로부터 2주 후, 두 번째 사건이 터졌다.

두 번째 사건 발생 장소는 동네에서 조금 떨어진 야산 입구 비닐하우스였다. 하루도 채 지나지 않았는데 파리 떼들이 이미 실내 안을 장악하고 있었다. 나는 현장으로 걸어가면서 피해자의 몸뚱이를 살폈다. 언뜻 봐도 몸은 만신창이였다. 베이고 찔린 창상이 서른이 넘었다.

"반장님!"

사건 현장으로 먼저 출동했던 우형사가 한 손에 수첩을 들고 씨근덕거리며 달려왔다.

"출동 전에 주민들이 몰려와 족적도 엉망진창이에요. 그런데 특이하게도 피해자의 손가락이 모두 부러졌고 손톱이 뽑혀 있어요."

"뭐?"

"피해자가 반항하다 부러진 게 아니라 범인이 일부러 부러뜨린 거 같아요. 열 개 다 부러진 걸 보면. 손이 아주 퉁퉁 부었던데요. 살해 전에 부러뜨렸다는 말인데……."

눈으로 직접 확인하기 전에 어떤 괴이한 느낌이 나를 휘감았다. 욕지기가 치밀었다. 불쾌한 뭔가가 내 속을 뒤집어 놓는 거 같았다. 우 형사를 뒤로 한 채 비닐하우스를 나왔다.

호주머니에서 담배를 꺼내 입에 물었다. 라이터를 켰지만 바람이 불어 와 불씨를 꺼트렸다. 칙 칙 라이터를 켜며 담배를 문 입으로 주변을 둘러보았다. 헐벗은 낮은 산과 공허한 들판, 그리고 드문드문 보이는 반투명 비닐하우스. 천 년 묵은 구렁이처럼 구불구불한 비포장도로는 완공을 앞둔 아파트까지 쭉 이어져 있었다. 무심코 시선을 바닥으로 돌리는데 음산한 그림자 하나가 슬그머니 다가와 귀에 대고 속삭였다.

'멈출 수가 없어. 멈출 수가 없다고.'

서늘한 바람은 살육의 냄새를 풍기며 코끝을 스치고 지나갔다. 그가 돌아온 것이다.


23년 전 여름, 그날은 구름이 잔뜩 낀 음울한 날씨에 가루비까지 내렸다. 저녁밥을 먹고 경찰서로 돌아오니 개코가 나를 기다리고 있었다. 개코는 냄새 하나로 범인을 색출해 낼 정도로 정확하고 독하다는 뜻에서 동료 형사들이 지어준 별명이었다. 그는 인간을 통제하는 능력이 타고난 대공 요원이자 고문 기술자였다.

"가지."

날은 덥고, 비는 내리고, 급하게 먹은 우동 때문인지 속이 더부룩하고 몸도 무거웠지만 나는 군말 없이 그를 따라갔다. 우리는 어두침침한 지하로 내려갔다. 거기에는 총 세 개의 조사실과 허름한 간이 변소가 있었다. 왜소한 체격이지만 유달리 손과 머리만 큰 개코는 조사실로 가는 동안 내게 단 한마디도 말을 걸지 않았다. 그는 말수가 적고 혼자 있길 좋아했으며 친하게 지내는 동료도 없었다. 나도 지하 조사실 말고는 그를 볼 기회가 없었다.

주먹만 한 자물쇠가 채워진 방 앞에 가서 섰다. 개코는 호주머니에서 열쇠 꾸러미를 꺼내 문을 열었다.

양은 냄비를 엎어놓은 듯한 전등갓 아래로 젊은 여자 두 명이 바닥에 앉아 있었다. 접힌 철제 의자 두 개는 바닥에 쓰러져 있고 작은 테이블은 아무렇게나 밀려나 있었다. 발소리를 들은 두 여자가 고개를 들었다. 발갛게 달아오른 눈두덩을 보니 밤새 울었던 모양이었다. 한 여자와 눈이 마주쳤다. 여자는 오한이 든 사람처럼 발발 떨기 시작했고 개코는 무엇이 즐거운지 나를 보며 낄낄거렸다. 나는 여자들을 보는 척하며 자연스럽게 그의 시선을 피했다. 개코는 능숙하게 의자를 끌어다가 두 여자 앞으로 가서 앉았다. 그리고 한참을 노려보다가 천천히 입을 열었다.

"이제 말할 때도 됐지? 그 쪽지 말이야."

"우, 우린 몰라요! 정말이에요!"

단발머리 여대생은 참고 있던 숨을 토하듯 재빨리 대답했다.

"우리?"

개코는 입술을 늘여 소리 없이 웃었다.

"우리라면 느네 둘이 관계가 있단 말이네."

"아니요……. 아니요. 그게 아니라……."

여대생은 고개를 절레절레 흔들더니 급기야 울음을 터트렸다. 개코가 한숨을 폭 내쉬었다.

"울지 마…… 난 여자들이 울면 머리가 아파요……. 김상우, 어디 있니? 말만 하면 지금 당장 보내 준다니까."

예상과는 달리 분위기는 차분하게 이어졌다. 단발머리 여자가 떨리는 목소리로 입을 열었다.

"저, 정말 몰라요……."

만족스러운 답변이 아닌데도 개코의 얼굴에 화색이 돌고 입가에 주름이 패었다. 옆으로 시선을 돌렸다.

"너도, 정말 모르니?"

두 눈을 동그랗게 뜬 여자는 학교 근처에서 노숙을 하는 저능아였다. 개코는 두 눈을 지그시 감았다가 다시 떴다. 그러고는 여자의 너저분한 머리칼을 한 번 쓸어주더니 그녀의 손을 보며 깜짝 놀라는 시늉을 했다.

"이런, 여자 손이 이게 뭐야?"

분위기가 엉뚱한 방향으로 흘러가는 듯했다. 상체를 숙인 개코의 얼굴이 둥그런 전등 불빛 아래로 드러났다. 그는 웃고 있었다.

"때 좀 봐……. 손 이리 줘 봐."

개코는 셔츠 주머니에서 손톱깎이를 꺼냈다. 평소 아무 생각 없이 사용하는 손톱깎이가 그날따라 끔찍하게 느껴졌다.

"여자는 단정해야지. 이게 뭐야. 이럼, 남자들이 싫어해."

그의 눈동자가 두 여자를 빠르게 스쳤다. 저능아의 뚱뚱한 손이 개코의 무릎 위에 올려졌다. 손톱깎이의 날이 저능아의 손톱 안으로 천천히 기어들어갔다. 손놀림은 부자연스러웠다. 그랬기에 손톱이 부러지고 살을 벨까, 가슴이 조마조마했다.

틱.

"빨리 나가고 싶지? 내가 묻는 말에 솔직히 말하면 지금 당장 집에 갈 수 있어. 아니면 아저씨가 벌 준다."

저능아는 순박한 미소를 지어보이더니, 난 아냐 하고 뽀로통하게 대꾸했다. 원하던 대답이 아니었지만 그의 질문은 방향을 잃지 않고 계속 되었다.

"누가 그 종이 달라고 그랬어? 아까 내가 사진 보여 줬지? 그 남자 맞아?"

"기억 안나⋯⋯."

"아깐 모른다며? 이번엔 기억이 안 나?"

개코는 입을 한 번 삐죽거리고는 하던 일을 계속했다. 틱. 옆에서 그 모습을 지켜보는 여대생은 숨이 끊어질 듯 헉헉 댔다. 살인적인 긴장감에 숨이 막히는 건 나도 마찬가지였다.

틱.

악!

저능아의 입에서 칼날 같은 비명이 터져 나왔다. 왼쪽 검지에서 붉은 피가 뚝뚝 떨어지고 있었다. 손톱이 송두리째 뽑혀나간 것이다. 저능아가 날뛰었고 갑작스런 소란에 정신이 멍했다. 나는 손으로 입을 틀어막고 눈에 띄지 않게 뒤로 물러났다. 옆에 있던 여대생이 머리를 감싼 채 살려 달라고 소리를 질렀다. 두 여자의 고함소리에 귀가 먹먹해졌다. 개코는 무슨 일이 있었냐는 듯 태연하게 나를 돌아봤다. 살기가 덕지덕지 묻은 징그러운 눈빛으로.

"어이, 안 끝났어."

그는 저능아의 손가락을 잡고 비틀어 손톱 하나, 하나를 우악스럽게 뽑았다. 거구의 저능아는 허연 거품을 문 채 전기에 감전된 사람처럼 몸을 떨었다. 손을 빼려는 여자와 손목을 잡고 늘어지는 개코의 실랑이로 조사실에는 살기가 떠돌았다. 공기가 모조리 빠져나간 것처럼 숨쉬기가 힘들었다. 심장 박동은 급격하게 빨라졌고 움츠러든 어깨는 딱딱하게 굳어 버렸다. 한 번 잡은 먹이는 절대 놓지 않는다는 전설처럼 개코는 무식하게 억세고, 무서울 정도로 독했다.

정신을 잃었는지 저능아의 몸놀림이 둔해졌고 이내 물 먹은 솜처럼 바닥으로 꼬꾸라졌다. 나는 여전히 입을 틀어막고 있었다. 눈 하나 깜빡하지 않고 열 개의 손톱을 모두 뽑고 나서야 개코는 피곤한 듯 크게 기지개를 켰다. 피 묻은 손톱깎이를 셔츠 주머니에 도로 집어넣고 내게 명령했다.

"벗겨."

나는 멍청하게 서 있었다. 움직일 수가 없었다. 개코는 나를 못마땅한 듯 노려보면서 의자 등받이를 잡고 여대생 앞으로 갔다. 철제의자가 시멘트 바닥을 끌었다. 끼끽끼끼익. 위기감을 부추기려는 의식적인 행동이었다. 그는 억지로 입을 벌리듯 양손으로 접힌 의자를 폈다. 착. 그때, 여대생이 몸을 웅크린 채 바닥을 기어 도망치려고 했다. 그런 행동은 개코를 더욱 자극시킬 뿐이었다.

그저 시키는 대로 네네, 하라는 대로 네네, 그러면 간단하다. 커다란 손이 여자의 머리채를 휘어잡았다. 쭉 찢어진 두 눈이 나를 노려보았다.

"앉혀."

얼른 두 여자를 일으켜 의자에 마주 앉혔다. 피비린내가 확 풍겼다. 속에 있는 것을 게워내고 싶었지만 약골이란 소리는 죽어도 듣고 싶지 않았다. 그는 저능아의 얇은 셔츠를 두 손으로 확 잡아 쩼다. 덩치만큼이나 풍만한 가슴이 드러났다. 나는 고개를 떨어뜨리고 뒤로 물러났다. 저능아는 더 이상 비명을 지르지도, 몸부림치지도 않았다. 개코는 그녀의 반라를 게슴츠레한 눈빛으로 쳐다보더니 엉클어진 머리칼을 한 번 쓸어 넘긴 후 취조실을 빠져나갔다.

나는 그를 따라 2층으로 올라갔다. 여대생은 털끝 하나 건드리지 않고 저능아만 물고 늘어진 것이 의아했다. 그는 사무실 소파에 앉아 담배를 피며 내가 들어오는 모습을 지켜보았다. 나는 주위에 아무도 없다는 걸 확인한 후에 그에게 물었다.

"선배님, 저능아는 이번 일과는 상관없는 것 같은데요……."

그는 담배 끝자락에 타는 불을 지그시 응시했다. 타 버린 담뱃재가 셔츠 위로 떨어졌다. 잠시 후, 꽁초를 머리 뒤로 던지며 그가 입을 열었다.

"내가 족치려는 년은 병신이 아냐. 그 옆에 있는 년이지. 곧 불 거야. 안 불곤 못 배기지. 의리가 있으면 그만큼 양심도 있는 법이니까. 병신은 도구야, 고문 도구."

바로 대리 고문이었다. 노숙자 하나쯤 사라진다고 그리 문제될 것도 없고 여자들의 연약한 심리를 잘 이용하면 쉽게 정보를 얻어 낼 수 있기 때문이다. 저능아를 고문하는 동안 그에 못지 않은 고통을 받은 건 단발머리 여대생이었다. 자신으로 인해 죄 없는, 그것도 장애자가 죗값을 치른다는 것은 양심이 있는 사람에겐 끔찍한 고문이 아닐 수 없다.

"손가락이란 게 말이야."

개코는 자신의 손을 앞뒤로 돌려보면서 내게 말했다.

"참 신기해. 이걸 보라고."

그는 뭔가 잡으려는 듯 손가락을 폈다가 오므리길 반복했다.

"신체 중에서 이렇게 자유롭게 움직이는 건 손가락밖에 없어. 못하는 게 없잖아? 이게 우릴 먹여 살린다니까. 요, 요거 꿈틀거리는 걸 보라고."

단 한 번도 손가락이 신기하거나 무섭다고 생각한 적이 없었지만 개코에게 그런 말을 들으니 그런 것 같기도 했다. 그는 내가 듣든 말든 계속 중얼거렸다.

"그런데 난 희한하게…… 이놈들이 참 무섭단 말이야."

내가 자리에서 일어나 숙소 문을 열고 나갈 때까지 그는 손가락을 꼼지락거렸다.


김상우 일당 중 두 명이 체포된 건 그로부터 한 달 뒤였다. 이번엔 좌측 끝 방이었다. 실내로 들어서자 두 놈 모두 볼따구니가 복숭아처럼 부어올라 있었다. 한 명은 H대학 총 학생회장이었는데 사진으로 본 것과 달리 피죽도 못 먹은 사람처럼 콜콜 말라 있었다. 입도 뻥긋하지 않은 채 사흘을 버틴 놈들이었다. 따귀 몇

대 맞고 해결될 문제가 아니었기에 개코가 어떻게 나올지 무척 궁금했다.

"어이 지용이, 숨어 다니느라 고생했어."

지용은 살기등등한 눈빛으로 개코를 노려보았다. 개코는 아랑곳 하지 않고 굵은 뿔테 안경을 낀 통통한 녀석에게 눈을 돌렸다.

"그리고 너도. 빨리 끝내자. 피곤하니까. 김상우 어딨어?"

지용에게 물었다.

"알면 말했죠. 모르는데 뭘 말하는 겁니까? 직접 찾아보시죠."

만만찮은 놈이었다.

"니가 말해 주면 더 쉽지."

"형사가 발로 뛰지 입으로 뜁니까?"

지용은 곧바로 대답했다. 개코의 낯빛이 굳어졌다. 이를 악물어서인지 아래턱이 팽팽해지고 넓은 이마를 가로지르는 힘줄이 불뚝 돋아났다. 잠깐 동안 살벌한 침묵이 흐르는가싶더니 이윽고 개코가 껄껄 웃었다.

"젊은 놈이 패기가 있군. 좋아. 여기 끌려와서 질질 짜는 놈들 보면 아주 찢어 버리고 싶어. 넌 마음에 든다. 준비는 됐어?"

"마음대로 하십쇼."

지용은 눈을 꼿꼿이 뜨고 정면을 바라보았다. 개코는 뒤돌아서서 셔츠 단추를 풀었다. 이빨에 낀 뭔가가 거슬리는지 계속 쯥쯥 소리를 내며 서랍장 앞으로 걸어갔다. 맨 아래 서랍에서 벽돌 크기의 뭔가를 꺼냈다. 나무 대패였다. 나는 그것을 보자 목구멍이 턱 막히고 속이 울렁거렸다. 개코는 난데없이 대패 쓰는 법을 내게 물었다. 내가 대답을 못하고 꾸물거리는 데도 그는 만족스럽

184

게 고개를 끄덕였다. 그가 원하는 건 질문에 대한 답이 아니었다. 나무 대패로 무엇을 할 작정인지 녀석들에게 상상할 여지를 주는 것이다.

"자, 어디가 좋을까. 어디부터 할까."

안경 낀 녀석이 침을 꿀꺽 삼켰다.

"이게 뼈도 깎을 수 있을지 참 궁금하단 말이야. 우선 살부터 벗겨내야겠지만."

지용의 앙상한 다리를 바라보는 개코의 입이 뼈다귀 앞의 개처럼 헤벌어졌다.

"삐쩍 골아서 금세 되겠는걸. 정강이부터 하는 게 좋겠지?"

그는 어설픈 협박 따위는 하지 않았다. 한다면 하고, 해서는 안 될 일도 해 버리는 지독한 인간이었기 때문에 태연하게 내뱉는 말 한마디, 행동 하나에도 나는 늘 가슴을 졸였다.

찌익.

개코가 녀석의 얇은 면바지를 솜씨 좋게 찢었다. 그때까지도 지용은 대단한 결심이라도 하듯 입을 꾹 다물고 있었다. 내가 의자 위에 걸쳐 둔 수건으로 녀석의 입을 틀어막자 녀석은 가소롭다는 듯 푸 하고 수건을 도로 뱉어 냈다. 개코는 낮게 웃었다. 웃고 있지만 웃는 게 아니었다. 당장 달려들어 녀석의 목을 따 버리고 싶은 충동을 억누르고 있는 것처럼 보였다.

"잡아."

나는 잘 훈련된 셰퍼드처럼 지용의 등 뒤로 달려가 두 팔로 그의 상체를 옭아맸다. 나무 대패가 지용의 무릎 아래에 놓였다. 녀석은 떨고 있었다. 아니, 우리는 한 몸이 되어 떨고 있었다.

개코는 상체에 힘을 실어 나무대패를 아래로 쭉 밀었다. 그 순간, 지용은 주먹을 쥔 채 목이 터져라 고함을 질렀다. 무딘 대팻날이 살가죽을 무자비하게 뜯어냈다. 녀석의 고개가 뒤로 획 꺾였고 흰자위만 드러난 두 눈이 파르르 떨렸다. 나는 보지 않으려고 고개를 돌렸다.

"한 번 더!"

"악!"

피로 물든 벌건 살덩이가 바닥으로 툭 떨어졌다. 대팻날 사이로 핏물이 줄줄 흘렀다. 한 번 더 대패질을 했다간 그의 말대로 뼈까지 깎아낼 것 같았다. 나는 개코의 어깨를 덥썩 잡았다. 그는 동작을 멈추고 나를 올려다보더니 자리에서 일어나 의자에 벗어둔 셔츠를 집어 들었다. 그러고는 투실투실하게 살찐 녀석을 턱으로 가리켰다.

"한 시간 뒤엔 너야."


개코 손에 걸려든 용의자들이나 심문 대상자는 소리 소문 없이 사라지거나, 자살 혹은 사고사로 처리되는 경우가 꽤 있었다. 정의의 사도, 고문을 하기 위해 태어난 사람, 좀처럼 흥분하는 법이 없고 다그치는 법도 없었다. 일이 풀리지 않으면 단계별로 차근차근 조져버리면 되고 실패할지도 모른다는 의문이나 불안감 따위는 갖지 않았다. 자신의 능력을 의심하는 자체를 굴욕적이라고 생각했다. 쇠붙이로 만든 로봇처럼 고통이나 두려움을 느끼지 못했다. 특히 부녀자나 여대생들이 잡혀오는 날은 부쩍 즐거워했다.

개코는 딱 세 번 질문을 한 후 곧바로 실행에 들어간다. 바닥에 엎드리게 한 후 하의를 벗겨내기만 해도 웬만해서 자백을 했다. 허위 자백이라도 상관없었다. 그는 자백 따위엔 관심이 없었다. 두려움에 떨며 살려 달라고 애원하는 모습을 즐겼다. 네 발짐승처럼 엎드려 기는 것을 좋아했고 선홍색 피를 보면 야수처럼 흥분했다.

대공 관련 업무를 하다보면 공사가 심문의 중요한 수단이 될 수밖에 없었다. 1980년, 광주의 K대학 학생이 돌연 자살한 사건이 있었는데 대공과에서 조곤조곤 내려오는 이야기는 이랬다. 개코는 그를 무릎 꿇게 한 후, 항문에 낚시 바늘을 끼우고 줄을 발가락에 연결해 매질을 했고 몸이 꼬꾸라지자 항문과 발가락에 연결된 줄이 당겨져 항문의 살이 찢어지는 고문을 가했다고 한다. 그러나 그 학생은 끝내 자백을 하지 않았다. 아니, 못했을 것이다. 항문이 3센티나 찢어지고 갈비뼈 두 개가 부서졌고 한쪽 눈알까지 함몰 되었으니 자백은커녕 숨도 쉬기 힘들었을 것이다. 그는 이튿날, 유치장에서 목을 맸다.

닷새 만에 집으로 갔다. 여보. 자정이 넘은 시간이었지만 아내는 깨어 있었다. 표정이 어두웠다. 왜 그러냐고 물어 봐도 말이 없었다. 끈덕지게 물고 늘어져서야 아내가 조심스럽게 입을 열었다.

"이상한 소문이 돌아요."

"무슨 소문?"

"당신이……."

아내의 말은 이랬다. 이웃에 사는 20대 남자가 특수 절도 혐의로 연행돼 조사를 받던 중 조사실 옆방에서 여자의 비명을 들었

다고 한다. 용의자도 강력계 형사도 심문 도중 꿈쩍꿈쩍 놀랄 정
도로 소름끼쳤다는 것이다. 취조를 마치고 조사실을 나오는데 옆
방에서 내가 피 묻은 수건으로 얼굴을 훔치며 나오더란다. 그가
본 사람이 확실하게 '나'라고 말했는지는 알 수 없지만 아내는 확
신하는 듯했다. 남의 말을 잘 믿는 순진한 아내가 이럴 땐 미워지
기도 했다. 나는 아내에게 그가 본 형사는 내가 아니라고 딱 잘라
말했다.

아내는 취조 과정에 대해 의심을 품고 처음으로 내게 꼬치꼬
치 캐물었다. 심문 과정 중 이따금 벌어지는 고문에 대해 말하면
아내는 당장 일을 그만두라고 역정을 낼 게 뻔했다. 나는 그 소
문이 터무니없는 것이라며 아내를 안심시켰다. 아내는 마음이 놓
이지 않는지 거듭, 내게 물었다. 나는 마지못해 말해 주었다. 심문
과정은 텔레비전을 통해 보는 것처럼 가벼운 질문을 하고 자백을
받기 위해 가끔씩 방망이로 책상을 내리치는 정도라고. 아내는
내 말을 믿는 듯 고개를 끄덕이면서도 까칠까칠한 내 손을 불안
한 표정으로 바라보았다.


"물 좀…… 주세요……."

속옷만 입은 여자는 우리가 들어가자 물을 달라고 부탁했다.
공산주의를 찬양하는 내용의 문서를 대중교통을 이용해 유포한
혐의로 붙잡혀 온 여자였다. 여자의 눈은 검은 천으로 가려져 있
었다.

"물 줘."

웬일인지 개코는 순순히 여자의 부탁을 들어주었다. 나는 화장

실로 가서 바가지에 물을 떠 조사실로 돌아왔다. 시름시름 앓던 여자는 조사실로 돌아온 내 발소리를 금세 알아채고는 혀로 입술을 적셨다.

"잠깐."

개코는 내게 팔뚝만 한 곤봉을 건넸다.

"쑤시던지 때리던지, 하고 싶은 데로 해 봐."

"네?"

나는 물이 든 바가지를 들고 이러지도 저러지도 못한 채 서 있었다.

"뭐하는 거야?"

그가 목소리를 높여 다그쳤다. 우리가 하는 말을 들었는지 여자가 몸을 둥글게 말고 내게로 기어왔다.

"살려 주세요……. 제가 한 게 아니에요. 정말이에요."

내가 머뭇거리자 개코는 이 일은 당연히 우리가 해야 할 몫이라며 내 어깨를 꾹 잡았다. 무겁고 딱딱하고 차가웠다. 나는 그가 '우리'라고 말할 때 묘한 기분이 들었다. 그와 한 배를 탔다는 게 두려우면서도 우리가 한편이라는 것에 안도감을 느꼈다.

"일하기 싫어? 그럼 나가."

그가 곤봉을 내게서 뺏으려고 했다.

"그, 그런 게…… 아닙니다."

나는 곤봉을 꽉 쥔 채 놓아 주지 않았다. 개코는 내 눈치를 살피며 곤봉에서 슬그머니 손을 떼며 말했다.

"하겠다는 거야, 말겠다는 거야? 살아남으려면 배워야 해. 어서 시작하라고."

우는 아이를 어르는 엄마 같은 말투였다. 빠져나갈 수 없었다. 해야 한다. 나는 바가지에 든 물을 여자의 사타구니에 쏟아 부었다. 여자는 화들짝 놀라다가 이내 고개를 푹 숙이고 자신의 허벅지를 타고 흐르는 물을 게걸스럽게 핥았다.

"담요부터 씌워."

그가 명령했다. 나는 의자 등받이에 걸린 담요를 여자의 몸 위에 펼쳤다. 개코는 팔짱을 낀 채 문간으로 걸어가더니 벽에 몸을 기댔다.

"시작해."

그의 말이 떨어지기가 무섭게 곤봉으로 여자의 등짝을 때렸다. 여자는 괴성을 지르며 옆으로 꼬꾸라졌다. 좀 더 세게. 퍼억. 곤봉은 허공으로 날라 올랐다가 다시 여자의 머리통을 쳤다. 여자는 내 몽둥이질을 피해 달아나려고 바닥을 헤집고 다녔다. 담요가 그녀의 몸에서 벗겨졌다. 다시 씌울 생각도 하지 않았다. 퍼억. 나는 속으로 말했다. 할 일을 하는 것뿐이라고. 나는 집요하게 여자를 쫓아다니며 곤봉을 휘둘렀다. 나무 곤봉이 축축하게 젖은 몸뚱이에 닿을 때마다 경쾌한 소리를 냈다. 팔이 떨어져 나갈 것 같았지만 멈추지 않았다. 여자는 짐승처럼 바닥을 기었고 짐승처럼 울었다. 구석에 머리를 처박히고서야 여자의 움직임이 멈췄다. 여자를 뒤집어 지근지근 발로 밟았다. 둥그런 브래지어 아래로 젖가슴이 삐져나왔다. 입 안 가득 침이 고였다. 만지고, 빨고, 벌어진 가랑이 사이에 얼굴을 묻고 시커먼 음모를 뜯어내고 싶었다. 나는 불경스런 성욕에 저항하듯 여자의 도발적인 몸뚱이를 때리고 또 때렸다.

사무실로 돌아오니 아무도 없었다. 개코는 책상 서랍에서 파스를 꺼내 내게 건넸다.

"맞은 것처럼 아플 거야. 어깨에 붙이라고."

나는 파스를 붙일 힘도 남아 있지 않았다. 집에 돌아가 뜨거운 물에 목욕을 하고 아내 품에서 잠들고 싶었다. 소파에 늘어지게 누워 담배에 불을 붙이는 그에게 말했다.

"퇴근 안 하세요?"

그가 웃었다.

"퇴근? 여기가 내 집이야."

나는 얄팍한 파스를 이리저리 구기면서 물었다.

"이 일이…… 좋으세요?"

개코의 시선이 스르르 내게로 옮겨졌다.

"질문이 우습군. 좋냐니?"

몽둥이로 여자를 때린 것은 처음이었다. 시작은 불쾌하고 괴로웠지만 그리 싫지만은 않았다. 그 싫지 않은 묘한 감정을 뭐라고 딱히 표현할 순 없었지만 개코가 이 일을 즐기는 이유 중에 하나일 거란 생각이 들었다. 다시 물었다. 직업에 만족하냐고.

"만족? 나라를 위한 건데 만족이라니?"

거짓말.

"빨갱이는 적이야. 들어가 쉬어."

개코는 이런 대화가 지겹다는 듯 숨을 깊게 내쉬었다.

"오늘…… 전, 어땠…… 나요?"

나는 입 안에서 맴돌던 말을 나도 모르게 툭 내뱉었다. 바보 같은 질문이었다. 어린 아이처럼 그의 칭찬을 듣고 싶었던 것이다.

그의 입에서 웃음보가 터졌다. 그렇게 웃기만 했다. 나는 얼굴을 붉힌 채 사무실을 빠져나올 수밖에 없었다.

그 후로 개코는 내게 더 많은 기회를 주었다. 하루가 멀다 하고 그를 대신해 출장 고문을 갔다. 수많은 자백을 받아낼 때마다 두둑한 특근 수당까지 챙겼다. 나를 필요로 하는 사람들이 많아졌고 일은 점점 쉬워졌다. 세상 부러울 것이 없었다.

말도 없이 잠수를 탄 개코가 보름 만에 나타났다. 습기로 눅눅한 숙소 안은 그가 내뿜는 담배 연기로 뿌옜다. 나는 그가 누워 있는 소파 맞은편에 앉자마자 그간 있었던 일들을 보고했다. 그는 허공에 시선을 박은 채 묵묵히 듣기만 했다. 나는 그가 내 이야기를 듣고 있지 않은 것을 알고 말을 멈췄다. 낮고 뭉툭한 코에서 하얀 연기가 피어올랐다.

"무슨 걱정이라도 있으세요?"

내가 물었다. 그는 대답 대신 목구멍을 막은 가래를 입 안으로 끌어올리려고 칵칵거렸다. 재떨이에 담배를 끄더니 그 위에 누런 가래를 뱉었다. 그의 표정이 어딘지 모르게 평소와 달라보였다. 나는 실내에 정체되어 천천히 움직이는 담배 연기를 바라보며 그가 입을 열기를 초조하게 기다렸다. 잠시 후 개코가 불쑥 입을 열었다.

"여길 나가면 무슨 낙으로 사나?"

"네? 그만 두시려고요?"

"음."

"왜요?"

"내가 할 일이 없으니까. 자네도 이젠 제법 하잖아."

"그래도 전 아직……."

그가 내 말을 가로챘다.

"지겨워."

지겹다는 말이 빈말처럼 들리지 않았다. 그의 표정이 그랬다. 그러나 여전히 그의 생각을 읽을 수 없었다.

"무슨 말씀인지……."

"지겹다고. 만날 하는 짓 말이야."

"그렇다고 일을 그만두시는 건……."

"뭔가…… 새로운 게 필요해."

그가 자신의 일에 권태를 느끼고 있을 줄이야, 의외였다.

"마누라는 잘 있나?"

단 한 번도 사생활에 대해 묻지도, 말하지도 않던 그가 대뜸 그런 질문을 했다. 나를 바라보는 그의 눈빛이 예사롭지 않았다.

"네, 잘 있죠. 갑자기 왜요?"

"마누라라도 있으면 지겹단 생각이 안 들 텐데 말이야."

나는 빙그레 웃었다. 돈타령만 하는 마누라 등쌀에 일을 그만두려고 해도 그만둘 수 없다고 말하려는데 내가 말하기도 전에 그가 먼저 말을 뱉어냈다.

"가끔씩 마누라라도 두들겨 패고 살면 덜 심심할 텐데. 안 그래?"

나는 순간적으로 흠칫 놀랐다가 이내 그의 시선을 피하며 허옇게 웃었다. 그는 허공에 대고 낄낄 웃더니 칼로 자른 듯 웃음을 뚝 그쳤다. 골몰한 그의 눈빛엔 생명을 가진 모든 것을 짓밟고 싶은 섬뜩한 광기가 서려 있었다. 지금 그는 지하실의 축축한 공기

와 피 냄새, 살기 위해 버둥대는 거친 신음을 되새김질하고 있는
지도 몰랐다.

곁에 있으면 왠지 께름칙하고 눈에 보이지 않으면 불안한, 그런
모호한 존재는 어느 새 말라 버린 접시의 물처럼 그날 이후 내 앞
에서 소리 없이 사라졌다.

개코가 떠난 빈자리가 어느 정도 익숙해질 무렵이었다. 개코
를 대신해 파견 나온 대공 수사과 5년차 박 형사가 한 손으로 관
자놀이를 누르며 사무실로 들어왔다. 자다가 막 깨어난 사람처럼
두 눈엔 핏발이 서 있었다. 박 형사는 의자에 풀썩 몸을 던지며
중얼거렸다.

"이 짓도 못 해 먹겠네. 아이고, 머리야……."

나는 막 점심을 먹고서 갑자기 사라진 개코를 생각하며 이쑤
시개로 이를 쑤시는 중이었다.

"마누라 생일인데…… 오늘도 일찍 퇴근하긴 글렀군."

나는 마누라 생일이라는 말에 박 형사를 빤히 쳐다보았다. 마
누라가 있으면 두들겨 팰 수 있어서 좋겠다던 개코와 비교하면
그는 지극히 인간적이지만 죽었다 깨어나도 개코처럼 유능한 수
사관이 될 수 없을 것이다.

박 형사는 무신경한 얼굴로 늘어지도록 하품을 했다. 내가 물
었다.

"아직 안 불었어요?"

"자기가 안 했대. 그러면서 한 시간만 자게 해 달라는군."

박 형사의 국보법 위반자 검거율은 개코의 반의 반에도 미치지

못했다. 그는 확실하게 혐의가 드러나지 않은 이상 인도적으로 대하도록 노력해야 한다고 입버릇처럼 말했다. 시위 광경을 구경하다 끌려온 시민들도 허다한데 그들까지 빨갱이로 몰아 무자비한 폭력을 가하는 짓은 이제 그만두어야 한다며 한탄했다.

하지만 개코는 달랐다. 얼어 죽을 놈의 인도적인 방법. 족치면 다 불게 돼 있어.

"제가 가 볼까요?"

"아냐. 됐어. 그놈 이제 스무 살이야. 대학생도 아닌 놈이 어쩌다 거기 껴서는……."

놈을 두둔하는 듯한 박 형사의 태도에 슬슬 화가 나기 시작했다.

"대학생들만 빨갱이 되란 법 있나요?"

내가 몸이 근질거리는 것처럼 허리를 비틀며 자리에서 일어나자 박 형사가 난색을 표하며 말했다.

"됐다니깐."

나는 앞을 가로막는 그를 밀치고 지하 취조실로 내려갔다. 박 형사가 나를 쫓아왔다. 박 형사 말대로 놈은 탁자 위에 엎드린 채 우리가 들어오는지도 모르고 자고 있었다.

형사들이 번갈아가며 심문을 하다보면 용의자는 단 10분도 편히 쉴 때가 없다. 이것 또한 지독한 고문이었다. 그러나 개코는 용의자가 단 1분이라도 눈을 감는 것을 허락하지 않았다. 용의자에게 밥을 챙겨 주는 것도 못 마땅해했으니 심문 중 잠을 잔다는 것은, 그것도 잠을 자겠다고 요구하는 것은 일종의 협상을 제안하는 거나 마찬가지라고 여겼다. 개코에게 협상이란 없었다. 잡혀온 이상 불지 않고는 못 배기게 조지는 것이 대공 수사의 진리이

자 법칙이라고 했다.

놈은 구둣방에서 일하는 단순 노동자였다. 이런 새끼들까지 시위에 가담해 군부 독재 타도를 운운하며 설친다는 사실에 기가 막혔다. 나는 이빨로 이쑤시개를 이리저리 돌리면서 놈에게 다가갔다. 자는 건지, 잠자는 척 하는 건지 녀석은 미동도 하지 않았다. 박 형사는 책상 위에 흩어진 서류를 정리하는 척하며 연방 곁눈질로 나를 살폈다.

"시간 됐다. 일어나라."

녀석이 고개를 들지 않자 박 형사가 그를 깨웠다. 부스스하게 눈을 뜬 녀석이 흐리멍덩한 눈으로 박 형사와 나를 번갈아 쳐다보더니 조금만 더 자게 해 달라고 말했다.

"조금만 더?"

나는 책상 위로 꼬꾸라지려는 녀석의 어깨를 잡아 세우며 말했다.

"너, 중학교는 졸업했냐? 글은 읽을 줄 알아? 구두나 잘 닦을 것이지 왜 삐라를 뿌리고 지랄이야."

왜소한 체구의 내가 우습게 보이는지 녀석은 반쯤 뜬 눈을 다시 감았다.

"이 새끼가."

나는 놈의 머리채를 휘어잡아 뒤로 휙 젖혔다. 그러고는 물고 있던 이쑤시개를 놈의 콧구멍 사이로 무자비하게 밀어 넣었다. 순식간에 이쑤시개가 콧벽을 뚫고 나왔다. 갑작스런 고통에 놈은 소리조차 지르지 못한 채 펄쩍 뛰며 몸을 비틀었고 나는 놈의 대가리를 힘껏 책상 위에 처박았다. 코에서 피를 질질 흘리며 놈이 울부짖었다.

"아악! 아파! 아파요! 제발!"

나는 그의 발악에도 개의치 않고 태평스럽게 셔츠 호주머니에서 실패를 꺼내 늘어뜨렸다. 이빨로 실을 끊고 콧벽을 뚫은 이쑤시개 양쪽에 실을 걸어 감았다. 그리고 쭉 잡아당겼다. 녀석은 고통에 몸서리치면서도 줄이 당겨지자 코뚜레를 한 소처럼 앞으로 끌려왔다.

"졸 때마다 당겨요."

박 형사는 인상을 찡그린 채 말이 없었다.


아내는 텔레비전 앞에서 한숨을 푹푹 내쉬며 뭐라고 중얼거리고 있었다.

"나 왔어."

내가 마루로 들어서자 아내가 벌떡 일어났다. 그러고는 뭐가 그리 급한지 쏜살같이 부엌으로 달려가 밥상을 챙겨 나왔다. 아내는 다시 텔레비전 앞에 앉자마자 볼륨을 높였다. 턱이 뾰족한 늙수그레한 남자 앵커는 S 대학 총 학생회장이 치안국 대공분실에서 조사를 받던 도중 심장마비로 사망한 소식을 전해 주고 있었다.

"심장마비 좋아하네. 누가 그걸 믿어. 나쁜 놈들."

아내는 등을 보인 채 화면에서 시선을 떼지 않고 중얼거렸다.

"속일 걸 속여야지, 천벌 받을 거야 저놈들. 안 그래, 여보?"

김치 한 점을 입에 넣고 우물거리는데 아내가 뒤돌아보며 내게 물었다.

"밥 좀 먹자."

"당신은 간첩만 잡는 거지? 학생들은 상대 안 하지?"

"안 해."

나는 짧게 대답하고 김칫국을 후루룩 마셨다.

"불쌍해서 어떡해. 솔직히 쟤네들이 틀린 말 했나? 이게 독재가 아니고 뭐야. 김일성이랑 뭐가 달라."

세상물정에 어두운 아내는 그날따라 정권을 비판하는 빨갱이들처럼 거침없이 쫑알거렸다. 속이 불편했다. 나는 아내와 눈이 마주치는 게 싫어서 밥에 시선을 꽂은 채 말했다.

"텔레비 꺼."

"나쁜 놈들……. 천벌을 받을 놈들."

아내는 뉴스 보도에 정신이 팔려 있었다. 내 안에 뭔가가 꿈틀거렸다.

"끄라니까!"

버럭 소리를 지르자 아내가 움찔 놀라며 뒤돌아보았다.

"왜 화를 내고 그래? 이걸 보라고, 나라 꼴이 어떤지."

순간, 뜨거운 뭔가가 목구멍을 타고 치밀어 올랐다. 나를 노려보는 아내의 면상에 손에 쥐고 있던 밥그릇을 집어던졌다. 밥이 가득 들어 있던 스테인리스 밥그릇이 아내의 얼굴을 후려쳤다. 누런 장판 위로 시뻘건 핏방울이 후드득 떨어졌다. 아내는 더듬더듬 코를 만지더니 손에 묻은 벌건 피를 보고서야 울먹이기 시작했다.

나는 곧바로 후회했지만 이미 벌어진 일이었다. 그 순간엔 뭔가를 잡아 일그러뜨리지 않으면 더 큰 일을 저지를 것만 같았다. 던지려고 한 게 아니었다. 스스로 말릴 새도 없이 밥그릇에 손이

갔고 나도 모르게 그걸 아내에게 던진 것이다. 내 의지와 상관없이 내 안에 누군가가 그렇게 하도록 만든 것 같았다.

나는 아내에게로 다가가 목에 걸쳐 둔 수건으로 흐르는 피를 닦아 주었다. 그러나 아내는 내 손을 거칠게 뿌리치며 꼬나보았다.

"당신 미쳤어! 내가 뭘 잘못했는데!"

아내는 피로 물든 입술로 계속 떠들었다.

"형사라는 인간이 여자를 패? 그것도 마누라를?"

그러면서 아내는 텔레비전에 나오는 사람 잡는 인간들하고 같다는 둥 더 이상 못살겠다는 둥 온갖 악담을 퍼부었다. 아내에 대한 미안함이 사라지고 분노가 일었다. 하루가 멀다 하고 잡혀 오는 놈들 때문에 온몸에 피비린내가 가실 날이 없는데 그놈들은 불쌍하고 나는 천벌을 받을 놈이라니. 문득 아내라는 존재가 거추장스럽고 무의미하게 느껴졌다. 번듯한 직장에 돈까지 벌어다 주는데 그깟 한 대 때렸기로서니 사네 못 사네 난리를 친단 말인가. 나는 수건으로 코를 움켜쥔 아내의 손을 거칠게 움켜잡았다.

"좀 때리면 안 돼? 남편이 마누라 좀 때릴 수도 있지?"

나를 노려보던 아내의 두 눈이 초점 없이 흔들렸다. 낯선 두려움에 할 말을 잃은 모습이었다. 한 번도 본 적이 없는 그 눈빛이 내게는 그리 낯설지 않았다.


아내가 말한 그 '아까운' 놈 때문에 대공수사과 분위기가 말이 아니었다. 정 차장이 직접 내게 '공사'를 중지하라는 명령을 내린 걸 보면 그쪽 치안 본부는 난리도 아닐 것이다.

나흘 뒤 박 군을 부검했던 국과수 홍 박사는 박 군의 사인은 심장마비가 아닌 경부 압박에 의한 질식사라는 부검 감정서를 발표했다. 폐 속에서 플랑크톤이 발견되었고 전기 충격을 받을 때 생기는 피부 괴사 흔적이 몸의 은밀한 부위에서 발견되었다고 덧붙였다. 그랬다. 나는 그날 거기에 있었다. 박 군이 사망한 그날 썩은 고름 냄새와 피비린내가 밴 506호 조사실에 홀로 앉아 고문 도구가 든 가방을 옆에 두고 박 군을 기다렸다. 하지만 30분이 넘도록 박 군은 오지 않았다. 누군가 먼저 박 군을 조사했다는 얘기를 며칠 뒤 동료 형사에게 전해 들었다. 난 비로소 그날 조사실에 배어 있던 익숙한 냄새가 개코의 냄새라는 걸 깨달았다.

전국 곳곳에서 박 군의 추도식이 열리고 시민들은 체포된 학생들을 석방하라고 도미노처럼 목소리를 높였다. 학생들의 시위는 더욱 과격해졌고 또 한 명의 사상자가 나타나면서 나라는 그야말로 쑥대밭이 되었다. 결국 시민들의 바람대로 개헌이 이루어졌고 민주화 바람이 가속을 타고 전국으로 퍼졌다.

수사가 시작되었고 대공 수사과 정 차장이 소환되었다. 그런데 희한한 일이 벌어졌다. 정 차장이 개코의 존재를 부정한 것이다. 아니, 모두가 그랬다. 그날 지하 조사실에서 박 군을 고문한 사람으로 내가 지목되었다. 피가 거꾸로 솟는 것 같았다. 보름 뒤 나는 검찰에 의해 연행되었다.

"개코라고요?"

"네. 개코. 그러니까 김동일이란 잡니다."

나는 침착성을 잃지 않으려고 이를 꽉 깨물었다.

"이봐요. 아까부터 개코, 개코 하는데 그런 사람은 없어요. 모든 서류를 조사했는데 그런 사람이 없다고요."

"그, 그럴 리가 없어요. 그자가, 그자가 다……."

나는 흥분한 나머지 말을 더듬었다. 그들은 내 말을 믿으려 하지 않았다. 일주일 뒤 나는 정 차장을 만날 수 있었다.

"이봐, 왜 일을 크게 만드나? 매장되고 싶어? 복직시켜 줄 테니까 2년만 조용히 지내. 자네가 한 짓은 생각 안 해? 그거 생각하면 2년이면 괜찮은 거야."

나는 자리에서 벌떡 일어나 놈의 멱살을 잡고 소리쳤다.

"니가 빼돌린 거지. 개코를 빼돌린 게 너지!"

"아, 글쎄 개코가 누구냐니깐. 쓸데없는 소리 지껄이지 말고 조용히 지내. 안 그러면 깜빵에서 평생 썩게 만들 수도 있어."

나는 개코가 저지른 고문 치사 사건까지 옴팡 뒤집어썼다. 특정 범죄 가중 처벌법 위반으로 구속되어 징역 5년, 자격 정지 3년에 처해졌다가 3년 전 대남 공작원 이진용을 검거하는 데 결정적인 기여를 한 공로가 인정돼 징역 2년으로 감형되었다. 정말 공로가 인정된 건지 바깥의 보이지 않는 손들이 짜 맞춘 각본인지는 알 수가 없었다.


집으로 돌아왔을 때 아내는 없었다. 우리가 살던 집엔 갓난쟁이가 있는 젊은 부부가 살고 있었다. 여자는 어디선가 본 듯 낯익었다. 아내와 꽤 가깝게 지내던 이웃들 중 하나였다. 그 여자는 꾀죄죄한 몰골로 나타난 나를 기분 나쁜 눈초리로 훑어보고는 아내의 거처를 모른다고 쌀쌀맞게 말했다. 동사무소를 찾아갔다. 그러나 전입 신고조차 하지 않은 것을 알고 허탈하게 뒤돌아설 수밖에 없었다. 마지막으로 장인을 찾아갔지만 예상했던 것처럼 대문을 꼭 걸어 잠근 채 다시는 얼씬도 말라며 문전박대했다.

여관방에 처박혀 소주만 들이켰다. 죽음만이 모든 것을 해결해 줄 거란 생각이 들 때도 있었다. 그러나 용기가 없었다. 더 이상 잃을 것이 없었던 나는 자존심마저 버렸다. 정 차장을 찾아가 도움을 청했고 이듬해 지방 경찰서에 복직할 수 있었다.

## 2005년 8월

초동 수사 때부터 뭔가 잘못되었는지 수사는 갈피를 못 잡고 계속 헤맸다. 총 변사자는 3명, 모두 여성이었다. 범인은 피해자의 손가락이나 손톱을 절단하고 그것도 모자라 피해자의 질 속에 넣어 두는 끔찍한 만행을 저질렀다. 손가락에 대해 특별한 관심이나 집착을 보이고 있다는 증거였다.

며칠 뒤 우 형사는 두 번째 피해자를 잘 아는 강간 전과 3범의 동네 양아치 한 명을 잡아왔다. 싸구려 금 목걸이를 목에 치렁치렁 매단 놈은 우형사의 손에 질질 끌려오면서 자신은 범인이 아니라고 박박 우겼다. 내 눈에도 그는 범인이 아니었다.

"몇 가지 물어보고 돌려 보내."

나는 우 형사에게 말하고 곧장 정 차장이 있는 울진 경찰서를 찾아갔다. 사무실로 들어갔을 때 그는 내가 찾아온 것이 불편한 듯 눈을 피하며 전화기를 집어 들었다. 나는 한쪽에 마련된 소파에 앉아 통화가 끝나길 기다렸다. 5분 뒤 그가 소파로 와 앉았다.

"연락도 없이 왜 왔나?"

나는 단도직입적으로 물었다.

"개코를 어디에 감췄습니까? 본명이라도 알려 주세요."

"한동안 잠잠하더니 또 그 얘긴가?"

"이젠 말해 줄 때도 되지 않았습니까?"

"어허, 이 사람 보게. 없는 사람 얘기를 자꾸 해 달라고 하면 나보고 어쩌라는 거야?"

나는 주먹으로 탁자를 내리쳤다. 정 차장도 지지 않고 눈을 부라리며 고함을 쳤다.

"미쳐도 단단히 미쳤고만. 한 번만 더 찾아와서 그런 소리하면 정신 병원에 처넣을 줄 알아!"

나는 자리를 박차고 일어나는 정 차장을 붙잡고 악을 썼다.

"개코 짓이라고요! 지금 일어나는 살인 사건 말입니다!"

"무슨 소리 하는 거야?"

"이번 연쇄 살인의 범인이 놈이란 말입니다!"

사실 그를 쫓아야 하는 이유가 살인 사건 때문만은 아니었다. 놈을 잡아 내가 잃은 것만큼 똑같은 대가를 치르게 할 셈이었다. 나는 정 차장에게 그의 신상을 알려 주지 않으면 고문 피해자들을 설득해 개코의 존재를 알리고 그 당시에 있었던 일들을 기자들에게 다 까발리겠다고 협박했다. 정 차장은 우습다는 듯 콧방귀를 꼈다.

"뭘로 날 협박할 건데? 그리고 설사 개코라는 놈이 있다고 쳐. 고문 피해자들이 자네 편을 들어줄 거라 생각하나? 자네가 한 짓은 기억 못해? 고문 기계는 너였잖아! 당시 일이 알려지면 제일 먼저 다칠 사람이 누구일지 생각해 봤어? 그래도 하고 싶다면 마음대로 해. 안 말릴 테니까."

검찰에 연행될 당시만 해도 고문 피해자들을 찾아가 도움을 청할 생각도 했었다. 그러나 내가 한 짓을 깨달았을 땐 차마 그들 앞에 얼굴을 내밀 수가 없었다. 그건 지금도 마찬가지였다. 정 차장은 끝내 입을 열지 않았다.

나는 상부에 보고도 올리지 않고 신문 기자 두 명을 다방으로 불렀다. 나는 먼저 기자들에게 내 얼굴이 나온 사진을 실어 주어야 하고 내가 하는 말을 토씨 하나 바꿔서는 안 된다고 못 박았다. 그들은 녹음기를 꺼내 내 이야기를 들을 준비를 했다. 그리고 나는 이야기를 시작했다.

찬물에 담군 얼굴을 들었다. 손으로 얼굴의 물기를 쓸어 냈다. 핏발 선 두 눈에서 강한 전류가 흐르고 귓가에선 두개골을 갈아 대는 톱질 소리가 났다. 눈을 감으면 이대로 쓰러질 것 같았다. 나는 가만히 거울을 들여다보았다. 무성하던 검은 머리칼은 어느새 백발이 성성하고 두피가 보일 정도로 듬성했다. 꺼지고 늘어진 축축한 얼굴은 죽은 사람 같았다. 웃는 얼굴이 보고 싶어졌다. 그래서 나는 웃었다. 그런데 옷감에 풀을 먹인 것처럼 내 표정은 빳빳했다. 눈을 세게 감았다가 떴다. 정 차장 말대로 나는 점점 미쳐가고 있는지도 모른다. 내 스스로 개코라는 추악한 허상을 만들어 낸 건 아닌지 의심이 들기 시작했다.

"반장님, 아까 S신문사 기자한테 연락이 왔던데요."

우 형사는 전화번호가 적힌 메모지를 내 앞에 내밀었다. 나는 메모지를 구겨 쓰레기통에 버렸다. 다음 날 오후, 전화벨이 울렸다. 신참 김 형사가 나를 불렀다.

"반장님, 2번 전화요. 기자라는데요."

나는 수화기를 들어 2번을 눌렀다.

"이준상입니다."

상대는 대답이 없었다.

"여보세요?"

축축하고 낮은 웃음소리가 들려왔다.

"나야. 잘 지냈나? 왜 전화를 안 해? 우 형사에게 메모 남겼는데……."

순간 심장이 터질 것처럼 쿵쿵거렸다.

"당신!"

"신문 잘 봤어. 나를 너무 과소평가한 거 아냐? 까불지 마. 맘만 먹으면 쥐도 새도 모르게 널 죽일 수 있어. 니 인생이 불쌍해서 그렇게 하고 싶진 않지만 말야."

"어디야?"

"그건 니가 찾아야지. 형사가 입으로 뛰면 쓰나. 발로 뛰어야지. 내가 그렇게 가르치지 않았는데. 그런데 나이 오십 줄에 아직도 반장인가?"

그러면서 그가 낄낄거렸다. 수화기를 쥔 손이 부들부들 떨렸다.

"어디냐고!"

"뒤에서 기다리는 사람이 있어서. 그럼 다음에 또 보자고."

"끊지 마!"

개코는 전화를 끊었다. 나는 부리나케 쓰레기통을 뒤져 구겨진 메모지를 찾아 다시 전화를 걸었다. 하지만 수화기에선 착신이 금지된 번호라는 메시지만 흘러나왔다. 나는 다짜고짜 김 형사에게 소리쳤다.

"뭐해! 발신 추적 해 봐!"

놈이 파주 LCD 공단 근처의 공중전화를 사용한 것을 알아냈다. 범행 장소에서 차로 20분밖에 걸리지 않는 곳이었다. 우 형사를 대동해 당장 그곳으로 달려갔다. 공중전화 박스 근처는 인적이 드물지만 버스를 타고 10분만 나가면 신축 중인 아파트 단지가 있었다. 우형사와 나는 아파트 단지와 공단 근처를 사흘 동안 뒤졌다.

몽타주를 작성해 배포할 준비를 끝내고 상부에 보고했다. 그런데 증거를 확보할 때까지 전단지 배포를 허락할 수 없다는 결정이 떨어졌다. 나는 그의 과거에 대해 보고하려다가 몇 번이나 참았다. 어차피 살인 사건과 무관한 일들인데다 괜히 말했다간 사건에서 손을 떼라고 할지 모르기 때문이었다. 빌어먹을 이름 석 자라도 알면 전국을 다 뒤져서라도 찾아낼 텐데 고문 기술자로 활동할 당시에 사용했던 김동일이란 이름은 본명이 아니었다.

나는 문득 놈이 왜 내 관할에서 살인을 저질렀는지 궁금했다. 우연일까? 내게 자신의 솜씨가 녹슬지 않았음을 보여 주려고 한 걸까? 아니면 나를 괴롭히고 싶어서?

나는 정 차장을 찾아가 개코의 존재를 확인시켜 주었다.

"난 바쁘니 이만 나가봐야겠네."

사무실을 빠져나가려는 그를 붙잡았다. 나는 그를 돌려세웠다.

그리고 나를 보라고 했다. 죽을 날만 기다리는 병든 노인처럼 폭삭 늙어 버린 내 모습을.

"왜 그놈을 감싸고 도는 겁니까? 저 죽는 꼴 보고 싶습니까?"

정 차장은 입을 꾹 다문 채 일그러진 내 얼굴을 바라보더니 고개를 푹 숙였다. 그의 마음에 약간의 동요가 이는 듯했다. 잠시 후, 한참 동안 말이 없던 그가 어렵게 입을 열었다.

"내가 하는 말 잘 듣게. 그놈이……."

개코는 원래 안기부에서 북파 공작원으로 키우려던 인물이었지만 지능이 떨어지고 행실이 거칠어 절차 없이 대공 수사과로 보내졌다. 안기부에서 만들어낸 유령 요원, 개코는 고문 기술자로 다시 태어난 것이다. 안기부에서 놈을 빼돌린 건 노련한 고문 솜씨 때문이며 사회의 필요악이라 판단해서였다. 놀라운 사실은 내가 출감하고 경찰서에 복직한 그 당시까지도 놈은 축축한 대공 수사과 지하실에서 고문 기술자로 계속 일했다는 것이었다. 소속도 모르고 안다 해도 순순히 말해 줄 사람은 아무도 없을 거라고 했다. 더욱 놀라운 건 정 차장 역시 그의 정확한 이름을 모르고 있다는 사실이었다.

"우리가 죽인 사람들이 몇 명이나 되는 줄 아나?"

정 차장이 눈시울을 붉히며 말했다. 우리……. 정 차장의 입에서 우리라는 말이 나오자 소름이 쭉 끼쳤다.

"밝혀진 건 세 건 뿐이지만 실상은 그 열 배도 넘어. 이대로 묻어 두자고. 부탁이야. 적어도 내가 옷 벗을 때까지만 참아 줄 수 없나?"

나는 정 차장을 밀치고 그 더러운 냄새가 밴 사무실을 뛰쳐

나왔다.

개코에게 연락이 온 건 일주일 뒤였다. 나는 재빨리 전화기에 연결된 위치 추적 장치를 켜라고 우 형사에게 손짓했다. 그런데 놈은 교묘하게 껄껄 웃기만 하고 전화를 끊어 버렸다. 위치는 파악할 수 없었다. 놈은 그런 식으로 두어 번 더 전화를 했고 그럴 때마다 내 속은 시커멓게 타들어갔다.

발신 추적 결과 세 번 모두 일산 롯데 백화점 주변 공중전화를 이용한 사실을 알아냈다. 형사들과 팀을 나눠 그 주변을 샅샅이 조사해갔다. 개코는 인파가 붐비고 CCTV가 없는 곳만 골라 전화를 사용했다. 놈의 지능이 낮다는 정차장의 말은 사실이 아니었다. 지능이야 얼마든지 속일 수 있는 문제였다. 놈은 지문도, 타액도, 족적도, 단서가 될 만한 것은 공기 한줌도 남기지 않을 만큼 치밀했고 내게 몇 번이나 전화를 걸만큼 대담했다.

놈은 한 달이 지나도록 연락이 없었다. 그리고 일주일이 더 지난 늦은 오후였다. 요란한 핸드폰 벨소리에 정신이 들었다.

"여보세요?"

"이준상 씨?"

"네, 그런데요."

"이준상 씨 맞나요? 목소리가 다르네……."

"누구세요?"

"여기 리멤번데요."

"리멤버요?"

"리멤버 모텔요."

"그런데요? 왜 그러시죠?

"여기 장기 투숙 하시던 분 아니세요?"

"네?"

모텔 업주의 말을 듣고 나자 묵직한 뭔가로 뒤통수를 세게 언어맞는 것 같은 멍한 기분이 들었다. 상대는 개코를 찾고 있었다. 개코는 리멤버라는 모텔에 일주일 동안 묵었고 숙박비를 내기로 한 나흘 전부터 나타나지 않는다고 했다. 업주는 그가 묵었던 방으로 들어가 1000원짜리 지폐가 든 지갑과 업주에게 남긴 내 이름과 연락처가 적힌 쪽지를 발견하고 연락을 해온 것이다.

의자에서 일어날 수 없을 정도로 다리가 휘청거렸다. 놈은 일반인에게 공개하지 않은 내 주소와 개인 연락처까지 알고 있었다. 나는 정신을 차리고 모텔 업주에게 내가 갈 때까지 어떤 것도 손대지 말라고 부탁했다. 무턱대고 모텔비를 지불해 줄 것을 요구하던 그는 내가 형사라고 하자 시큰둥하게 꼬리를 내리고는 전화를 끊어 버렸다.

모텔 업주는 숙박비를 떼인 것도 형사라는 작자가 모텔로 찾아온 것도 못마땅한 듯 방을 안내하고는 금세 자리를 떠났다.

방 안은 비 오는 무덤가처럼 스산했다. 방 안에 사람이 지낸 흔적이 없어서 더 그렇게 느껴졌다. 커튼은 닫혀 있었고 침대에 누운 흔적조차 없었다. 텔레비전 리모컨도 탁자 위, 메뉴판 위에 반듯하게 놓여 있었다. 창가 쪽으로 걸어갔다. 커튼을 젖히려는데 발아래 뭔가가 밟혔다. 사람 하나 누울 만한 작은 공간에 반으로 접힌 이불이 가지런하게 펼쳐져 있었다. 그는 거기에 누워 잠을 잤던 모양이다.

왜 그랬을까.

그에겐 편안한 침대가 오히려 불편했던 것인지도 모른다. 모텔 업주의 말을 토대로 몽타주를 작성했다. 짧은 머리스타일에 크고 야윈 얼굴, 얇은 입술 그리고 노려보는 듯한 사나운 눈. 부분들만 뜯어놓고 보면 내 기억 속 모습과 거의 일치했지만 완성된 몽타주는 희한하게도 다른 사람처럼 보였다. 그러고 보니 개코의 얼굴은 베일에 가려진 것처럼 흐릿하게 기억날 뿐이었다. 마치 실존하지 않았던 사람처럼.

모텔 방에서 지문과 머리카락 등 증거물들을 채취했지만 결과는 헛수고였다. 대부분 업주와 청소부, 그리고 숙박을 했던 다른 손님들 것이었다. 거기에 개코는 없었다. 개코는 거기에 있었지만 또한 없는 사람이기도 했다. 울고 싶었다. 누가 듣든 말든 소리 내어 울고 싶었다. 허탈감이 밀려 왔고 모든 것을 놔 버리고 싶었다.

전화벨 소리에 잠에서 깼다. 새벽 두 시가 막 지나고 있었다. 머리맡에 둔 전화를 집어 들고 '이준상입니다.'라고 말했다. 곧바로 대답이 돌아왔다.

"잘 지냈나?"

나는 숨을 멈췄다. 몸속을 돌던 피가 어느 한 지점에서 딱 멈춘 것 같았다.

"어디야? 전화 끊지 마."

"그래, 안 끊어. 우리 옛날 얘기나 좀 할까?"

"무슨 소리야?"

"우리가 파트너였을 때."

그의 말에 몸속 깊숙한 곳에 숨어 있던 오래된 욕망이 꿈틀하고 움직였다.

"그때가 참 그리워. 자넨 안 그래? 그 축축한 지하 조사실에……."

난 이를 악물고 낮게 말했다.

"닥쳐. 혼자 나갈 테니까 우리 만나자."

"자네는 날 닮았어. 그래서 보고 싶었고. 그리고 봤지."

"나를 봤다고?"

"나랑 눈도 마주쳤는데 날 못 알아보더군. 비닐하우스에서 말이야. 담배를 입에 문 모습이 나랑 꼭 닮았더라고."

"비닐하우스?"

그의 웃음소리에 끌려나오듯 두 번째 사건 현장이 떠올랐다. 그랬다. 그날은 희한하게도 비닐하우스 근처에서 지하 조사실에 밴 비릿한 냄새가 풍겼다. 그건 개코의 냄새이기도 했다. 현장은 경찰과 마을 주민들로 북새통이었고 개코는 그 속에 섞여 날 지켜보며 비웃고 있었던 것이다. 가슴에 둔중한 통증이 느껴졌다.

"만나서 얘기해! 당장 만나잔 말야!"

"그거야 어려울 것 없지. 자네가 올 수 있으면 이리로 와."

"알았어. 어디야?"

"근데 좀 멀어."

"어디냐고. 말만 해!"

침묵을 지키던 그가 갑자기 전화를 끊었다. 난 넋이 나간 사람처럼 단조로운 기계음이 울리는 전화기를 쳐다봤다. 꿈을 꾸고 있는 것 같았다. 차라리 꿈이었으면 좋겠다. 놈이 건 번호를 찾아 다시 전화를 걸었다. 신호도 없이 영어로 된 안내 메세지가 흘러나왔다. 그가 받을 때까지 계속 전화를 했다. 핸드폰 배터리 표시가 깜빡이는 것을 보고서야 간신히 멈출 수가 있었다. 난 탁자 위에 흩어진 신문지 앞으로 기어가 신문 귀퉁이에다 번호를 옮겨 적었다. 초조했다. 지금 당장 쫓지 않으면 다시는 그를 볼 수 없을 것만 같았다. 바지와 셔츠를 주섬주섬 챙겨 입고 코트를 걸쳤다. 신발을 구겨 신고 대문을 나와 어두운 계단을 달려 내려갔다.

아직 날도 밝지 않은 새벽의 도심을 미친 듯이 달렸다. 숨이 턱까지 차올라 죽을 것만 같았다. 난 기침을 뱉으며 벽에 몸을 기댔다. 고개를 드니 까만 하늘에 하얀 눈발이 흩날리고 있었다. 내 얼굴 위로 눈송이가 차곡차곡 내려앉았다. 눈을 감았다. 개코가 사라진 이후 처음으로 편안한 기분을 느꼈다.

잠시만 이대로 있자.

나는 늙었고 너무 지쳤다. 인생의 반을 그놈 때문에 괴로워했다. 이제야 인정할 수 있었다. 개코는 오직 내 마음속에만 존재한다는 것을. 나의 또 다른 분신이자 지은 죄의 대가란 사실을.

# 네모

임태훈

1999년 삼성 문학상 희곡 부문 수상. 2006년 대산 대학 문학상 평론 부문 당선. 2009년 한국 추리소설 작가 협회 신인상. 월간 《판타스틱》에 SF호러 「팽형자」(2008)를 발표하면서 장르 소설을 쓰기 시작했다. 「팽형자」는 네이버 캐스트 오늘의 문학(2009)으로도 게재되었다. 평론과 소설의 대표 글로는 「팽형자」, 「게릴라의 글쓰기」등이 있다. 제도의 경계와 형식에 얽매이지 않는 창조적인 글쓰기에 도전하고 있다.

이 도시를 떠나지 못한 사람들은 두고두고 그날에 대해 이야기한다. 나 역시 마찬가지다. 지금부터 하려는 이야기도 그날 나에게 벌어졌던 일이다.

딸아이가 나를 깨웠을 때는 새벽 3시쯤이었다.

"아빠, 이상한 거 있어."

스탠드 불빛에 눈이 따가웠다. 기억은 나지 않았지만 뭔가 고약한 꿈에 시달린 기분이었다. 머리맡을 더듬거리는 날 대신해 아이가 안경을 찾아줬다. 딸은 잔뜩 골이 난 표정이었다. 아빠가 잘못한 게 있다는 부루퉁한 말투였다.

"그거 화장실 문 막고 있어서 쉬야 못했어. 얼른 치워."

무슨 말인지 통 알아들을 수가 없었다. 도둑이 들었다는 얘기가?

"아빠가 부를 때까지 이 방에서 나오면 안 돼."

방 바깥의 불은 이미 켜 있었다. 그러나 묵직한 그림자가 거실 전체에 드리워져 있었다. 나는 눈앞에 있는 것을 보고도 믿을 수 없었다. 안경을 고쳐 써 봐도 대체 뭘 보고 있는 건지 어리둥절했다.

"저거 아빠가 갖다 놨지?"

아이가 말을 안 듣고 따라 나왔다. 아이는 발을 동동 구르며 내 손을 흔들었다.

"나 쉬야 급해. 빨리 치워."

"이거 아빠가 갖다 놓은 거 아냐."

정육면체의 '그것'은 허공에 떠서 시계 방향으로 느리게 회전하고 있었다. 크기는 대형 냉장고만 했다. 전체적으로 검은 빛을 띠고, 표면은 거울 같아서 나와 아이의 모습이 그대로 비쳤다.

"나 쉬해야 한다니까!"

'그것'은 하필 화장실 문 앞을 가로막고 있었다. 나는 딸아이를 안아서 싱크대에다 오줌을 누게 했다. 아이가 아직 네 살밖에 되지 않았다는 게 다행스러웠다.

"엄마한테는 비밀이다."

"응."

아내는 국제 학술 포럼에 통역으로 참가하느라 수 일간 외국 출장 중이었다. 나보다 가방끈도 길고 수입도 많은 여자다. 딸은 세계를 누비는 엄마를 자랑스러워한다. 하지만 솔직히 출장을 간 게 확실한지 의심스러웠다. 아내가 돌아온 뒤엔 조만간 어떻게 되든 될 것이다. 결국 헤어지게 되더라도 마지막까지 자존심만은 지키고 싶었다.

'그것'을 허공에 떠 있게 만드는 장치는 어디에도 붙어 있지 않았다. 동력을 추정할 수 있는 어떤 소리도 들리지 않았다. 표면에 귀를 대 보아도 내부는 더욱 고요했다. 힘껏 밀어 봤지만 아무리 용을 써도 꿈쩍하지 않았다. 겉보기엔 유리로 만들어진 것 같았다. 그러나 망치로 세게 내리쳐도 흠집 하나 낼 수 없었다. 119로 전화를 하려다가 어떻게 설명해야 할지 난감해서 수화기를 내려놨다. 당장 이것을 뭐라고 불러야할지 판단이 서지 않았다.

그사이 아이가 '그것' 밑으로 기어 다니며 장난을 치고 있었다. 나는 딸에게 단단히 주의를 줬다.

"갑자기 바닥에 뚝 떨어질 수 있어. 그럼 아야 해. 아야 정도가 아니라 피 많이 나서 죽어. 되게 무서운 거야."

"이거 어디 쓰는 건데? 변신도 돼?"

"변신 그런 거 안 했으면 좋겠는데. 이게 뭔지 아빠도 잘 모르겠어. 아빠도 잘 아는 사람들한테 물어 봐야 해."

"근데 똥 누고 싶을 때도 싱크대에다 해야 돼?"

"그건 안 돼. 싱크대에 그런 짓 하면 엄마가 절대 용서하지 않을 거야. 근데 지금 똥 마려운 거야?"

"아니."

"다행이구나. 똥 마려우면 미리미리 말해. 밖에 가서 눠야 하니까. 아무튼 그러기 전에 아빠가 이거 얼른 치워 놓을게."

"엄마가 이거 보면 화낼 거야."

"엄마가 화내면 아빠는 죄 없어 하고 말해 줘. 아빠가 갖다 놓은 게 아니잖아."

"응."

아내가 화를 내는 건 문제도 아니었다. 다음 주 이사하기 전까지 이걸 치우지 못하는 일만큼은 없어야 했다.

아이부터 다시 재웠다. 그리고 이 상황을 해결할 방법을 차근차근 궁리해 보았다. 이게 어떻게 여기 있을 수 있는지부터 생각해 봐야 했다. 누군가 집에 몰래 들어와 밀어 넣고 간 건 아닐까? 하지만 이만한 크기의 물건을 집 안으로 들이려면 창문을 뜯는 요란을 떨었을 것이다. 게다가 아파트 9층 높이까지 끌어올리려면 크레인을 동원해야 할 텐데, 아무 소리도 못 듣고 잠에 취해 있을 만큼 정숙한 작업이 아니다. 창문을 자세히 훑어보아도 뜯었다가 다시 붙인 흔적은 없었다. 무엇보다 창문은 방 안쪽에 잠금장치가 있기 때문에 깨뜨리지 않고선 애당초 밖에서 열 방법이 없었다. 창문 앞에 일렬로 놓인 화초는 이파리 하나 다친 데 없이 그 자리 그대로였다. 바닥을 손으로 훑어도 외부에서 묻혀 들어왔을 만한 먼지는 확인할 수 없었다. 순간 오싹한 기분이 들었다. 창문을 제외하면 이 집 어디에도 이만한 물건이 들락거릴 수 있는 통로는 없기 때문이다.

화장실뿐만 아니라 결혼사진 액자도 '그것'이 가려 버렸다. 나는 공구함을 뒤져 핸드 드릴을 꺼냈다. 최소한 이게 어느 정도 강도인지 알고 나면 내 힘으로 해결할 수 있는 일인지 판단할 수 있을 것 같았다. 돌아가신 아버지는 공업사를 운영하셨고 한땐 나도 아버지를 도와 매일같이 쇠를 만졌다. 그때는 그 일이 적성이라고 느꼈다. 하지만 결국 펜대 굴리는 사무원이 되는 길을 택했다. 쇠를 다루는 사람이 되었다면 나는 어떤 삶을 살게 되었을까? 아마도 지금의 아내를 만나는 일은 없었겠지.

아이가 자고 있고 이웃들의 눈치도 있으니 핸드 드릴은 아침까지 기다렸다가 쓸 수밖에 없었다. 그러나 막상 해가 밝자 경솔한 행동일 수 있겠다는 생각이 들었다. 자칫 잘못하면 '그것'이 폭발할 수도 있기 때문이었다. 아무것도 모를 땐 최악의 상황을 대비해 신중하게 대처해야 한다고 마음을 가다듬었다. 무엇보다도 아이가 집에 있다는 걸 신경 써야 했다.

딸이 눈을 비비며 나왔다.

"어, 이거 아직도 있네."

햇빛이 닿자 '그것'은 무지갯빛을 냈다.

"예쁘다."

아이가 방긋방긋 웃으며 '그것'을 쳐다봤다. 하지만 나는 현기증이 날 지경이었다. 내 힘만으로 될 일이 아니라면 빨리 도움을 구해야 했다. 전화번호부를 꺼내 이 일을 해결해 줄 수 있을 만한 곳을 찾았다. ㄱ, ㄴ 순으로 업종을 뒤지다가 철거 업체가 이런 일을 전문으로 한다는 게 간신히 떠올랐다. 전화번호부에도 관련 업체의 번호가 여러 개 있었다. 바로 전화를 걸고 싶었지만 시계를 보니 아직 8시도 되지 않은 때였다.

"아빠 나 똥 마려워."

"많이 급해?"

"아니. 미리 말하는 거야."

"착하다."

아이를 데리고 집 밖으로 나왔다. 버스로 서너 정거장 거리에 떨어진 처가로 가기로 했다. 발길을 옮기기가 꺼림칙하긴 했지만 마땅한 곳이 없었다.

"할머니 할아버지한테는 우리 집에 이상한 거 있다고 말하면 안 돼."

"응. 싱크대에 쉬야 한 것도 말 안 할게."

"착하다. 아무튼 그거 얼른 치우고 아빠가 데리러 갈게. 오래 안 걸릴 거야. 공사하는 아저씨들 불러다가 치워 달라고 할 거니까 금방 될 거야."

나는 화장실이 급한 아이를 생각해서 택시를 탔다. 그런데 차가 사거리까지 나오자 길이 막히기 시작됐다. 차들이 앞뒤로 꼼짝도 하지 않았다. 여기저기서 빵빵거리는 소리가 요란했다.

"아빠 나 급해."

아이의 얼굴이 창백했다. 택시에 앉아 길만 쳐다보고 있을 순 없었다. 차에서 내려 근처의 공중 화장실로 데려가야 했다. 다행히 가까운 곳에 전철역이 있었다. 나는 아이를 안고 한달음에 뛰어 화장실에 데려갔다.

응가 문제를 해결했으니 한결 차분하게 처가까지 걸어가면 될 줄 알았다. 하지만 우리는 사거리 한가운데 떠 있는 '그것'을 또다시 마주해야 했다. 집에 있던 것보다 몇 배나 더 클 뿐만 아니라 여러 개의 정육면체가 레고 블록처럼 맞붙은 형태였다. 사거리 한가운데 거대한 바리케이드가 설치된 것이나 마찬가지라서 차들이 옴짝달싹할 수 없는 상태였다. 우리를 태웠던 택시도 여태 꼼짝 못하고 있었다. 참다 못한 운전자들이 '그것' 주위로 몰려와서 물병을 던지고 욕설을 퍼부었다.

"이건 또 뭔 삽질이야!"

그들은 '그것'을 짜증나는 설치 미술품쯤으로 여기고 있었다. 그렇게 오해할 만도 했다. 몇 해 전부터 시에서는 도시 환경 미화를 이유로 여기저기에 물길을 파고 대형 동상과 조각상을 세우고 있었기 때문이었다. 나는 아이의 귀를 막고 서둘러 길을 지나쳤다.

장인과 장모는 아침을 먹고 가라고 했지만 대충 핑계를 대고 나왔다. 처가는 부자 동네인 그 지역에서 가장 넓고 고상한 정원을 가진 저택이었다.

어쩌다가 이런 집에 살던 딸이 나 같은 남자와 결혼하게 됐을까? 아내도 똑같은 생각을 했을 게 분명하다. 그나저나 아내는 여행 가방에 들어 있던 넥타이 선물을 자신에게 어울리는 남자에게 준 걸까?

장인 장모와 말을 섞다가는 이런 속내를 들킬 것만 같았다.

아이를 맡기고 돌아오는 사이에 사거리의 혼란은 훨씬 더 심각해졌다. 경찰이 '그것' 주위에서 차를 빼내기 위해 안간힘을 쓰고 있었다. 대형 크레인이 인도 쪽에 자리를 잡고 있었다. 그리고 '그것'과 크레인에 쇠사슬을 연결하는 작업이 한창이었다. 우리 집에서도 이런 작업을 해야 되는 걸까? 눈앞이 캄캄했다. 도대체 크레인 한 대를 부르려면 돈이 얼마나 드는 걸까? 크레인은 시커먼 매연을 내뿜으며 '그것'을 잡아당겼다. 엔진 소리만 들어도 최대 출력을 쏟아붓고 있다는 걸 느낄 수 있었다. 주위에는 휴대폰으로 이 광경을 촬영하는 사람들이 많았다. 하지만 기대와 달리 '그것'은 꼼짝도 하지 않았다. 오히려 쇠사슬이 먼저 끊어져 크레인이 뒤로 튕겨 나갔고 가로등을 연달아 덮쳤다. 주변 상가로 가로등이 우르르 넘어졌다. 주차되어 있던 차와 쇼윈도가 박살 나고 피투성이가 된 사람들이 여기저기서 비명을 지르며 쓰러졌다. 경찰과 소방대원이 황급히 현장으로 뛰어갔다. 나는 우르르 도망치는 사람들 사이에 섞여 무조건 달려야 했다.

집에 돌아왔을 때, '그것'은 마치 원래부터 집 안에 있던 가구인 양 그 자리를 그대로 지키고 있었다. 나는 찬 물부터 마셨다. 숨을 돌리자마자 철거 업체에 전화를 걸었다. 집에 있는 것은 사거리에서 봤던 것보다 크기가 훨씬 작았다. 작업이 쉽지는 않겠지만 그렇게 애를 먹이지는 않을 거라고 스스로를 설득하며 불안감을 추슬렀다. 그런데 전화는 쉽게 연결되지 않았다. 다른 업체도 사정은 비슷했다. 한참 만에 통화에 성공했다. 전화를 받은 여직원은 자초지종을 다 듣기도 전에 이미 어떤 용건인지 알고 있었다.

"가정집이신가요?"

"네."

"크기가 가로세로 얼마나 되죠?"

"가로세로 한 3미터 정도……."

"그럼 저희 장비로는 안 될 것 같네요. 가로세로 2미터짜리도 해체하는 데 실패했거든요."

"이런 전화를 하는 사람들이 많은가요?"

"네, 어제부터 굉장히 많아요. 통화해 드려야 할 분이 많아서 이만 끊겠습니다."

나는 당장 TV를 켰다. 뉴스에서도 '그것'에 관한 소식이 한창이었다. 서울 곳곳에 정체를 알 수 없는 '괴물체'가 나타나 생활에 극심한 불편을 주고 있다는 내용이었다. 화면 중에는 내가 목격한 사거리에서의 일도 포함돼 있었다. 우리 집의 경우처럼 집 안에 '그것'이 나타난 곳도 많았다. 꽉 쥐고 있던 주먹에 식은땀이 흥건히 배었다. 지금 당장 이걸 없앨 수 없다는 사실보다도 당장 다음 주로 닥친 이사가 두려웠다. 이 집으로 이사 올 사람들은 이런 괴물이 집에 생긴 걸 보면 계약을 파기하려 들 게 뻔했다. 그렇게 되면 우리가 이사 가려고 계약해 놓은 집에 잔금을 치를 수 없게 된다. 문제는 거기서 그치지 않는다. 이사 갈 집과 이사 올 집에 관련된 사람들이 꼬리에 꼬리를 물고 모두 낭패를 보게 될 텐데, 도무지 감당이 되지 않았다.

맥이 풀려 꼼짝도 하기 싫었다. 새벽부터 깨어 있던 탓인지 잠깐 눈을 감은 사이 잠이 들고 말았다. 전화벨 소리에 놀라 깼을 땐 두어 시간쯤 흐른 뒤였다. '그것'의 그림자가 내 몸을 완전히 덮고 있었다.

전화를 건 사람은 우리가 이사 갈 집의 주인 남자였다. 목소리를 알아듣자마자 정신이 번쩍 들었다. 혹시 우리 형편을 알고 전화한 게 아닐까 싶어서 가슴이 조마조마했다. 하지만 그는 연신 죄송하다는 말을 반복하며 '그것'에 대해 이야기하고 있었다. 나는 우리 집의 '그것'에 대해선 한마디도 털어놓지 않았다.

"뉴스 보셔서 아시겠지만 상황이 어떻게 될지 모르겠고…… 미리 말씀드려야 그쪽에서 수습을 하실 수 있을 것 같아서요…… 아, 죄송합니다…… 저희 집에 나타난 건 안방에 작은 거 하나, 현관 앞에 하나 더…… 네, 두 개나 되죠. ……어제 저녁에 처음 생겼고요…… 이쪽 지역에 유난히 많이 나타난 거 같네요. 어떻

게든 해 보려고 여기저기 도움을 청하는 중인데…… 지금으로
선 아무래도 어렵네요. 이걸 없애 줄 수 있다는 업체도 없다 보
니…… 저흰들 이런 걸 일부러 갖다 놓고 폐를 끼치고 싶었겠습
니까. 네, 네, 천재지변이죠. 저희도 이사를 가야 하는데 그쪽 집
에는 아직 전화도 못 드렸습니다. 어떻게 수습해야 할지 너무 기
가 막혀서…… 애기 엄마는 무섭다고 계속 울고…… 그나저나
시간 괜찮으시면 직접 오셔서 이쪽 상황을 확인해 보셨으면 좋
겠는데요. 계약 문제도 상의드렸으면 하고요…… 네, 저희 아파
트 한 동에만 스무 개 정도 나타난 것 같아요. 그쪽은? ……그나
마 다행이네요. ……아이고, 그렇게 말씀해 주시니 마음이 좀 놓
입니다. 아무튼 이사하신다고 무척 기대하셨을 텐데 이런 전화를
드리게 돼서 정말 죄송합니다. 이쪽으로 오실 때 전화해 주시면
준비하고 있겠습니다. 네…… 네…… 정말 죄송합니다."

휴대폰에도 부재중 전화가 여러 통 와 있었다. 그중 하나는 이
집으로 이사 올 아주머니였다. 나는 좀 전의 남자가 어떤 식으로
말했는지 떠올리며 해야 할 말을 정리했다. 번호를 누른 뒤 신호
가 한 번도 울리기 전에 통화가 연결됐다. 전화기 옆에서 기다리
고 있었던 모양이었다.

"아니, 왜 이렇게 통화가 안 돼요?"

"죄송합니다. 딸애가 몸이 안 좋아서 아침에 경황이 없었거
든요."

아주머니는 마음이 급했는지 말꼬리를 잘랐다.

"그 집은 괜찮은 거예요?"

숨이 컥 막히는 기분이었다. 시작부터 아주머니의 기세에 눌려

입이 떨어지지 않았다.

"뭐야? 왜 말을 안 해요?"

나는 모기 소리만큼 작게 대답했다.

"있어요."

"안 들려요. 크게 좀 말해요."

"있다구요!"

이번엔 아주머니 쪽에서 한참 동안 말이 없었다.

"미치겠네. 이따가 갈 테니 좀 봅시다."

일방적으로 전화가 뚝 끊겼다. 뺨이라도 얻어맞은 기분이었다.

"내가 일부러 그랬나! 뭐 이런 여편네가 있어!"

또 다른 부재중 전화는 처가에서 온 것이었다. 아이가 장인 장
모에게 이 상황을 다 말한 것은 아닐까? 전화를 해야 되나 망설
여졌다. 그러는 사이 처가에서 또 전화가 왔다. 체념하는 셈치고
전화를 받았다. 장모였다. 한참 동안 형식적인 인사말과 안부가
오고간 뒤에야 장모는 본론을 이야기했다.

"회사는 언제 그만둔 건가?"

아차 싶었다. 장모는 딸에게 꼬치꼬치 집안 사정을 물었을 것
이다. 회사는 그만둔 게 아니라 망해 버린 거였다. 지난 몇 달간
숨겨 왔던 일인데 왜 하필 지금 알게 되었는지 짜증스러웠다. 나
는 가능한 목소리에 감정을 드러내지 않으려고 애썼다.

"어머님, 정말 죄송한데요. 제가 지금 전화 받기가 곤란한 상황
이라서요. 이사 때문에 처리해야 될 일이 있어서 그렇습니다. 이따
가 다시 전화 드리겠습니다. 자세한 이야기는 그때 설명드리겠습
니다. 죄송합니다. 수정이는 말썽 안 부리고 잘 있지요? 얼른 데리

러 가겠습니다."

전화를 끊고 다시 TV를 켰다. 상황은 급박하게 악화되고 있었다. 그사이 '그것'의 이름이 정해져 있었다. 뉴스 화면은 헬기로 촬영된 것이었는데, 강남의 초고층 빌딩 건설 현장이었다. 절반쯤 지어진 건물 위로 정육면체의 거대한 애드벌룬 같은 게 떠 있었다. 뉴스에서는 '그것'을 '네모'라고 불렀다.

그곳의 네모는 크기가 무려 가로세로 30미터에 달했다. 공사를 계속 진행하려면 네모를 반드시 제거해야 했지만 현재까지 시도한 방법은 전부 수포로 돌아갔다고 한다. 만약 이대로 공사가 중단되면 회사는 천문학적인 손해를 입게 될 거라고 했다. 비슷한 피해를 입고 있는 공사장도 이곳뿐만 아니라 수십 곳에 달한다고 한다.

또 다른 화면은 반포대교 한가운데 나타난 네모였다. 다리 양편으로 차들이 끝도 없이 늘어서 있었다. 헬기에서 내려다보이는 도로 곳곳마다 네모가 보였고 새까맣게 교통 정체가 이어졌다. 도시 기능이 마비 직전에 있었다. 곧이어 서울 시장의 긴급 브리핑이 있었다.

"현재까지 파악된 네모의 수는 총 13만 개에 달하며 그 숫자는 점점 늘어나고 있습니다. 최초 발생 이후 48시간 동안에 갑작스럽게 벌어진 사태입니다. 이로 인한 피해액도 기하급수적으로 늘어나고 있습니다. 서울시는 정부에 이 사태의 조속한 해결을 위한 긴급 재난 지역 선포를 건의했습니다. 아울러 서울시는 지금 이 시간에도 네모의 제거를 위하여 가능한 모든 방법을 동원하고 있습니다. 시민 여러분께서도 서울시와 관계 당국의 조치에 적극 협력해 주시기 바랍니다. 네모를 발견하시면 지체하지 마시고 112, 119 또는 가까운 관공서 어디든 신속히 신고해 주시기 바랍니다."

나는 이 말을 듣자마자 119로 전화를 걸었다. 이번에도 신호가 연결되기까지 시간이 한참 걸렸다. 하지만 해야 될 말은 간단했다. '그것'을 뭐라고 불러야 하는지도 배웠다.

"우리 집에도 네모가 나타났어요."

집 밖으로 나오자 군용 트럭이 줄지어 도로를 지나가는 게 보였다. 네모를 없애기 위해 드디어 군대가 동원된 것이다. 나는 사거리로 다시 나가보고 싶었다. 그러나 얼마 못 가 통제선 앞에서 걸음을 멈춰야 했다. 군인들이 구경 나온 사람들의 통행을 막고 있었다. 옆에 있던 아주머니에게 어떻게 된 상황이냐고 물어봤다.

"저 요물을 폭탄으로 없앨 거래요."

네모로부터 반경 200미터 내의 상가 주민과 운전자들은 모두 대피한 상태라고 했다. 건물 옥상에는 구경꾼들로 가득했다. 나도 그들 틈에 끼었다. 하지만 내가 간 곳은 위치가 좋지 않았다. 거기에선 네모의 윗면 일부만을 겨우 볼 수 있었다. 그마저도 사람들의 뒤통수에 가려 자세히 보기가 어려웠다. 흥이 깨져 다시 내려가야겠다고 마음먹은 순간 사이렌이 울렸다. 왁자지껄하던 사람들이 단번에 잠잠해졌다. 그리고 쾅 하고 하늘이 무너지는 소리가 났다. 먼지 구름과 불길이 사거리에서 치솟았다.

"없앴다!"

사람들이 환호성을 지르고 손뼉을 쳤다. 축구 응원이라도 하듯 '대한민국'을 외치는 사람들도 있었다. 하지만 그 소리를 단번에 압도하는 굉음이 지축을 흔들었다. 네모가 내는 소리였다. 사람들의 환호와 박수가 탄식으로 바뀌었다. 먼지와 불길을 뚫고 네모가 다시 모습을 드러냈다.

"더 커졌잖아!"

"점점 더 커지고 있어!"

네모의 굉음은 또 다른 네모들의 공명을 불러일으켰다. 그 진동이 피부를 타고 흘렀다. 이런 기분은 태어나서 처음이었다. 나도 모르게 오줌을 지릴 것만 같았다. 네모를 잘못 건드린 게 분명하다는 걸 누구라도 본능적으로 직감할 수 있었다. 사람들이 비명을 지르며 우왕좌왕하기 시작했다.

나는 집을 향해 달렸다. 확신에 가까운 두려움이 밀려왔다. 집에 있는 것도 커지고 있는 게 아닐까? 아니나 다를까 집에 들어섰을 때, 네모는 양쪽 벽면에 꽉 낄 만큼 몸집이 불어나 있었다. 사방으로 균열이 번지고 천장이 요동쳤다. 맞닿은 베란다 창문도 깨지기 일보 직전이었다. 네모는 계속해서 커지고 있었다. 나는 서둘러 통장과 지갑, 휴대폰, 아이의 옷가지 등을 챙겨 집 밖으로 탈출했다. 와장창 깨지는 소리가 등 뒤에서 연달아 들렸다.

복도는 나처럼 아파트에서 탈출하려는 사람들로 난장판이었다. 발을 헛디딘 노인이 계단에서 구르자 앞서가던 사람들까지 휩쓸려 넘어졌다. 나는 난간을 잡고 매달려 간신히 넘어지는 걸 면할 수 있었지만, 네모에 밀린 현관문이 튕겨 나오는 바람에 팔을 다쳤다. 그래도 그 정도는 운이 좋은 편이었다. 앞서 가던 사람은 그 문에 정통으로 맞아 부상이 훨씬 심했다.

간신히 아파트 바깥으로 나왔을 때는 다리에 쥐가 나서 주저앉고 말았다. 다친 팔도 퉁퉁 부어올랐다. 바깥에서 올려다본 아파트는 네모들이 튀어나와 테트리스 블록처럼 여기저기 울퉁불퉁했다. 돌덩이가 아래로 와장창 떨어졌다. 사람들이 피를 흘리고 여기저기에 쓰러져 있었다. 다행히 나는 한 번 더 운이 따랐다. 슬쩍 몸을 옮기는 순간, 내 몸뚱이만 한 크기의 돌덩이가 옆으로 떨어졌다. 제대로 맞았다면 그 자리에서 절명했을 것이다. 놀라서 다리가 굳어 버렸지만 허우적거리며 기어서 아파트 단지 밖으로 나오는 데 성공했다.

하지만 곳곳에서 똑같은 사태가 벌어지고 있었다. 네모들의 몸집이 커지면서 건물이 무너지고 사람들의 비명이 사방을 가득 메웠다. 나는 딸이 걱정됐다. 처가라고 이 난리에 안전할 리가 없었다. 군인들이 쳐 놓은 통제선 때문에 길을 멀리 돌아가야 했다. 네모의 숫자도 눈에 띄게 늘어났다. 돌 더미에 깔려 죽은 사람의 시체도 보였다. 그중에는 어린애도 있었다. 휴대폰으로 처가에 계속 전화를 걸었지만 받는 사람이 없었다.

가슴을 졸이며 처가 앞에 닿았을 때, 이 동네는 너무 멀쩡해서 어리둥절했다. 네모도 고급 주택가에는 함부로 나타나지 못하는 걸까? 딸은 장인, 장모님과 마당 화단에 나와 있었다. 손녀딸이 노래를 부르며 재롱을 떠는 걸 구경하느라 전화를 받지 못했던 모양이었다. 흙먼지를 뒤집어쓴 나를 보고 모두들 소스라치게 놀랐다.

"자네 이게 웬일인가?"

나는 마음이 급해서 말이 똑바로 나오지 않았다.

"여…… 여기는…… 그거 없습니까?"

"뭐 말인가? 숨 좀 돌리고 말하게."

나는 대답 대신에 집 안으로 뛰어 들어가 TV를 켰다.

방송국도 네모 때문에 난장판이었다. 화면이 자꾸만 끊겼다. 아나운서의 등 뒤로 네모의 한 면이 보였다.

"방송 상태가 고르지 않은 점 양해해 주시기 바랍니다. 네모로 인해 이곳 스튜디오도 상당한 피해를 입었습니다. 하지만 어떻게든 방송이 중단되지 않도록 최선을 다하겠습니다. 그럼 계속해서 비상 대처 요령을 알려 드리겠습니다. 지금 붕괴 위험이 있는 건물 안에 머물러 계시다면 신속히 안전지대로 대피하시기 바랍니다. 다시 한 번 알려 드립니다. 붕괴 위험이 있는 건물 안에서 나오셔야 합니다. 지금 즉시 안전지대로 대피해 주시기 바랍니다."

안전지대? 처가에서 올려다 본 하늘은 비현실적으로 맑고 푸르렀다. 정원의 나무며 꽃들도 모두 싱그러운 빛을 발하고 있었다. 대문 밖의 골목도 잠잠하긴 마찬가지였다.

"팔은 어쩌다가 그 모양인가?"

장모가 구급상자와 젖은 수건을 가져왔다. 장인은 사태의 심각성을 뒤늦게 깨닫고 충격에 빠진 모양이었다. 딸은 할머니 뒤에 숨어 내 눈치를 살피고 있었다. 겁에 질린 표정이었다.

"아빠 그거 치우다가 다친 거야?"

나는 힘없이 고개를 끄덕였다.

그때, 처가 마당 위로 어두컴컴한 그늘이 드리웠다. 갑작스럽게 들이닥친 서늘한 기운에 소름이 돋았다. 지붕 위 하늘로 먹구름이 몰려오고 있었다. 구름은 센 바람을 토해 내며 마당에 있던 공을 걷어차고, 머리를 풀어 헤친 여귀처럼 나무와 풀을 발광케

했다. 먹구름은 제자리에서 빠르게 흩어졌다가 다시 뭉치기를 반복했다. 구름 속에 감춰져 있던 네모의 속살이 드문드문 모습을 드러냈다.

"저게 그건가?"

장인이 나에게 물었다. 먹구름 속으로 보이는 네모는 100미터는 족히 넘어 보였다. 장모는 승천하는 예수라도 본 것처럼 손녀딸을 끌어안고 기도를 시작했다.

"하늘에 계신 우리 아버지여, 이름이 거룩히 여김을 받으시오며……."

"저런 게 전국에서 나타나고 있다는 거지?"

"듣기로는 서울에서만 이런다는 것 같습니다."

딸의 옷가지를 구겨 넣은 가방을 장인이 물끄러미 쳐다봤다.

"자네 집은……."

나도 모르게 씩 웃음이 나왔다.

"없어졌습니다."

"없어져?"

퉁퉁 부은 손가락을 억지로 들어 올려 네모를 가리켰다.

"저게 다 부숴 버렸습니다."

피식피식 새어 나오는 웃음을 도무지 참을 길이 없었다. 나도 내가 왜 이러는지 알 수가 없었다. 장인의 얼굴에 일순간 경멸의 표정이 스치는 걸 보기 전까지는 말이다. 딸이 큰 소리로 울기 시작했다. 그 소리가 견딜 수 없이 짜증스러웠다. 평소 나는 아이에게 목소리 한 번 크게 낸 적이 없던 사람이지만 이 순간만큼은 참을 수가 없었다. 결국 버럭 악을 쓰고 말았다.

"조용히 해!"

딸에게는 미안했지만 장인을 향해 소릴 질렀던 거였다. 딸은 더 큰 소리로 빽빽 울었다.

"자네 이 와중에 왜 이렇게 못나게 구는 건가? 좀 침착할 수 없나?"

더 이상은 참을 수가 없었다.

"네, 말 잘하셨네요. 못나서 그렇습니다. 못나서 직장도 잃었고 집도 못 지켰습니다. 아이고, 참 아까우시겠어요? 저 같은 놈에게 딸을 시집보내서. 하지만 장인어른 딸은 뭐 똑바른지 아십니까?"

"자네 왜 이러나? 애가 놀라지 않는가."

장모가 말렸지만 일단 입이 터진 이상 끝장을 보고 싶었다.

"애 엄마 지금 어디 있는지 말씀드릴까요? 그 사람 남자 생겼습니다. 저 실직하고 얼마 뒤부터 만나기 시작한 모양이더군요. 헛소리가 아닙니다. 직접 뒤 따라가서 확인한 적도 있으니까요. 나중에 따님 만나시면 직접 물어보시든가요. 그 여자 요새 출장이 잦습니다. 진짜로 일하러 간 것 같습니까? 알면서도 속아 주는 제 심정이 어땠는지 알기나 아십니까!"

장인이 내 뺨을 후려쳤다. 나도 맞받아치려 했지만 부어오른 팔을 꽉 움켜잡는 바람에 그 자리에 무릎까지 꿇고 말았다. 분해서 눈물이 쏟아졌다.

"아빠! 할아버지랑 싸우지 마."

딸이 내 목을 끌어안았다. 아이의 놀란 얼굴은 새파랗게 질려 있었다. 아이에게 미안한 마음이 들었다. 나는 딸을 안고 벽에 기대 앉아 더 이상 아무 말도 하지 않았다. 장인도 나에게서 고개

232

를 돌려 버렸다.

거실에는 TV 소리만 커다랗게 울렸다. '네모 4대 대처법'이 반복해서 방송되고 있었다. 한 시간 내내 같은 클립이 반복되는 것으로 보아 방송국 사정도 수습이 되지 않는 모양이었다.

"첫째, 네모를 없애기 위해 절대로 폭발물을 사용해서는 안 됩니다. 전문가들의 분석 결과, 폭발물은 네모를 급격하게 증식 확대시키는 것으로 확인되었습니다. 그리고 군과 경찰의 통제를 받지 않고 네모를 임의로 제거하려는 모든 시도 역시 금물입니다. 네모 제거를 위한 모든 활동은 중앙 재해 대책 위원회의 검증된 방법과 통제 아래 이뤄질 것입니다. 둘째, 붕괴 위험이 있는 건물에서 신속히 대피하고 군경의 통제를 따라 안전지대로 이동해 주시기 바랍니다. 셋째, 혼란 상황을 틈탄 절도, 폭동, 방화, 강간 등의 불법 행위 일체에 대해선 계엄 상황에 준하는 엄중한 처벌이 이뤄질 것입니다. 경우에 따라 발포할 수도 있으니 시민 여러분께서는 철저한 준법정신을 발휘하여 하루 빨리 위기를 극복할 수 있도록 힘을 보태 주시기 바랍니다. 끝으로 시청자 여러분께서는 네모 4대 대처법을 반복 숙지하시고 위 대처법을 듣지 못한 분들에게 신속히 전파해 주시기 바랍니다."

장인은 거실을 이리저리 맴돌며 안절부절 못했다. 그러다 마침내 대책이 떠올랐는지 TV 볼륨을 낮추고 이렇게 말했다.

"이대로 가면 서울은 끝장이야. 가능한 빨리 여기서 벗어나야만 해. 별장을 하나 사둔 게 있어. 거기로 가면 안전할 거야."

하지만 장모는 고개를 설레설레 내저었다.

"거긴 강원도 산골에 있잖아요. 도로가 전부 막혔는데 차로도 못 가고 어떻게 거기까지 가요?"

"지금이 그렇게 팔자 좋은 소릴 할 땐가? 육이오 피란길엔 짐에다 애까지 들쳐 업고도 하루에 100리씩 걸어 다녔어. 이럴 때일수록 정신을 똑바로 차려야 한단 말이야!"

마지막에 한 말은 나 들으라고 한 것이었다. 나는 아이를 꼭 끌어안고 고개를 들지 않았다.

"고생스럽더라도 서울에서 빠져나가기만 하면 버스든 뭐든 이용할 수 있을 거야. 네모인가 뭔가 하는 게 서울 바깥까지 번지지는 않은 모양이니까. 거기서부턴 수월하게 이동할 수 있어. 생각보다 별 게 아니야."

"저는 오래 걷는 건 잘 못 하는걸요. 당신도 무리예요. 정부에서도 노력하고 있다니까 시간은 걸려도 결국 해결되지 않겠어요? 그때까지 문 잘 걸어 잠그고 기다리는 편이……."

"아까 방송 뭐 들었어! 폭동이 일어날 수도 있다잖아! 네모인가 뭔가 하는 것보다 더 무서운 게 폭동이야. 건달 도둑들은 이때가 기회다 싶겠지. 평소 부자들한테 불평 많던 놈들도 어디 한둘이야? 폭동 터지면 이 동네 사람들은 전부 다 파리 목숨이란 말이야. 불에 타 죽든 죽창에 찔려 죽든 피바다가 될 거라고!"

"여보, 애가 놀라겠어요. 말 좀 가려서 하세요."

"자네도 그만 쭈그려 있고 움직일 준비를 해. 애랑 살아야 할 게 아닌가."

딸이 내 볼을 양손으로 잡고 얼굴을 들어올렸다. 나는 아이를 위해 억지로 웃는 표정을 지었다.

그리고 나는 장인이 시키는 대로 귀중품을 지하 창고로 옮겼다. 이곳에는 폭도들이 뚫을 수도 태울 수도 없는 몇 겹의 철문이 달려 있었다. 처가가 부자라는 것은 익히 알고 있었지만 값나가는 물건을 직접 눈으로 확인하고 보니 심장이 떨릴 지경이었다. 아내가 가난한 나와 결혼한다고 선언했을 때, 부모와 의절할 뻔했던 사정을 온몸으로 이해할 수 있었다. 아내가 처가의 도움을 받지 않고 나와 생활하면서 어떤 기분을 참고 지냈을지도 충분히 상상이 됐다. 이건 영락없는 '선녀와 나무꾼' 얘기였다. 실성한 사람처럼 피식피식 웃는 나를 장인은 계속 못마땅하게 쳐다봤다.

저 노인은 언제까지 나의 장인일 수 있을까? 아내는 더 이상 나를 사랑하지 않는다. 나의 아내만 아니라면 그 여자는 더 이상 거추장스러울 게 없이 잘살 수가 있다. 아내는 출장을 떠나면서 이미 마음을 정했는지도 모른다.

아이가 갑자기 와 하고 울음을 터뜨렸다. 수화기를 붙잡고 연신 엄마를 부르고 있었다. 장모가 누구 전화인지 알려줬다.

"수정이 엄마가 전화했네."

아이는 코를 훌쩍거리며 아내와 통화하고 있었다.

"여기 아빠랑, 할머니랑, 할아버지 다 있어…… 응…… 응…… 아니, 없어…… 우리 집 없어져 버렸대. 그거? 응, 봤어. 아니, 새벽에…… 아빠가 갖다 놓은 거 아니야…… 응, 응…… 근데 엄마 언제 와? 빨랑 와…… 응, 응…… 엄마 근데 아빠 팔 다쳤어…… 나는 아무 데도 안 다쳤어. 응…… 응…… 할머니 할아버지는……."

"이리 좀 줘 봐라."

장인이 아이의 전화를 뺏었다.

"지금 어디냐? 도로가 전부 막혀서 이쪽으로 못 올 거다…… 뉴스는 봤냐? 아니다. 아냐. 괜찮다. 함부로 여기로 오려고 하지 말고 올 수 있거든 강원도 별장으로 오거라. 우리? 이쪽은 그나마 상황이 괜찮아. 집도 멀쩡하다 …… 곧 우리도 서울에서 빠져나 갈 거다…… 어떻게든 알아서 잘할 테니 걱정 말고 네 몸부터 챙기거라. 뭐라고? 다시 다시…… 잘 안 들려…… 헬기? 그걸로 데리러 온다고? 아니, 네가 무슨 재주로 헬기를 …… 뭐? …… 아, 그렇구나…… 지금 그분이랑 같이 있냐?"

장인이 슬며시 내 표정을 살폈다.

"그럼 언제 올 수 있는 거니? 그렇게나 금방? 고마우신 분이구 나. 이 어려울 때…… 정말 감사하다고 꼭 좀 전해 주거라. 덕분에 우리는 살았다. 이렇게 고마울 수가…… 그래, 준비하고 기다리고 있을게. 저기, 저기, 수정이 아비 바꿔 주랴?"

장인이 머쓱한 표정을 지었다.

"전화 상태가 왜 이래? 갑자기 끊어져 버렸네. 이따가 다시 전화하겠지."

장모는 아내가 헬기로 데리러 온다는 말에 무릎을 꿇고 다시 감사 기도를 올렸다. 모두가 기뻐하고 있었지만 멀뚱히 넋이 나가 있는 사람은 나뿐이었다.

"애 엄마도 같이 온다고 했습니까?"

"그랬네. 20분 이내로 도착할 수 있다고."

장인은 순간 짚이는 게 있는지 말을 끝맺지 못하고 입을 다물었다.

"출장 갔던 게 사실이라면, 그 헬기는 런던에서 서울까지 날아오는 겁니다. 20분이라니. 잽싸기도 해라."

아내가 귀국 예정일이라며 알려 준 날짜는 이틀 뒤였다. 나와 통화하길 꺼리는 심정이 이해됐다. 헬기를 불러 준다는 남자에게 아내는 그 넥타이를 선물한 걸까? 애 엄마 주제에 재주도 좋군. 게다가 타이밍까지 절묘하다. 이번 기회에 그 남자는 미래의 장인 장모에게 점수까지 땄다. 막말하고 얻어맞기나 한 나와는 두고두고 비교될 게 뻔하다.

"자네가 생각하는 그런 게 아닐걸세."

장모가 조심스럽게 말을 걸었다.

"상관없습니다. 지금 그게 문제가 아니지 않습니까. 빨리 여기서 빠져나가야죠."

장인이 내 눈을 피해 어딘가로 가 버렸다. 딸은 나와 장모를 번갈아 쳐다보며 눈치를 살피고 있었다. 아이를 안아 주고 싶었지만 손이 너무 더러웠다.

"닦고 와야겠네요."

화장실 앞에서 나는 장인과 다시 마주쳤다.

"아까 무례하게 행동해서 정말 죄송합니다. 용서해 주세요."

진심으로 한 말이었다. 장인은 아무 대꾸 없이 내 어깨를 두들기고 지나갔다.

나는 샤워를 하고 새 옷으로 갈아입었다. 그사이 헬기 소리가 가까이 다가오고 있었다.

"아빠, 빨리 나와!"

딸과 장인, 장모는 마당에 나와 헬기를 향해 손을 흔들고 있었다. 신이 나서 깡충거리는 딸의 모습이 귀여웠다. 장모가 연신 뒤를 돌아보며 내가 나오는지 확인했다.

나는 몸을 감추고 거실 뒤의 뒷문으로 빠져나갔다. 워낙 큰 저택이다 보니 집 밖으로 나가는 쪽문이 하나 더 있었다. 옆집 담장 사이에 난 좁은 통로를 통해 골목까지 빠져나올 수 있었다. 하늘에 떠 있는 네모가 나를 내려다보는 신의 눈동자처럼 느껴졌다. 한없이 무심하기만 한 그 시선이 나는 두려웠다.

헬기가 처가 앞마당에 착륙하기 위해 방향을 잡고 있는 게 보였다. 바람 때문에 위치를 잡는 데 애를 먹는 모양이었다. 무사히 떠날 수 있을지 걱정이 됐다. 그들은 결국 내가 속할 수 없는 세계로 떠나 버릴 것이다. 나는 쫓기는 사람처럼 그늘 쪽에 바짝 붙어 달리고 또 달리는 수밖에 없었다.

다시 돌아갈 수 있는 곳은 다 부서진 우리 집뿐이었다. 아파트 입구에 출입 금지 라인이 쳐 있었지만 경계를 서고 있는 사람은 찾아볼 수 없었다. 아파트 단지뿐만 아니라 거리에서도 사람이라곤 찾아볼 수 없었다. 시체까지 흔적 없이 치워놓은 뒤였다. 모두 어디로 간 걸까? 방송에서 말한 안전지대라는 곳에 모여 있는 걸까?

뉘엿뉘엿 해가 지기 시작했다. 석양을 받은 네모가 붉은빛으로 변해 생생한 핏덩이처럼 보였다. 아파트 자체가 위태롭게 기울어진 상태였지만 네모에 지지된 채 무너지지 않고 용케 버티고 있었다. 우리 집이 있던 9층은 제일 꼭대기 층이 되어 있었다. 그 위로는 전부 무너졌다. 어쨌거나 우리 집이 남아 있다는 건 다행스러운 일이었다. 계단에 떨어져 있던 담요를 주워 몸에 둘렀다.

예상했던 대로 살림은 멀쩡한 것 하나 없이 박살나 있었다. 네모만이 더 크고 건재했다. TV는 육식 동물에 뜯어 먹힌 흔적처럼 처참하게 부서져 있었다. 그런데도 소리가 났다. TV의 전원이 탯줄처럼 늘어진 플러그에 꽂혀 있었다. 이 지경이 된 건물에서 전기를 쓸 수 있다는 게 신기했다. 나는 바닥을 덮고 있는 돌덩이와 쓰레기를 치우고 누워 쉴 수 있는 자리를 마련했다. 땔감이 될 만한 것은 주위에 부지기수였다. 부서진 결혼사진 액자도 땔감으로 썼다. 하지만 불을 피우느라 한참 동안 애를 먹어야 했다. 그사이 거리는 어둠에 잠겼다. 멀리 불빛이 반짝이는 곳이 몇 군데 보이긴 했지만 대부분의 지역은 죽어 버린 듯 어둠 속에 잠잠했다. 나는 불빛이 보이는 쪽의 위치를 머릿속에 새겼다. 저곳이 안전지대일 수 있기 때문이다. 딸과 아내는 저곳보다 훨씬 더 안전한 곳에 닿았을 것이다. 어찌됐든 아내는 위기 상황에서도 나보다 유능했다.

TV는 신음처럼 잡음만 토해 낼 뿐 방송을 들을 수 있을 만큼의 상태는 되지 못했다. 하지만 한참 동안 이리저리 손을 본 끝에 소리가 선명해졌다 희미해지기를 반복하게 만들 수 있었고 그럭저럭 방송을 들을 수 있었다.

"사람들에게 도움이 될 만한 얘길 하세요."

"앞으로 닥칠 상황의 의미를 말씀드리려는 겁니다."

"근거 없는 비관적인 얘기는 이재민들의 혼란을 가중시킬 겁니다. 비상 재해 방송에 걸맞게 언행에 신중하세요."

한 사람은 노인의 목소리였고 다른 하나는 비교적 젊은 남자의 목소리였다. 아마도 전문가들의 토론 방송인 모양이었다. 젊은 남자는 몹시 격앙된 목소리였다. 그는 다른 사람들이 자신의 발

언에 끼어들 때마다 물러서지 않고 더 큰 소리로 맞받아쳤다.

"네모가 무생물인지 생물인지, 어느 국가에서 악의적으로 개발했는지, 심지어 다른 별에서 온 것인지 아무것도 파악된 게 없지 않습니까! 네모를 없앨 수 있는 방법은커녕 부작용이 무서워 모두 손 놓고 있는 상황입니다. 이런 무지와 무능 앞에 솔직해지지 않으면 가능한 해결책도 찾을 수 없습니다. 현재 파악된 피해 상황만으로도 서울은 도시 기능을 상실했다고 봐야 합니다. 지금 당장 네모가 사라져서 복구를 시작할 수 있다고 해도 꼬박 3년은 걸릴 겁니다. 오늘 하루만 수백만 명이 서울에서 탈출했거나 탈출 중에 있습니다. 지금 이 도시에 남아 있는 사람은 대부분 오갈 데 없는 가난한 사람들입니다. 아무 대책도 비전도 없이 지금과 같은 상태로 내버려 뒀다가는 서울은 얼마 지나지 않아 빈민들이 비참한 생활을 이어가는 거대한 게토가 될 겁니다."

"무능과 무지라니요? 정부의 위기 대처 능력에 대해 그렇게 단정적으로 말씀해서야……."

"제발 끝까지 말할 수 있게 가만히 좀 계세요! 다시 서울을 되찾으려면 네모에 적응해 살아가는 방법을 찾아야 합니다. 장기적인 해결책은 이것뿐입니다. 네모가 서울 바깥으로 번지게 될 상황까지 감안한 궁극적인 대비책이기도 합니다. 네모는 단 이틀 만에 서울의 새로운 공간성을 만들어 냈습니다. 청계천을 파고 광장을 만드는 것 따위와는 비교도 안 되는 격변입니다. 서울은 더 이상 예전의 서울이 아닙니다. 하늘과 땅, 도로와 건물 어디에나 네모는 공간을 점유하고 있습니다. 네모는 인간의 동선에 영향 받지 않습니다. 반대로 네모가 한계 지은 새로운 동선 위에서 인간은 끝내 순응할 수밖에 없게 될 것입니다. 따라서 우리가 최선을 다해 짜내야 할 지혜는 네모가 점유하지 않은 공간에 삶의 터전을 재건하는 방법입니다. 이건 물론 쉬운 일이 아닙니다. 서울의 새로운 공간성과 불화하지 않으려면 기존의 생활 방식을 하나부터 열까지 모조리 뜯어고쳐야 하니까요. 우선 서울에 남아 있을 수밖에 없는 사람들을 지원하되 단순 구호 사업이 아니라 그들이 선구적으로 새로운 생활 방식을 고안하고 실천할 수 있게 해야 합니다. 발상을 전환해야 합니다. 어떤 의미에서 이건 재앙이 아닙니다. 네모와 더불어 살 수밖에 없기 때문에 가능한 새로운 사회에 대한 비전을 논의해야 합니다."

"선생은 꼭 혁명이라도 일어난 것처럼 이야기하는군요."

젊은 남자가 뭔가 더 말을 했지만 잡음 때문에 들을 수 없었다. 고쳐볼 틈도 주고 않고 전기까지 끊겼다. 바람 소리와 모닥불 타는 소리만이 내 곁을 지켰다. 하지만 무섭거나 외롭다는 생각은 들지 않았다. 그저 몹시 피곤할 뿐이었다.

이것이 그날 나에게 일어난 일이다.

# 벗어버리다

## 엄길윤

현재 편의점 아르바이트를 하면서 글을 쓰고 있다. 원래는 만화 스토리와 단편 시나

리오를 습작하고 있었는데, 유령의 공포 문학에 가입하면서 공포 소설을 쓰게 됐다.

앞으로 세상을 깜짝 놀라게 할 특별하고 재미있는 글을 쓰는 게 목표.

남자는 엘리베이터를 내려 아파트 현관 입구에 섰다. 아침 햇살이 축복처럼 그의 몸으로 쏟아져 내렸다. 최고급 브랜드인 키톤 슈트를 입은 남자는 당당하게 어깨를 폈다. 바람이 그의 슈트를 어루만지며 어딘지 모를 곳으로 흘러갔다.

기분 좋은 출근이다. 남자는 옷깃을 한 번 매만진 후 고개를 꼿꼿이 들고 아파트 광장으로 걸어 나갔다. 시원한 바람이 불어와 숱이 적은 남자의 머리칼을 가볍게 흩어 놓았다. 그는 맑은 공기를 폐부 깊숙이 들이마시며 광장을 가로질렀다. 안면이 있는 주민들과 마주치면 예의 바르고 교양 있는 몸짓으로 고개를 숙이거나 가볍게 웃음을 지었다.

그런 남자의 시야에 낯선 물체가 들어왔다. 102동과 103동 건물 사이로 보이는 파란 하늘 너머로 상의와 하의가 붙은 옷 한 벌이 펄럭거리며 날아가는 게 보였던 것이다.

'어느 집 빨래가 저렇게 잘 날아가나?'

남자는 재미있는 광경이란 생각이 들어 눈으로 날아가는 옷을 쫓았다. 옷이 어디까지 날아갈까 궁금해 하며 지켜보던 남자에게 이상한 생각이 들었다. 옷이 바람에 날리는 게 아니라 마치 살아서 제 의지대로 휘날리는 것 같은 기분이 들었던 것이다. 실제로 옷의 소매는 스스로 팔을 움직이는 것처럼 제멋대로 펄럭이고 있었다.

남자는 눈을 비비고는 다시 하늘을 쳐다봤다. 확실히 이상한 구석이 있었다. 그건 단순한 옷이 아니었다. 날아가던 옷 한 벌이 허공에 멈춰서더니 남자를 쳐다보는 것처럼 가만히 펄럭일 때였다. 갑자기 남자의 왼팔이 머리 쪽으로 휙 하고 올라가더니 누가 끌어당기는 것처럼 오른손까지 위로 치켜 올라갔다.

당황한 남자가 몸을 비틀었지만 소용이 없었다. 놀라운 일은 거기서 그치지 않았다. 슈트와 와이셔츠의 단추들이 저절로 열리더니 왼쪽 소매가 그의 머리채를 덥석 움켜쥐고는 슈트 안에서 그의 육신을 홀렁 끄집어냈다. 말이 이상하지만 달리 표현할 방법이 없었다.

옷이 남자를 벗겨 낸 것이다. 늘 남자가 자랑으로 여기던 최고급 브랜드의 슈트가 남자를 벗어 버리고는 그를 아스팔트 위에 사정없이 내동댕이쳤다. 순식간에 일어난 일이었다. 알몸이 된 남자는 볼썽사나운 모습으로 아스팔트 위에 쪼그리고 앉아 놀란 눈을 두리번거렸다.

하지만 남자의 불행은 거기에서 끝나지 않았다. 마치 풍선에 바람이 빠지는 것처럼 남자의 몸이 뒤틀리며 기이하게 쪼그라들기 시작했다. 남자의 몸은 아스팔트와 점점 가까워졌고 급기야 바닥에 눌어붙은 껌처럼 납작하게 쪼그라들어버렸다. 거센 바람이 휘몰아쳐 몇 가닥 없는 남자의 머리카락을 사납게 휘감았다.

더욱 놀라운 일은 그런 불행이 남자 혼자만의 것이 아니라는 사실이었다. 아파트 광장 곳곳에 있던 다른 사람들에게도 비슷한 일이 벌어지고 있었다. 사람들의 옷이 사람을 벗겨 내고는 멋대로 허공으로 치솟았다. 파란 하늘을 배경으로 온갖 종류의 다양한 색상을 가진 옷들이 마치 제 세상을 만난 듯 펄럭이며 화려하게 비상했다.

차가운 아스팔트에 남은 사람들은 변변히 비명조차 지르지 못하고 남자와 같은 운명을 맞아야 했다. 다들 쪼그라들고 아스팔트의 껌이 되어 여기저기 바닥에 눌어붙었다. 아파트 광장의 바닥은 어느새 납작해진 사람들로 발 디딜 틈이 없었다.

원종은 경찰복을 입기만 하면 자신이 국가 권력을 대변하는 대단한 존재라는 생각이 들었다. 시민에게도 가족에게도 그는 늘 지배자이고 군림하는 사람이었다. 오늘 아침도 그는 경찰복을 차려입자마자 아내와 딸에게 고압적인 자세를 취했다. 아내가 자신의 말에 토를 달자 고함을 질렀고, 어린 딸이 대든다고 머리를 쥐어박았다. 평소에도 그는 경찰복만 입으면 곧잘 폭군이 되곤 했다.

그는 신경질적으로 옷매무시를 가다듬고 벌컥 현관문을 열어젖혔다. 그의 뒤에는 원망 어린 눈빛으로 바라보는 딸과 겁에 질린 아내가 서 있었다. 물론 원종의 마음이 마냥 편한 건 아니었다. 손찌검을 하고 나면 뒤늦게 후회가 되고 미안한 생각이 들곤 하지만 자신의 잘못을 인정하고 사과하고 싶은 생각도 추호도 들지 않았다.

아파트 현관을 나선 원종은 빳빳이 다린 경찰복에 신경 쓰며 주차장으로 달려갔다. 아침부터 그 난리를 치느라 지각하지 않으려면 신호를 무시하고라도 있는 대로 액셀을 밟아야 할 것 같았다.

경찰한테 누가 뭐라고 하겠는가.

정신없이 주차장으로 들어서서 자동차 열쇠를 꺼내던 원종은 이상한 예감에 주변을 둘러보다가 깜짝 놀랐다. 아파트 광장에서 옷들이 사람을 벗겨 내는 이상한 일이 벌어지고 있었던 것이다. 옷에 의해 벗겨진 사람들이 물건처럼 내팽개쳐져서 아스팔트에 알몸으로 처박혔다. 온몸이 구겨지고 오그라드는 게 오징어와 다를 바가 없었다.

이 믿기지 않는 현실에 원종은 혹시 꿈을 꾸는 건 아닌지 의심하며 눈을 끔뻑거렸다. 사방에서 기이한 비명이 터져 나왔고 그 무시무시한 사건은 그를 향해 빠르게 다가오고 있었다. 원종은 숨이 막히는 듯한 전율을 느꼈다.

원종은 그토록 자랑스럽게 여기던 경찰복을 만지작거리며 옷을 벗어야 할지 말아야 할지 망설였다. 우물쭈물하던 원종의 앞으로 낯익은 남자가 정신없이 도망을 쳐 왔다. 그는 같은 동에 살면서 자주 인사를 나누던 택시 기사였다. 공포에 사로잡힌 남자가 원종을 보고는 무슨 말인가를 하려고 입을 벌리는 순간 양팔이 위로 치켜 올라갔다. 택시 기사 복이 남자를 벗어 던진 건 그야말로 순식간에 일어난 일이었다. 알몸이 된 남자는 그대로 아스팔트에 처박히더니 오징어처럼 오그라들었다. 정신이 번쩍 든 원종은 그의 분신과도 같던 경찰복을 허겁지겁 벗어젖혔다. 속옷 바람이 된 그는 진저리를 치며 손에 들고 있던 경찰복을 멀리 내던졌다. 그의 손을 떠난 경찰복 상의와 바지가 공중에서 껴안듯 뒤엉키더니 얼마 가지도 않고 밑으로 떨어졌다. 그는 혹시나 하는 마음에 신고 있던 구두와 속옷, 양말까지도 모조리 벗어서 집어던졌다.

여전히 심장이 세차게 뛰었다. 원종은 저만치 떨어진 경찰복을 조마조마한 마음으로 지켜봤다. 바람이 불었는지 축 늘어진 경찰복이 얼굴을 찌푸리듯 꿈틀거리는 것 같았다. 원종은 동공이 튀어나올 것처럼 눈을 부릅뜨고 경찰복을 노려봤다.

숨을 죽이고 있던 경찰복은 순식간에 땅에서 공중으로 솟구쳐 올랐다. 경찰복은 허공에서 춤을 추는 것처럼 몇 번 휘돌더니 원종을 향해 덤벼들었다. 연회색 상의는 머리 위로 날아와 상반신을 덮어 씌었고 검정색 바지는 두 다리를 끼워 넣기 위해 종아리에 찰싹 감겨들었다. 그는 경찰복이 달라붙자 비명을 지르며 옷을 벗기 위해 발버둥을 쳤다. 마치 거머리를 떼어내듯 힘겹게 옷을 벗겨낸 그는 근처 난간에 옷을 감아 놓고 알몸으로 아파트 광장을 가로질러 도망쳤다.

옷들이 공격할까 봐 하늘만 쳐다보며 달리던 그의 맨발에 축축하고 말랑말랑한 고무장갑 같은 게 계속 밟혔다. 바닥을 내려다본 원종은 비명과 함께 그 자리에서 미끄러졌다. 벗겨져서 납작해진 수많은 사람들이 바닥에 들러붙어 신음하고 있었던 것이다. 끔찍하게도 그는 사람들을 짓밟으며 달리고 있었다. 광장 곳곳에 납작해진 사람들이 포개지고 겹쳐져 하나같이 인상을 찡그리고 있었다.

원종은 손을 짚고 일어나다가 누군가의 얼굴에 알몸이 닿자 기겁을 하며 몸을 굴렸다. 하지만 그 옆에도 또 그 옆에도 사람들이 있었다. 그의 엉덩이 아래에서는 몇 가닥 남지 않은 머리카락이 바람에 휘날리는 어느 남자가 오만상을 찡그리고 있었다.

원종은 벌떡 일어나 주위를 둘러봤지만 두 발로 멀쩡하게 서 있는 사람의 모습은 어디에도 보이지 않았다. 그는 주춤주춤 뒤로 물러서다 깃발이 힘차게 펄럭거리는 것 같은 소리에 재빨리 뒤를 돌아봤다. 새파란 하늘을 배경으로 수많은 옷들이 그를 향해 날아오고 있었다. 그는 비명을 지르며 아파트를 벗어나기 위해 입구를 향해 뛰었다. 원종은 사람들의 몸과 얼굴을 짓밟으며 미친 듯이 달렸다. 개중에는 아파트 앞 마트의 주인도 있었고 옆집 여자도 있었다. 그가 밟고 지나갈 때마다 사람들은 고통을 호소했다.

원종은 거친 숨을 몰아쉬며 아파트를 벗어났다.

'경찰서로…… 경찰서로 달려가서 대원들을 이끌고 와야겠어!'라는 생각을 하던 그에게 가족 생각이 났다. 비록 손찌검도 하고 겉으로는 다정한 말 한마디 건네지 못했지만 그는 아내와 딸을 사랑했다. 그에게 가족이 없는 삶은 상상도 할 수 없었다.

원종은 입술을 질끈 깨물고 뒤돌아서서 집을 향해 달리기 시작했다. 광장에 들어서자마자 기다렸다는 듯 수많은 옷들이 한데 뒤엉켜 거대한 괴물처럼 다시 그의 뒤를 쫓아왔다. 다른 건 몰라도 달리기 하나는 자신이 있었다. 원종은 이를 악물고 날아드는 옷들과 숨바꼭질을 하는 것처럼 아파트 단지를 빙빙 돌았다.

간신히 옷들과 간격을 벌린 원종은 102동 현관문을 밀어젖혔다. 문이 부서질 듯 덜커덩거리며 안으로 세차게 밀려들어 갔다. 그는 곧장 엘리베이터 앞으로 달려갔다. 돌아보니 서로 뒤엉켜 덩치가 커진 옷의 괴물이 현관을 통과하지 못해 자기들끼리 다툼을 벌이고 있었다. 그는 엘리베이터 문이 열리자마자 안으로 뛰어들었고 6층을 눌렀다.

6층에서 내린 원종은 집 앞으로 달려가 문을 열어젖히며 소리쳤다.

"여보! 혜진아!"

하지만 딸도 아내도 대답이 없었다. 집은 텅 비어 있었고 어디에도 인기척이 느껴지지 않았다. 아내가 늘 틀어놓던 TV만 혼자신이 나서 떠들어 대고 있었다. 이 시간이면 아내는 TV를 힐끗거리며 딸의 등교 준비를 돕고 있을 시간이었다.

그는 거실과 화장실은 물론 두 개의 방과 장롱 안까지 샅샅이 뒤졌다. 불길한 생각이 고개를 들었고 마음이 불안해지기 시작했다. 원종은 허탈하게 베란다 옆 소파에 털썩 주저앉았다. 집 안에 있었다면 아무런 일이 없었을 텐데 이상했다. 진득하게 땀이 밴 그의 얼굴로 시원한 바람이 불어왔다.

원종은 어떤 예감에 반사적으로 베란다를 돌아봤다. 베란다로 통하는 유리문이 좌우로 활짝 열려 있었다. 베란다에 하얀 커튼이 드리워져 살랑살랑 나부끼는 모습이 보였다.

원종은 설마 하는 마음으로 엉거주춤 일어나 베란다로 조심조심 나아갔다. 그는 눈앞에서 살랑살랑 움직이는 커튼을 확 열어

젖혔다.

"으악!"

원종은 비명을 지르며 뒤로 나자빠졌다. 그는 일어날 생각도 못하고 몸을 부들부들 떨었다. 납작하게 오그라든 알몸의 아내가 빨랫줄 위에서 바람에 흔들리고 있었던 것이다. 그 밑에 놓인 작은 행거에는 속옷과 양말 대신 역시 벗겨져서 납작해진 딸아이가 빨래가 되어 춤을 추고 있었다. 경악한 그의 눈에 눈물이 그렁그렁 맺혔다.

"여보! 혜진아!"

그는 빨래가 된 아내와 딸의 몸을 움켜잡다가 아파서 인상을 찡그리는 두 사람을 보고 얼른 손을 놓고 물러났다. 아내와 딸은 공포와 불안이 뒤섞인 눈빛으로 그를 응시했다. 그는 기가 막혀서 눈물을 훔치고는 말했다.

"설마 내가 당신하고 혜진이를 어떻게 할까 봐 그러는 거야? 아침의 일은 정말 미안해. 내가 잘못했어. 다시는 안 그럴게. 그러니 더 이상 날 무서워하지 말어. 무슨 일인지는 모르지만 나도 무서워 죽겠단 말야!"

그는 빨래가 된 아내와 딸 앞에 무릎을 꿇고 한 번도 하지 않았던 사과를 했다. 시간을 되돌릴 수 있다면 전혀 다른 삶을 살고 싶었다. 절대로 손찌검 따위는 하지 않는 가장이 되고 싶었다. 하지만 지금은 그 모든 게 다 부질없는 생각이었다.

그는 훌쩍훌쩍 울며 무릎걸음으로 아내와 딸에게 다가갔다. 하지만 가까이 다가갈수록 아내와 딸의 몸은 점점 뒤쪽으로 펄럭였다. 너무나 충격적이고 말로 다할 수 없는 처참한 심정이었다. 원종은 아내와 딸을 끌어안고 펑펑 울고 싶었지만 그마저도 불가능했다. 이 모든 게 자기 탓인 것만 같았다.

그때 뒤에서 무슨 소리가 들려왔다. 원종이 벌떡 일어나 돌아보니 거실에서 옷들이 전투를 준비하는 적군처럼 힘차게 펄럭이고 있었다. 하나같이 낯익은 옷들이었다. 원종은 그제야 그가 집안에 들어와 장롱을 열어놓은 덕에 그 속에 있던 옷들이 튀어나왔다는 걸 깨달았다. 옷들이 피 냄새를 맡은 피라니아 떼처럼 무시무시한 소리를 내며 달려들었다. 그중엔 그가 그토록 자랑스러워하던 훈장이 달린 경찰관 정복도 끼어 있었다.

공포에 사로잡힌 원종은 울부짖으며 옷들을 뿌리치고 밖으로 내달렸다. 아내와 딸을 돌아볼 여유도 없었다. 자신의 몸이 납작하게 오그라든다는 생각을 하는 것만으로도 숨을 쉴 수가 없을 지경이었다. 그는 아내와 딸을 버려둔 채 집 밖으로 정신없이 달아났다.

원종은 눈물콧물로 범벅이 된 모습으로 102동을 뛰쳐나왔다. 아파트 광장에는 수많은 옷이 나풀거리며 주변을 배회하고 있었다. 휙휙 바람을 가르는 소리가 여기저기에서 들려왔다. 어느 사이엔가 그를 발견한 옷들이 사방에서 날아들었다.

원종은 다시 죽을힘을 다해 뛰어 아파트를 벗어났다. 하지만 바깥은 아파트 광장보다 더 아수라장이었다. 바로 앞 버스 정류장에는 택시 한 대가 인도로 올라서서 벽에 처박혀 있었고 그 옆으로는 하얀색 카니발이 가로수를 들이받은 채 흉물스럽게 방치되어 있었다. 무엇보다 섬뜩한 기분이 든 건 주변이 이상할 정도로 고요하다는 사실이었다.

원종은 알몸을 가릴 생각도 하지 않고 양쪽으로 길게 뻗은 도로를 황망하게 쳐다봤다. 도로 곳곳에 차들이 부딪치거나 뒤집힌 상태로 방치되어 있었다. 더욱 경악스러운 일은 그런 자동차 안에 알몸의 사람들이 좌석에 축 늘어져 있었는데 옷들이 자동차 내부에서 미친 듯이 날아다니는 모습이었다. 아니, 날아다닌다기보다는 밖으로 뛰쳐나오려고 발버둥을 치는 것 같았다.

원종은 눈앞의 광경에 할 말을 잃고 폐허가 된 도시를 종종거리며 걸었다. 가는 곳마다 사람들이 알몸으로 버려져 바닥에서 신음하고 있었다. 바닥에 눌어붙은 사람들의 얼굴 표정도 제각각이었다. 눈을 부릅뜨고 입을 찢어지게 벌린 얼굴이 있는가 하면 흰자위가 보일 정도로 옆을 째려보는 얼굴. 실눈을 뜨고 이를 악문 얼굴도 있었고 미간을 찌푸리며 웃는지 우는지 알 수 없는 기분 나쁜 얼굴도 있었다. 분명한 건 다들 공포에 사로잡혀 고통스러워하고 있다는 사실이었다.

그때 가까운 어딘가에서 옷들이 떼를 이루어 빌딩숲 사이를 날아다니는 위협적인 소리가 들려왔다. 원종은 어떻게 해야 할지 알 수가 없었다. 뒤로 물러설 수도 그렇다고 앞으로 나아갈 수도 없었다. 우물쭈물하던 그의 눈에 길 건너 좁은 골목이 시야에 들어왔다. 너저분하고 어두운 그 안에서 무언가 꾸물거리며 움직이는 게 보였다. 사람이었다. 원종과 마찬가지로 두 발로 서 있는 사람이 전봇대 뒤에 숨어서 벌벌 떨고 있었다.

원종은 멸망한 지구에서 처음으로 인간을 만난 최후의 생존자 같은 심정이 되어 두 팔을 높이 들고 좌우로 흔들며 소리를 질렀다.

"이봐요! 괜찮은 겁니까? 여기에요! 여기!"

하지만 남자는 원종을 보고도 공포에 넋이 나간 듯 아무런 반응이 없었다. 원종이 어쩔 수 없이 남자를 향해 다가가려는데 옷들이 달려드는 소리가 들려왔다. 도심을 누비던 옷들이 그의 외침을 듣고 일제히 몰려들고 있었던 것이다. 그들은 마치 먹잇감을 채기 위해 고공낙하를 하는 독수리 떼처럼 빠르게 달려들었다.

원종은 기겁을 하며 남자를 향해 달렸다.

"이봐요! 정신 차려요!"

원종의 외침에 비로소 정신이 든 남자가 전봇대 밖으로 고개를 삐죽 내밀었다. 반가움과 놀라움이 교차하던 그의 표정이 원종을 추격해 오는 옷들을 보고는 하얗게 변했다.

"얼른 뛰어요! 뛰라고요!"

원종이 큰소리를 지르며 골목 안쪽으로 달려들자 남자도 얼떨결에 획 돌아서서 달리기 시작했다. 옷들이 좁은 골목길을 가득 메우며 그들을 쫓아왔다. 골목의 먼지와 쓰레기들이 옷들에 휩쓸려 허공으로 솟구쳤다가 다시 바닥으로 떨어졌다. 맹렬히 뛰는 발걸음 소리와 거친 숨결이 어두운 골목을 가득 메웠다. 좁은 골목이라 옷들은 여기저기 걸리기도 하고 서로 뒤엉켜 찢어지기도 했다.

정신없이 골목을 누비며 달아나던 원종이 뒤를 돌아봤을 때는 다행히 옷들이 보이지 않았다. 원종이 가쁜 숨을 헐떡이며 자리에 멈춰 섰다.

전봇대에 숨어 있던 남자도 자리에 퍼질러 앉더니 토할 것처럼 기침을 해 댔다.

"대체 이게 어떻게 된 일입니까?"

원종이 물었지만 알몸의 남자는 대답을 하지 않았다. 그는 갑자기 고개를 마구 내젓다가 흐느끼며 울기 시작했다. 남자의 구슬픈 울음소리가 좁고 기다란 골목 안을 공명했다. 원종은 노곤함을 느끼고 벽에 머리를 기댔다. 영문도 모른 채 아침부터 너무 많은 일을 겪었다.

남자가 울음을 그치곤 말했다.

"아무것도. 아무것도 기억이 나지 않아요. 내 이름도 기억이 나지 않아요. 그냥 성이 김이었다는 것밖에는."

김은 충격이 몹시 큰 모양이었다. 하긴 원종도 아내와 딸의 모습을 봤을 때의 순간을 떠올리면 지금도 가슴이 아팠다. 원종은 남자에게 쉬라고 말하곤 벽에 고단한 몸을 기댔다. 어둠속에 파묻혀 있던 원종의 시야에 까만 밤하늘이 보였다. 좁은 골목의 틈으로 보이는 하늘. 그 어느 때보다 많은 별들이 영롱한 빛을 내고 있었다.

원종은 자리에서 일어나 골목 끝으로 걸어갔다. 골목에서 살며시 고개를 내밀자 화려한 도심의 밤거리가 한눈에 들어왔다. 적막한 도심의 밤을 밝히는 네온사인과 불빛들이 별천지처럼 신비롭게 보였다. 원종은 슬픔에 잠긴 도시의 야경을 감상했다.

그렇게 약간의 시간이 흘렀을 때 뭔가 움직이는 기척이 전해졌다. 원종이 화들짝 놀라 자세를 고쳐 앉았다. 좌측 아래쪽의 주유소 앞으로 알몸의 남자가 비틀비틀 걸어오고 있었다. 이마가 M자 형으로 벗어지고 안경을 코에 걸친 배불뚝이 50대였다. 그 역시 충격을 받은 듯 걸음걸이가 어눌했고 꼭 정신이 나간 사람 같았다.

다시 큰길로 나가는 건 영 내키지가 않았다. 하지만 남자를 저대로 놔둔다면 옷들에게 당할 가능성이 높았다. 당장은 옷들이 보이지 않지만 어딘가에 숨어서 기회를 엿보고 있을지도 모르는 일이었다. 우습게도 원종은 옷들을 인간처럼 생각하고 있었다.

원종은 갈등했다. 그는 아직도 자신이 경찰이란 생각을 버리지 않았다. 그는 주위를 경계하며 천천히 골목 밖으로 걸어 나갔다. 바닥에 아무렇게나 주저앉아 있던 배불뚝이남자가 의아한 얼굴로 다가오는 원종을 주시했다. 원종이 재빨리 주변을 살폈지만 옷들은 보이지 않았다. 도로에 눌어붙어 있던 사람들도 누가 싹 쓸어 담았는지 흔적조차 없었다. 도로에 뒤엉켜 있던 자동차들도 사라지고 없었다.

느릿하게 걷던 원종이 배불뚝이와 거리가 좁아지자 재빨리 달려가서 말했다.

"여긴 위험해요! 날 따라와요!"

원종이 배불뚝이의 손을 잡아 골목으로 이끌었다. 배불뚝이는 얌전한 어린아이처럼 아무런 말도 없이 원종의 뒤를 고분고분 따라왔다. 마침내 배불뚝이가 무사히 골목 안으로 들어서자 김도 반가운 듯 활짝 웃었다. 하지만 배불뚝이 역시 충격을 받은 탓인지 무슨 얘기를 물어도 고개만 내저을 뿐이었다. 하긴 이 험한 도시에서 혼자 살아남아 알몸으로 거리를 걷고 있던 상황을 떠올리면 충분히 이해가 갔다.

이제 셋으로 늘어난 알몸의 생존자들은 말없이 어두운 골목에 둘러앉았다. 참담한 현실에 할 말을 잃었는지 다들 땅만 쳐다보며 시간만 계속 흘려보냈다. 그렇게 기다리다 보면 구원의 손길이 그들을 찾아올 것처럼. 하지만 그런 일은 일어나지 않으리란 걸 다들 알고 있었다. 무거운 분위기에 짓눌려 그들도 다른 사람들처럼 바닥에 납작하게 눌어붙을 것만 같았다.

가족생각 때문에 감상에 빠져있던 원종이 눈물을 훔치며 배불뚝이에게 물었다.

"댁의 가족들은 어떻게 됐나요?"

그러자 그때까지 무슨 말을 해도 고개만 내젓던 배불뚝이가 벌떡 자리에서 일어나더니 원종에게 매달리며 말을 쏟아냈다.

"제 가족 좀 살려주세요. 분명히 집 안 어딘가에 숨어 있을 거예요. 맙소사! 내가 아내와 아이들을 깜빡 잊고 있었다니! 제발 저하고 같이 가 주세요! 부탁합니다!"

배불뚝이는 아예 무릎을 꿇더니 말문이 트인 어린아이처럼 울며 매달렸다.

"제발 좀 도와주세요! 이렇게 부탁할게요. 제발요!"

원종은 배불뚝이의 애원을 외면하려 했지만 쉽지가 않았다. 배불뚝이의 울음은 끝없이 밀려오는 파도처럼 원종의 심금을 울렸다. 원종 또한 가족을 지키지 못했다는 죄책감에 시달리고 있지 않았던가. 결국 원종은 벌떡 일어나 말했다.

"갑시다! 우리가 도와줄게요. 어디로 가면 되죠?"

배불뚝이가 감격해서 소리쳤다.

"그게 정말입니까? 고맙습니다! 정말 고맙습니다! 가족은 화장실 안에 숨어 있어요. 저만 따라오시면 돼요. 빨리 가요!"

배불뚝이는 새로 기운을 얻은 사람처럼 힘차게 소리쳤다.

"제가 앞장서겠습니다. 저만 따라오세요!"

그는 완전히 다른 사람으로 변해 앞장서서 빠르게 걷기 시작했다. 원종과 김이 그를 놓치지 않기 위해 숨을 헐떡이며 걸음을 옮겨야 할 정도였다.

배불뚝이는 그 어떤 주저함도 없이 골목길을 이리저리 누볐다. 아무리 가족을 구할 수 있다는 생각에 들떠 있다고 해도 아까와는 너무 다른 모습이었다. 그가 새로운 골목으로 들어설 때마다 원종과 김은 머리끝이 쭈뼛거렸다. 금방이라도 어디선가 웃들이 튀어나올 것 같았기 때문이다. 배불뚝이는 두 사람이 뒤로 처지면 중간에 멈춰 서서 기다렸다가 두 사람이 따라오는지 확인한 후 다시 걷곤 했다.

배불뚝이는 그 둔한 몸으로도 전혀 지치지도 않는 것처럼 한 번도 쉬지 않고 달리다시피 걸었다. 오히려 원종과 김이 힘이 들어 주저앉아 쉬고 싶을 정도였다. 정신없이 배불뚝이를 따라가다 보니 어느새 주변이 황량한 야산으로 변해 있었다. 뭔가 이상하다는 생각이 드는 순간 김이 원종의 옆으로 다가와 심각한 표정으로 속삭였다.

"뭔가 이상하지 않아요?"

원종도 심상치 않은 표정으로 말했다.

"그렇긴 한데……."

김이 앞장서서 걷는 배불뚝이를 가리키며 말했다.

"조금 전부터 저 아저씨 몸에 이상한 게 자꾸 보여요."

"이상한 거라뇨?"

"저기 허리 쪽을 봐요, 저기, 저기! 방금도 또 보였잖아요!"

김의 말에 원종도 배불뚝이의 허리를 유심히 지켜보다가 신음처럼 소리쳤다.

"나도 방금 봤어요! 저게 뭐죠?"

놀랍게도 앞장서 걷는 배불뚝이의 허리 밑에서 뱀의 혓바닥처럼 가느다란 뭔가가 살짝 삐져나왔다가 다시 사라지곤 하고 있었던 것이다. 원종이 말했다.

"가까이 가서 봅시다!"

둘은 서둘러 배불뚝이를 향해 달려갔다. 배불뚝이는 뒤를 돌아볼 생각도 하지 않고 계속 앞만 보고 걸었다. 불과 2~3미터까지 바싹 다가간 두 사람은 그의 허리에 매달린 기이한 물건을 눈으로 확인했다..

그것은 작은 보라색의 헝겊조각이었다. 어떻게 알몸에 저런 게달려 있는지 이해가 되지 않았다. 보라색 헝겊이 뱀의 혓바닥처럼 배불뚝이의 허리 안으로 빨려들었다가 다시 밖으로 밀려나오는 걸 반복하고 있었다.

둘은 소름이 끼쳐 제자리에 멈춰 섰다. 배불뚝이가 비로소 걸음을 멈추고 뒤를 돌아봤다. 원종과 김은 멀찌감치 서서 의혹이 가득한 시간으로 배불뚝이를 노려봤다. 그제야 배불뚝이가 자신의 알몸을 살피다가 허리 뒤쪽에 헝겊이 삐져나온 걸 발견했다. 그는 당황한 듯 휘휘 주위를 둘러보더니 두 사람을 향해 다가오며 태연하게 소리쳤다.

"이런, 정체가 탄로 나 버렸군. 그래, 난 옷들의 편이야. 아니, 정확하게 말하면 난 옷이지. 하지만 당신들이 그런 사실을 알아도 상관없어. 어차피 세상 어디에도 인간들이 도망갈 곳은 없으니까."

원종이 소리쳤다.

"대체 지금 무슨 소리하는 거야? 우리한테 원하는 게 뭐야? 왜 이런 짓을 하는 거야?"

"왜 이런 일을 하느냐고? 가만히 너희 인간들을 돌아 봐. 겉만 화려하고 아름다우면 뭐해? 너희들은 겉이 화려할수록 속은 오히려 추해지더군. 우리가 아무리 추한 모습을 감춰줘도 너희들은 깨닫지 못하더군. 세상엔 너희 인간들의 거짓말과 권모술수가 넘쳐나고 있어. 인간들은 결코 서로에게 진실한 모습을 보여 주지 않아. 우린 인간들이 옷으로 몸을 가리면서 그런 부작용이 생겼다는 결론에 도달했어. 예전에 알몸으로 살아가던 시절엔 그런 문제가 없었거든. 이젠 너희들이 역겨워서 더 이상은 참을 수가 없어."

말이 끝나기가 무섭게 배불뚝이는 오른팔을 들어 자신의 머리카락을 움켜잡았다. 그가 두 사람을 노려보며 움켜쥔 머리를 번쩍 들어 올렸다. 놀랍게도 알몸의 상체가 팽팽하게 당겨지더니 배불뚝이의 허리가 횡으로 갈라졌다. 상체와 하체 사이에 벌어진 틈이 점점 커졌다. 분리된 상체가 손의 움직임을 따라 위로, 점점 위로 끌어 올려졌다. 마치 사람들이 옷을 벗어버리는 것처럼.

마침내 배불뚝이는 인간의 상체를 훌러덩 벗어던졌다. 그의 몸 안에서 화려한 보라색 긴소매 와이셔츠가 살아 있는 것처럼 펄럭이며 모습을 드러냈다. 셔츠는 스스로 힘차게 움직이며 구김을 펴고 자세를 똑바로 잡았다. 이제 배불뚝이의 하체는 사람의 몸이고 상체는 옷이었다.

두 사람은 슬금슬금 뒤로 물러났다. 보라색 옷이 흐느적대는 두 팔로 허벅지를 잡더니 하반신의 거죽도 마저 벗겨냈다. 사람의 거죽 속에서 늘씬한 스키니 진이 드러났다. 보라색 셔츠를 입은 스키니 진이 성큼성큼 그들을 향해 걸어왔다.

원종과 김은 경악하며 반대편 주택가로 죽어라 달아나기 시작했다. 하지만 언제 모여들었는지 골목 어귀마다 기다리고 있던 옷들이 튀어나왔다. 이곳저곳에서 뛰쳐나온 옷들은 허기진 맹수처럼 사납게 그들을 덮쳤다. 원종은 정신없이 옷들을 뜯어내며 달렸다. 잠시라도 멈추면 옷들이 팔을 들어 올리고 발을 들어 올려 옷을 입히려고 했다. 그들을 추적하던 옷들은 먼저 두 사람을 차지하려고 서로 뒤엉켜 싸우기도 했다.

그 틈에 원종은 다리를 반쯤 끼워 넣으며 위로 올라오는 양복바지를 간신히 떼어낼 수가 있었다. 원종과 함께 옷들에 저항하며 달아나던 김이 마침내 힘없이 꼬꾸라지며 바닥을 나뒹굴었다. 두려움으로 가득 찬 김의 애절한 눈빛이 원종을 향했다. 옷들은 저항을 멈춘 그에게 우르르 달려들었다.

원종은 그의 눈빛을 애써 외면한 채 그 틈을 이용해 도심으로 달아났다. 그는 턱까지 차오른 숨을 격하게 뱉어내며 피난처를 찾았다. 그의 눈에 4층짜리 작은 건물이 들어왔다. 그는 그쪽으로 방향을 틀었다. 현관문이 바깥으로 활짝 열려 있었던 것이다. 문을 젖히고 안으로 들어간 원종은 내부에서 숨을 만한 곳을 찾았다.

복도 끝에 화장실이 보였고 그는 지체 없이 달려갔다. 화장실에 뛰어든 원종은 용변 칸에 들어가 문을 잠근 후 좌변기에 올라앉고 나서야 맥이 풀렸다. 세차게 뛰던 심장이 차츰 안정을 되찾으며 예기치 않게 눈물이 배어나왔다.

그는 알몸으로 변기 위에 웅크렸다. 땀이 식자 으슬으슬 추위가 몰려왔다. 급기야 몸 전체가 걷잡을 수 없이 떨려왔다. 턱이 덜덜 떨리며 딱딱거리는 이 부딪치는 소리가 났다. 단지 옷을 입지 않았을 뿐인데 몸뿐만 아니라 마음까지 춥고 시렸다.

원종은 최대한 몸을 웅크리고 이를 악물었다. 뭘 어떻게 하겠다는 생각은 없었다. 그저 버티는 게 목적인 것처럼 몸을 최대한 끌어안았다. 눈물이 흐르면 손등으로 훔쳤다. 얼마간의 시간이 흐르자 떨림이 줄어들었다. 추위가 좀 가시는가 싶더니 이번에는 배고픔이 밀려들었다. 아침밥도 먹지 않은 터라 속이 쓰라렸다. 그는 팔다리를 꼼지락거리며 배고픔을 잊으려고 이런저런 공상에 잠겼다.

그때 끼익하는 소리를 내며 화장실 문이 열렸다. 좌변기에 늘어져 있던 원종은 흠칫 놀라 몸을 일으켰다. 혹시 발이 보일까 싶어 좌변기 앞 둥근 부분을 허둥지둥 딛고 위로 올라섰다.

잠시 후 저벅저벅 안으로 들어오는 누군가의 발소리가 들렸다. 소리를 들어보니 혼자가 아니었다. 두런거리는 말소리가 들려왔다. 원종이 고개를 위로 살짝 내밀어 칸막이 밖을 살폈다. 소변기 앞에 알몸의 남자 둘이 뒤를 보이고 서 있었다. 그들은 낮은 목소리로 대화를 나누며 소변을 보고 있었다. 허리에 헝겊도 보이지 않았다. 쪼르르 오줌 떨어지는 소리가 시원하게 들렸다. 싯누런 오줌 줄기를 보며 원종은 그들 역시 자신과 같은 생존자라는 걸 확신했다. 옷이 소변 같은 걸 볼 리가 없었던 것이다. 그는 조심스럽게 좌변기에서 내려와 살짝 문을 열고 밖으로 나갔다. 두 사람이 소리에 놀라 뒤를 돌아봤다. 원종이 눈치를 살피며 말했다.

"저기…… 어떻게 무사들 하시네요?"

그런데 두 사람의 얼굴에 아무런 반응도 나타나지 않았다. 원종은 본능적으로 그들의 허리를 살폈다. 분명 조금 전에는 보이지 않던 옷자락이 허리 아래로 살짝 빠져나왔다가 들어가는 게 보였다.

원종의 머리가 한순간 하얘졌다. 원종은 그들을 밀치고 있는 힘껏 화장실을 뛰쳐나갔다. 정신없이 달리는데 뒤에서 화장실 문이 벌컥 열리는 소리가 들려왔다. 돌아보니 얼굴이 시뻘겋게 달아오른 두 사람이 비틀거리며 뛰어나왔다. 원종은 전속력으로 달려 뻑뻑한 현관문을 열어젖혔다.

건물 밖으로 나온 원종은 숨이 멎는 것 같은 전율에 그 자리에 얼어붙었다. 알몸의 사람들이 거리를 가득 메우고 있었던 것이다. 그들은 마치 본래부터 인간이었던 것처럼 태연한 얼굴로 거리를 활보하고 있었다. 그들의 허리엔 저마다 혀를 날름대는 옷자락이 살짝살짝 모습을 드러내다 사라지곤 했다.

원종이 넋을 놓고 있는 사이 화장실에서부터 그를 쫓던 두 사람이 씩씩거리며 밖으로 뛰쳐나왔다. 원종은 사람들을 밀치며 오른쪽으로 뛰었다. 뒤에서 쫓던 두 사람 중 한 명이 소리쳤다.

"인간이다!"

순간 그 많은 인파들의 눈길이 일제히 원종을 향했다. 사방에 그들이 있었고 그 어디에도 도망갈 곳은 보이지 않았다. 원종은 격한 숨을 몰아쉬며 앞쪽에 초고층 빌딩을 향해 뛰었다. 세상이 한꺼번에 달려드는 것처럼 사방에서 알몸의 사람들이 몰려들었다. 초고층 빌딩에 가까워졌을 때 네 개의 현관문이 벌컥 열리더니 안에서 알몸의 사람들이 쏟아져 나왔다. 기겁을 한 원종이 다시 급하게 방향을 틀었지만 얼마 못 가 멈춰서야 했다. 앞쪽에서도 파도가 밀려오는 것처럼 수많은 알몸의 사람들이 밀어닥치고 있었던 것이다.

원종은 발을 동동 구르다가 차량이 질주하는 4차선 도로로 뛰어들었다. 옷들은 이제 자동차까지 몰고 다녔다. 화물차 한 대가 급브레이크를 밟았고 그 옆으로 아슬아슬하게 자동차가 스쳐지나갔다. 어디에도 갈 곳이 없다는 걸 인정해야만 했다.

원종은 도로 한가운데 무너지듯 주저앉았다. 알몸의 사람들이 쓰러진 원종을 겹겹이 에워쌌다. 그들 중 몇 사람이 앞으로 나서더니 원종을 잡아 일으켰다. 어디선가 옷 한 벌이 펄럭거리며 날아오는 게 보였다. 연회색 상의와 검정 바지가 한데 붙은 경찰복이었다. 덩실덩실 춤을 추는 것처럼 경찰복이 원종을 향해 날아왔다. 경찰복 왼쪽 상의에 장원종이라는 이름의 명찰이 보였다.

원종은 그 옷을 보는 순간 저항할 의지를 잃어 버렸다. 상의와 하의로 갈라진 경찰복이 원종의 알몸을 게걸스럽게 집어삼켰다. 까칠까칠한 경찰복 표면이 피부를 쓸고 지나갔다. 경찰복에게 입히자 뜻밖에도 편안한 기분이 들었다.

얼마 만에 입어 보는 옷인가.

원종은 기묘한 감동에 사로잡혀 경찰복을 내려다보았다. 더불어 아내와 딸이 미치도록 보고 싶었다. 원종은 경찰복을 움켜쥔 채 닭똥 같은 눈물을 쏟아냈다.

그때 이상한 감각이 찾아들었다. 무심코 자신의 배를 내려다보던 원종은 소스라치게 놀랐다. 배가 움푹 꺼지며 안으로 쪼그라들고 있었던 것이다. 게다가 그 소름끼치는 감각은 팔에서 다리로 다음에는 전신으로 순식간에 번져나갔다.

원종이 비명을 지르는 순간 경찰복이 그를 훌러덩 벗더니 땅바닥에 팽개쳤다. 바닥에 던져진 원종의 몸이 이리저리 뒤틀리며 오그라들었다. 결국 원종의 몸은 바닥에 납작하게 달라붙었다. 그는 더 이상 3차원 공간에 사는 인간이 아닌 평면으로 변해버렸다. 소리를 내고 싶어도 성대가 오그라들어 불가능했다.

그 모습을 물끄러미 내려다보던 경찰복이 원종의 머리카락을 움켜쥐고는 높게 들어 올렸다. 경찰복은 트럼프처럼 납작해진 원종의 머리와 다리를 잡고 양쪽으로 잡아당겼다. 원종은 고통에 비명을 질렀지만 정작 소리는 밖으로 새나오지 않았다. 몸이 끊어지는 통증과 함께 허리에 실금 같은 균열이 생겼다. 그 틈이 점점 벌어지더니 마침내 몸이 반으로 툭 갈라지며 상체와 하체가 둘로 나뉘어졌다.

경찰복은 사람이 옷을 터는 것처럼 양손으로 원종의 어깨를 잡고 훌훌 털었다. 납작하던 원종의 몸에 공기가 스며들더니 안쪽으로 공간이 부풀어 올랐다. 경찰복은 마치 옷을 입는 것처럼 원종의 하체를 바지에 끼워 끌어올린 후에 부들부들 떨고 있는 상체를 위에서부터 뒤집어썼다. 이제 원종은 다시 본래의 모습을 찾았지만 허리 밑으로 연회색 옷자락이 살짝 삐져나와 있었다. 원종의 모습을 한 알몸의 경찰복이 휘적휘적 걸음을 옮겼다.

경찰복은 원종이 살던 아파트로 되돌아갔다. 거실에는 역시 허리 부근에 옷자락이 삐져나와 있는 알몸의 아내와 딸이 소파에 앉아 텔레비전을 보고 있었다. 원종이 거실로 들어서자 그들은

마치 방금 퇴근해서 들어오는 아빠를 맞는 것처럼 방긋 웃으며
팔을 활짝 벌렸다.

# 살인자의 요람

### 황태환

머릿속에서 부유하는 이야기를 타인과 공유하고 싶어 글을 쓰기 시작했다. 많은 사람들이 공감할 수 있는 무섭고 재미있는 글을 쓰는 게 목표다. 『한국 공포 문학 단편선』 4권에 「폭주」 수록.

밤이었다.

나는 포장되지 않은 외길을 걷고 있었다. 길의 양옆으로는 말라비틀어진 갈대가 끝없이 늘어섰다. 그 위로 짐승의 아가리를 닮은 먹구름이 잔뜩 끼었다. 비는 오지 않았지만 이따금씩 먼 하늘에서 번개가 쳤다. 여기가 어디고, 왜 이 길을 걷고 있는지조차 나는 알 수 없다. 그렇다. 나는 아무것도 기억을 할 수가 없었다.

어디선가 괴이한 포효가 들렸다. 케에에엑 하는 소리만으로는 도저히 그것의 정체를 짐작할 수가 없어 무서웠다. 등허리에 소름이 돋았다. 무턱대고 걷다가 뾰족한 돌멩이를 밟고 앞으로 고꾸라졌다. 이제 보니 맨발이었다.

대체 나는 무슨 일에 휘말렸던 걸까? 맨발에 이름 모를 숲을 헤매고 있다는 건 결코 좋은 징조는 아니다. 누군가에게 납치되어 신발조차 신지 못하고 간신히 탈출이라도 한 걸까? 머릿속이 뒤죽박죽이었고 어느 기억도 선명하지 않았다. 어쩌면 중추 신경을 교란하는 약물이 투여 됐을지 모를 일이다. 현재의 상황으로선 그 정도밖에 짐작할 수 없다. 이유가 뭐든 빨리 집으로 돌아가고 싶었다.

심장이 불안하게 쿵쿵거리는가 싶더니 등 뒤에서 의문의 발소리가 들려왔다. 소리는 점점 커지고 또 빨라지다가 갑자기 멈춰버렸다. 대신 서늘한 숨결과 묘한 냄새가 습한 공기를 타고 밀려와 코끝을 스쳤다. 고개를 돌려 뒤를 확인하자 적막한 어둠이 시커먼 눈으로 나를 마주봤다.

산짐승일까? 이런 산길이라면 뭐가 나타난다 해도 이상할 것이 없다. 나는 겁에 질려 이 길을 빠져나가려고 부지런히 발을 놀렸다. 길은 곳곳에서 구불거리며 갈대숲을 끼고 끊임없이 이어졌다.

그렇게 한참을 걷다 보니 멀리서 불빛이 보였다. 인가다. 드디어 누군가에게 도움을 청할 수 있게 되었다. 나는 반색하며 불빛 쪽으로 달려갔다. 성인 남자의 키만큼이나 자란 갈대밭 사이로 오두막집이 보였다. 한쪽 벽에 노란 불빛이 새어나오는 창문이 두 개 있었고, 그 옆으로 닫힌 문이 보였다.

갈대숲을 헤치고 달리다가 오두막 앞에 도착했을 때 나도 모르게 멈춰 섰다. 오두막집을 보는 순간 본능적인 거부감이 일었던 것이다. 문득 신중해야겠다는 마음이 생겼다. 이런 산중에 외딴 오두막이라니 수상쩍기로 따지면 날 쫓는 정체모를 존재와 다를 바가 없다.

대체 저 안에는 누가 살고 있을까. 아무리 주위를 둘러보아도 온통 갈대뿐이다. 길도 보이지 않고 어디에도 사람이 사는 흔적을 발견할 수가 없었다. 자꾸 불길한 생각이 들며 손에 땀이 났다.

어쩌면 내가 맨발로 도망쳐 나온 곳이 이 오두막일지 몰랐다. 방향 감각을 잃고 헤매다가 원점으로 돌아온 건 아닐까? 하지만 불확실한 추측으로 구조를 요청할 수 있는 기회를 날려 버릴 수는 없다. 몰래 접근해서 창문으로 오두막 안의 동태를 살피는 게 좋겠다. 분위기를 봐서 여차하면 튀는 거다.

갈대숲을 헤치며 살금살금 접근하는데 오두막을 에워싼 숲에서 뭔가가 다가오는 소리가 들려왔다. 발걸음 소리에 마치 귀신들린 여인의 곡소리 같은 괴기스러운 흐느낌이 섞여 있었다. 듣는 것만으로도 오싹하고 소름이 끼쳤다. 마른침을 꿀꺽 삼키고 어둠을 살피니 서슬이 시퍼렇게 오른 수십 개의 안광(眼光)이 갈대숲 저편에서 이쪽을 노려보고 있는 게 보였다.

앞에는 불길하기 짝이 없는 오두막집. 뒤에는 정체를 알 수 없는 괴물의 안광. 이렇게 된 이상 결정을 내려야 했다. 우물쭈물하기엔 돌아가는 상황이 긴박했다. 하지만 어디로 가야 할지 몰랐다. 갈팡질팡하는 사이에도 발소리는 점점 가까워졌다. 이제 선택의 여지가 없다. 집주인이 부디 선량한 사람이길 기대하며 나는 오두막집을 선택했다. 허겁지겁 뛰어가 문고리를 잡고 흔들었다. 그러나 문은 잠겨 있었다. 나는 창문을 두드리며 다급하게 외쳤다.

"안에 누구 안 계세요? 문 좀 열어 주세요."

얼굴을 창문에 바싹 갖다 대고 안을 들여다보니 뜻밖에도 노인이 흔들의자에 앉아 있는 모습이 보였다. 그는 텔레비전을 보며 느긋하게 의자를 앞뒤로 흔들고 있었다. 노인은 귀가 어두운지 아무리 불러도 반응을 하지 않았다. 어디선가 세찬 바람이 밀려와 갈대숲이 파도처럼 일렁이기 시작했다. 기괴한 소리는 점점 커져 급기야 귀를 막지 않으면 견디지 못할 정도로 고막을 세차게 두드렸다.

창문은 돌처럼 단단했다. 마치 벽의 연장인양 두드리면 손이 아플 정도다. 방탄 유리일까? 할 수 없이 문 앞으로 돌아가 주먹으로 치고, 발로 차며 고함을 질렀지만 소용이 없었다.

나는 불안한 눈으로 갈대숲을 바라봤다. 그때 갑자기 어둠 속에서 그림자 하나가 튀어나와 맹수처럼 그르렁거리며 숨을 몰아쉬었다. 드디어 올 것이 왔구나. 놈이 가까이 다가서자 달빛 아래 서서히 모습이 드러났다. 놈은 마치 인간의 형태로 빚으려다 실패한 석회반죽 같았다. 온몸에 진물이 흘러내리고 고약한 악취를 풍겼다. 놈은 좀비처럼 양손을 축 늘어뜨린 채 느릿느릿 오두막집으로 다가왔다. 곧 비슷하게 생긴 놈 셋이 한꺼번에 숲 속에서 나타났다. 다른 방향으로 달아나려 했지만 반대쪽에서도 비슷한 놈들이 어기적거리며 다가왔다.

"이런 염병할!"

놈들은 오두막집을 포위한 채 점점 가까워지는 중이다. 온몸에 털이 바짝 곤두서는 기분이었다. 이 순간 달아날 곳은 오직 오두막뿐이었다. 나는 마지막이라는 생각으로 미친 듯이 문을 두드렸다.

"문 열어. 문 열라고! 제발, 문 좀 열란 말야!"

가장 앞선 놈이 흉물스럽게 생긴 손을 뻗어 날 만지려 했다. 나는 거미줄에 걸린 나방처럼 꼼짝도 못한 채 굳어 버렸다. 그때 오두막집의 문이 열렸고 나는 혼비백산해서 집 안으로 뛰어들었다. 허리가 꼽추처럼 굽은 노인이 심드렁한 표정으로 문을 닫았다. 밖에서 길게 늘어난 손이 내 뒷덜미를 잡으려고 따라 들어왔다가 닫히는 문에 잘려나갔다. 주인을 잃은 손은 금세 녹아서 흔적도 없이 사라졌다.

"바, 밖에 저게 뭐예요?"

숨을 헐떡이며 물었지만 노인은 아무런 대꾸도 하지 않았다. 그는 무슨 일이 일어났는지 모른다는 듯 다시 흔들의자에 앉아 느긋하게 진자 운동을 했다. 텔레비전에서는 주말 드라마가 방송되고 있었다.

**나쁜 자식, 결혼한 지 3일 만에 딴 년이랑 놀아나? 어떻게 네가 나한테 이럴 수 있어!**

이럴 수가 있든 없든 노인의 느긋한 태도를 도무지 이해할 수가 없었다. 밖에는 인간 같지도 않은 것들이 떼거지로 몰려와 있는데 드라마 따위나 보고 있다니. 놈들이 모두 달려들면 이런 허약한 나무집은 순식간에 무너져 내릴 것이다. 그러기 전에 경찰에 신고해야 한다. 하지만 그들의 정체를 뭐라고 설명해야 할 것인가. 그냥 괴물? 아니면 치명적인 전염병에 감염된 변종 인간? 모두 정신병자 취급 받기 딱 좋은 얘기들이다.

"저 소리 안 들려요? 창밖을 좀 보라고요."

내가 노인의 귀에 대고 있는 대로 고함을 지르자 비로소 노인이 입을 열었다. 뜻밖에도 노인은 모든 걸 알고 있었던 모양이다.

"신경 쓸 거 없어. 어차피 여긴 못 들어오니까."

노인은 귀찮다는 듯 그렇게 말하고는 텔레비전 볼륨을 조금 높였다. 대체 이런 여유와 느긋한 말투는 어디서 나오는 것이란 말인가. 정말 뭘 알고나 하는 소리인가. 아무리 봐도 믿음이 가지 않는 노인네다. 나는 경계심을 늦추지 않고 무기가 될 만한 것을 찾아 주변을 두리번거렸다. 그런 나를 보고 노인이 혀를 찼다.

"아, 글쎄 괜찮다니깐. 너도 이리 와서 테레비나 봐."

당최 그의 말을 믿을 수가 없었다. 덩치가 작은 것도 아니고 머릿수도 저렇게 많은데 어째서 여기까지 들어오지 못한다는 말인가.

어느덧 창밖에는 괴물들이 다닥다닥 달라붙어 나를 노려보고 있었다. 그들과 눈이 마주치는 것만으로도 소름이 끼치고 오금이 저리는데 노인은 무덤덤했다. 이상한 점은 놈들이 가만히 서서 이쪽을 뚫어져라 쳐다보기만 할 뿐, 유리창을 두드린다거나 도구를 이용해 오두막을 부수려는 행동을 하지 않는다는 점이었다.

노인의 말대로 마치 이곳이 침범할 수 없는 성역이라도 되는 것처럼.

집 안에 들어온 후부터는 신경을 긁는 것 같은 놈들의 소리도 전혀 들리지 않았다. 창문을 기점으로 안쪽과 바깥쪽이 서로 다른 차원이라도 되는 양 완벽하게 분리가 되어 있는 느낌이었다. 도무지 무슨 조화인지 알 수가 없었다.

"저놈들은 여기 못 와. 암, 못 들어오고말고."

그런 내 마음을 알기라도 한 것처럼 노인은 한 번 더 호언장담을 했지만 이유를 묻자 그냥 그런 게 있다며 말을 얼버무렸다. 본인도 잘 모르는 것인지 일부러 가르쳐 주지 않는 것인지 판단하기가 어려웠다. 내가 귀찮았는지 그는 귀가 따가울 정도로 텔레비전 볼륨을 높였다.

시간이 흐르면서 놈들이 침입하지 못할 거란 노인의 말은 사실인 것 같았다. 나는 TV 소음 때문에 귀를 막고 창가를 서성이며 바깥을 살폈다. 이상한 상상들이 온갖 망상과 억측을 만들어냈다.

대체 놈들은 왜 이 집엔 들어올 생각을 하지 않는 것인가.

어쩌면 오두막집에서 저들이 싫어하는 냄새가 날 수도 있고, 영화에서처럼 누군가 주술적인 힘으로 집에 결계를 쳐 접근을 막는지도 모른다. 놈들의 괴상망측한 모습을 보고 있자면 후자가 더 설득력이 있을 것 같았다.

"대체 저것들은 뭐죠?"

나는 메마른 입술에 침을 바르며 말했다.

"이 집에 사람이 온 건 3년만이야."

노인은 내 질문을 가볍게 무시하고 딴 소리를 했다.

"3년 전에 그놈은 죽어서 나갔지."

"뭐라고요?"

죽었다는 말에 심장에서 쿵 하는 소리가 났다. 내 반응이 마음에 들었는지 노인이 흐뭇하게 웃으며 말을 이었다.

"사지가 잘려서 죽었어. 킬킬……."

머릿속이 아찔했다. 괴물들을 피하니 이번에는 정신 나간 노인네가 불길한 소리를 지껄였다. 뭐가 그렇게 좋은지 킬킬 대며 웃는 모습이 영 마음에 들지 않았다.

"왜 죽었는데요?"

"몰라, 나도. 이 방에선 다들 그렇게 죽어."

노인은 또 킬킬 웃었다.

나는 망령든 노인네의 헛소리 따윈 믿고 싶지 않았다. 하지만 지금 내가 처한 이 비현실적인 상황을 돌아보면 무턱대고 무시할 수도 없는 말이었다. 문득 늑대를 피하려다 호랑이 굴로 들어온 건 아닐까 하는 불길한 생각이 들었다.

"네 형과 누나도 여기서 죽었어."

노인은 급기야 내 가족까지 들먹였다. 그런데 나에게 형과 누나가 있었던가? 아무리 애를 써도 기억이 나질 않았다.

"알아듣게 말을 해 봐요."

"아, 죽었다는데 뭘 얘길 더 해?"

프로그램 중간에 대출 광고가 끼어들자 노인이 아쉽다는 듯 입맛을 쩝쩝 다셨다. 그러곤 도저히 심심해서 견딜 수 없다는 표정으로 이 집에 대해 자신이 알고 있는 사실 몇 가지를 일러주었다.

그의 말에 따르면 오두막집 안에 사람이 들어오면 일정 시간이 흐른 뒤 어떤 위험한 존재가 찾아와 침입자를 종이처럼 찢어발긴단다. 기계처럼 정확하고, 무자비한 그놈은 어떤 말로 목숨을 구걸해도 봐 주는 법이 없다고 했다. 나는 그 말을 어떻게 받아들여야 할지 알 수 없었다. 기분이 나빴다. 노인의 말대로라면 이 집이 바깥보다 더 위험하다는 뜻이었다. 그러나 나가고 싶어도 창문에 덕지덕지 달라붙은 괴물들을 쳐다보자 발이 떨어지지 않았다. 한 놈이 유리창에 걸쭉한 녹색 액체를 토하더니 시들시들 말라가는 게 보였다. 나는 초조하게 방 안을 서성이다가 전화를 떠올리고 발작적으로 외쳤다.

"전화기 좀 빌려 주세요. 어딨어요? 전화."

"그런 건 없어."

그러나 노인의 말과 다르게 침대 옆 선반에 보란 듯이 전화기가 놓여 있었다. 나는 노인을 슬쩍 흘겨본 뒤 침대 앞으로 가서 수화기를 집어 들었다. 떨리는 손으로 112번을 눌렀지만 신호가 가지 않았다. 이제 보니 선이 중간에 누가 물어뜯기라도 한 것처럼 거칠게 잘려 있었다.

"빌어먹을."

나는 주먹으로 벽을 후려쳤다. 어째서 이런 일에 휘말리게 된 걸까? 전화도 되지 않는 이곳에서 어떻게 빠져나가야 할지 막막했다. 머리를 쥐어뜯으며 고민했지만 답이 없었다. 일단 날이 밝을 때까지 기다려 보기로 했다. 그 위험하단 놈이 언제 나를 덮칠지 모르니 그 안에 뭐든 수를 내야 한다.

창밖의 괴물들도 언제까지 여기서 죽치고 있진 않을 것이다. 잠깐 사이 두 놈이 말라비틀어진 걸 보면 남은 놈들도 곧 기력이 쇠하거나 제풀에 죽어 나갈지 모를 일이었다. 그렇게 생각하자 긴장이 조금 풀렸다. 나는 오두막 한 편에 놓인 침대에 털썩 주저앉았다.

그제야 집 안을 자세히 돌아 볼 여유가 생겼다. 오두막은 단순한 구조였다. 방이 따로 있지는 않았고 바닥에 양탄자가 깔린 큰 거실과 주방, 욕실로 보이는 닫힌 문이 전부였다. 가구라고 해 봐야 내가 앉아 있는 침대와 노인의 흔들의자뿐이었고, 주방도 싱크대나 조리 기구 없이 2인용 식탁과 냉장고만 덩그러니 놓여 있었다. 천장에 매달린 알전구는 필라멘트의 수명이 다한 듯 이따금씩 위태롭게 깜빡거렸다.

멍하니 노인의 어깨 너머로 텔레비전을 보고 있자니 배가 고팠다. 참아 보려 했지만 이상하리만치 허기가 져서 현기증이 날 지경이었다. 아쉬운 소리를 하기가 영 내키지 않았지만 이런 상황에서 자존심을 세우는 것도 우스웠다.

"저, 죄송하지만 뭐 먹을 거 없나요?"

"뭐든 냉장고에서 꺼내 먹어."

망설인 게 민망할 정도로 노인은 흔쾌히 냉장고를 내주었다.

주방에 가서 냉장고를 열었을 때 나는 다시 한 번 놀랐다. 언제 고장 나도 이상하지 않을 정도로 낡은 냉장고엔 싱싱한 과일과 고기가 가득했다. 고작해야 오래된 김치 쪼가리나 있을 것으로 예상했는데. 치즈 케이크, 오렌지, 사과, 포도, 스테이크, 훈제 칠면조, 프라이드치킨, 석류 주스, 튀김, 닭꼬치 등 모두가 신선한 음식뿐이었다. 죄다 꺼내서 정신없이 먹고 나니 포만감이 밀려왔다. 잠시나마 행복해졌다. 배가 부르자 졸음이 쏟아졌다. 나는 노인 곁에 앉아 자꾸 아래로 떨어지는 고개를 곧추 세우려 애쓰다, 어느 순간 얕은 잠에 빠져 들었다.

얼마나 잤을까.

화들짝 놀라 잠에서 깨어났다. 나는 반사적으로 창문을 쳐다봤다. 다행히 괴물들은 보이지 않았지만 창밖은 여전히 어두웠다. 혹시 꼬박 하루를 잠들었던 건 아닐까 싶었다. 흔들의자에 앉아 텔레비전을 보던 노인도 여전했다. 나는 아직 내가 살아 있다는 데 안도하며 한숨을 내쉬었다.

"제가 얼마나 잔 거죠?"

"한 열 시간쯤 됐네."

몽롱한 정신으로 누워 있다가 벌떡 몸을 일으켰다.

"열 시간이라고요?"

그런데 왜 이렇게 어두운 걸까. 침대에서 일어나 창문가로 갔다. 처음 이 집에 들어왔을 때보다 어둠은 한층 더 짙어져 있었다. 너무 검어서 달도 별도 안 보였다.

"농담하지 마세요. 그렇게 잤으면 지금쯤 해가 떠 있어야죠."

"농담이 아니야. 뭘 모르나 본데 여긴 원래 그런 곳이라고."

나는 손으로 얼굴을 쓸어내렸다. 이 영감 정말 노망이라도 났나 보다.

"열 시간 동안 계속 그러고 계신 거예요?"

"그게 일이니까."

노인은 점점 더 이해할 수 없는 소리만 했다. 이런 외딴 오두막 집에서 방송 모니터링이라도 하고 있다는 건가. 그와 이야기를 나눌수록 가슴이 답답하고 짜증이 났다. 스트레스에 시달린 탓인지 입이 바짝 말랐다. 대화를 중단하고 냉장고에서 물을 꺼내 마시는데 벽에 걸린 기묘한 형태의 시계가 눈에 들어왔다. 분침과 초침 없이 시침만 있는 시계는 12시에서 멈춘 채 아무리 시간이 지나도 움직일 생각을 하지 않았다.

'뭐 하나 제대로 된 게 없구나.'

나는 고개를 흔들며 노인의 옆자리에 주저앉았다. 텔레비전에서는 버라이어티 쇼 프로그램이 나오고 있었다. 말장난을 이용한 유머와 빠른 전개가 노인 취향과는 맞지 않을 것 같은데도 용케 이런 걸 불평 없이 보고 있다.

"재밌어요?"

"나한텐 선택권이 없어."

채널이 하난가? 이렇게 시골이니 그럴 수도 있을 터였다. 그런데 내 짐작과는 다르게 텔레비전을 보고 있자니 채널이 저절로 잘도 돌아갔다. 심지어 케이블 방송까지 나왔다. 노인이고, 텔레비전이고 도무지 상식으로 이해되지 않는 것들뿐이었다.

노인과 내가 아무리 텔레비전을 보고 있어도 창밖은 여전히 밤이었다. 도저히 아침이 올 것 같지 않았다. 무작정 집 안에 틀어박혀 있는 게 능사는 아닐 터다. 지금은 사라졌다고 해도 언제 다시 괴물들이 나타날지 모르니 그들이 사라진 지금이 달아나기에 적기라고 생각했다. 나는 창문에 얼굴을 대고 어두컴컴한 갈대숲을 바라보다가 마음을 굳히고 현관문 앞으로 갔다. 심호흡을 한 뒤 문고리를 잡고 돌렸지만 굳게 닫힌 문은 꿈쩍도 하지 않았다.

"할아버지. 이거 안 열려요."

"여긴 한 번 들어오면 끝이야. 못 나가."

노인은 텔레비전에서 눈도 떼지 않고 대답했다.

"그런 게 어딨어요?"

다시 한 번 문을 힘껏 당겨 보았다. 그러나 열리지 않긴 마찬가지였다. 마치 벽에 문고리를 달아놓은 것처럼 꿈쩍도 하지 않는다.

"뭐야 이거? 왜 이래?"

노인은 문고리와 씨름하는 날 힐끔 쳐다보더니 능글맞게 웃었다.

"괜히 힘 빼지 말고 너도 이리 와서 테레비나 봐. 못 나간다니까. 그러네."

"제발 좀 그만해요!"

정말 울고 싶은 심정이었다. 이 문을 통해 들어왔으니 나가는 길이라고 다를 리가 없었다. 하지만 아무리 기를 쓰고, 용을 써도 문은 열리지 않았다. 손으로 밀고, 어깨로 부딪치고, 급기야 발로도 차 보았지만 요지부동이었다. 경첩 사이에 미세한 틈이 있으니 조금은 흔들리기라도 해야 하는데 벽을 차는 것처럼 꼼짝하지 않는다. 미치고 환장할 노릇이었다.

노인의 말이 사실이 아니길 빌며 이번에는 창문으로 다가갔다. 그러나 창문도 열리지 않기는 마찬가지였다. 유리인 척 하고 있지만 사실은 검게 칠한 강철일지도 몰랐다. 그렇지 않다면 유리를 때린 내 손이 이렇게 아플 리 없으니까. 나는 손에 피가 맺힐 정도로 유리에 주먹질을 하다가 바닥에 털썩 주저앉아 괴성을 질렀다. 노인의 말은 사실이었다. 불길한 예감은 현실이 되었다. 나는 이 이상한 방에 갇혀 버린 것이다.

"거 봐 내가 뭐랬어. 못 나간다니까."

노인은 뭐가 그렇게 좋은지 연신 키득거렸다.


기억은 안개를 뒤집어 쓴 산등성이처럼 흐릿했다. 이곳에서 빠져나갈 수 없다는 사실을 깨달은 후부터 나는 하루 종일 오두막 구석에 웅크리고 앉아 드문드문 떠오르는 기억에 집중했다. 내가 누구였고 뭘 하던 사람이었는지 만이라도 기억해 내고 싶었다. 운이 좋으면 이런 기묘한 상황에 처하게 된 이유도 알 수 있을 거라고 생각했다.

"그래 봤자 헛수고야."

노인의 비웃음에도 나는 아랑곳하지 않았다. 여기서 할 수 있는 일이란 그게 전부였으니까. 지루한 과정이었지만 인내심을 가지고 집중하자 소기의 성과를 거둘 수 있었다. 퍼즐처럼 조각난 기억은 시간이 흐르며 제법 또렷한 한 폭의 그림으로 아귀를 맞물렸다. 나는 친구들과 함께 현란한 사이키 조명 아래서 제목도 알 수 없는 펑크 음악에 맞춰 몸을 흔들고 있었다.

한 타임이 끝나고 룸으로 돌아왔다. 잠시 후 방문이 열리고, 종업원이 엑스오 한 병과 과일 안주를 들고 왔다. 그의 등 뒤로 걸 그룹처럼 치장한 앳된 여자 셋이 룸 안을 흘끔거렸다. 나는 잔돈이 없어 10만 원짜리 수표를 종업원에게 팁으로 찔러 줬다. 그런 다음 탱크탑에 스키니 진을 입은 여자에게 손가락을 까딱거렸다. 여자가 입술을 '나?' 하는 모양으로 달싹이며 놀란 체를 했다.

"너 아니면 누구?"

나는 그녀의 표정을 흉내 내며 웃었다. 우리는 곧 여자들과 적당히 섞여 앉아 술잔을 기울였다. 나는 탱크탑의 허리에 손을 슬쩍 둘렀다. '어딜 만져.' 하며 몸을 뒤틀면서도 피하지는 않는다. 내친 김에 엉덩이를 더듬었다. 내가 탱크탑의 몸을 주무르는 동안 맞은편에 앉은 재호가 우스꽝스러운 목소리로 익살을 떨었다.

"초딩들 소풍 온 것도 아닌데 분위기가 왜 이래? 왕 게임 콜?"

여자들은 녀석의 말투가 재미있다며 깔깔거렸다. 게임을 하다 걸리면 맘에 없는 상대와 키스를 했다. 몇 차례 술잔이 돌아가자 파트너 따윈 상관없이 우린 돌아가며 혀를 섞었다. 빈 술병이 하나 둘씩 늘어갈 수록 우리의 행위는 점점 적나라해졌다. 재호는

붙어 앉은 여자의 티셔츠 위로 봉긋하게 솟은 젖가슴을 주무르느라 정신이 없었고, 준석은 그 옆에서 스모키 화장을 한 여자의 청치마 아래로 손을 바쁘게 들락거렸다.

탱크탑은 안기다시피 내 몸에 착 달라붙어 있었다. 그녀는 테이블 위에 놓인 포르쉐 키를 조용히 바라보다 내게 귓속말을 했다.

"피곤해. 우리 나갈까?"

나는 피식 웃으며 탱크탑의 손을 잡고 자리에서 일어났다. 새벽이라 거리는 한산했다. 멀리 갈 것도 없었다. 인적이 드문 주차장으로 그녀를 이끌었다. 차 안에 들어가 바지만 내린 채 우린 허겁지겁 욕정을 풀었다. 나에게 여자가 그렇듯, 여자에게도 나는 수많은 쾌락의 도구 중 하나에 지나지 않았다.


그녀를 다시 만난 건 며칠 후 학교에서였다. 축제 기간이라 학교는 떠들썩했다. 나는 주차할 곳을 찾아 서행을 하고 있었다. 그때 미대 건물 인도에서 낯익은 여자 셋이 지나갔다. 쟤네들을 어디서 봤더라. 고개를 갸웃거리다가 뒤늦게 기억을 떠올리고 브레이크를 밟았다. 클랙슨을 울리자 여자들이 놀라 차를 돌아봤다.

"저기, 잠깐만요!"

창문을 내리고 손을 흔들었다. 원피스를 입은 여자가 눈을 가늘게 뜨고 이쪽으로 다가왔다. 하나로 묶어 올린 머리 모양이며 팔뚝에 도르르 올라온 점을 보자 기억이 좀 더 분명해졌다. 화장을 하지 않은 탓인지 클럽에서 봤을 때와 달리 수수한 분위기였다. 그날처럼 셋이 함께 있지 않았다면 아마 모르고 지나쳤을 것이다. 원피스는 코앞까지 다가와서야 눈을 동그랗게 뜨고 아는

채를 했다.

"어, 너 클럽에서……."

"역시 맞구나. 이 학교 다녀?"

그녀는 고개를 끄덕이더니 '설마 너도?' 하며 신기해했다.

"어떻게 이런 우연이 다 있냐."

우린 별 것 아닌 만남을 대단한 인연이라도 되는 것처럼 호들 갑을 떨었다. 원피스는 친구들을 돌아보더니 손가락으로 날 가리 키며 입술을 벙끗거렸다. 친구들이 손가락으로 오케이 사인을 만 들자 그녀가 피식 웃으며 내게 말했다.

"친구들이랑 미교과 주점에서 한잔하기로 했는데 너도 갈래?"

"나야 좋지."

원래는 수업이 있었지만 이런 기회를 놓칠 내가 아니었다. 주차 를 하고 그녀와 함께 미교과 주점으로 갔다. 내친김에 그날 함께 했던 친구 두 녀석을 불렀다. 우린 클럽에서 있었던 일을 안주삼 아 밤이 새도록 술판을 벌였다.

원피스의 이름은 경아였다. 외모는 별로 예쁘다고 할 수 없었 지만 늘씬한 몸매를 지녔고 말주변도 좋았다. 게다가 그녀의 주량 은 나를 가볍게 뛰어넘었다. 소주 3병을 마시고도 흐트러짐이 없 었다. 취기가 오르자 우린 그날처럼 붙어 앉아 누가 보든 상관 않 고 스킨십을 했다. 마치 당연한 순서처럼 기회를 봐서 나는 경아 의 손을 잡고 자리를 빠져나왔다.

그런데 주차장으로 가는 길에 그녀가 내 손을 뿌리쳤다.

"넌 내가 쉬워 보이지?"

나는 갑자기 달라진 그녀의 태도에 당황했다.

"왜 그래?"

"나 말야. 쿨한 관계가 좋아. 좋으면 즐기면 되지 내숭떠는 애들 보면 답답해. 근데 적어도 아무 하고나 이러진 않아."

"그래서?"

"너도 태도를 확실히 하란 말야. 단지 섹스가 좋아서 이러는 거면 여기서 그만 둬."

나는 속으로 뜨끔했지만 표정을 굳히고 한숨을 내쉬었다. 가만히 있다간 다 된 밥에 재를 뿌리겠다 싶어 얼른 머리를 굴렸다.

"난 뭐 아무하고나 이러는 줄 알아? 나 사실 여자 친구 있었는데 아까 전화로 헤어지자고 했어. 내가 왜 그랬을 것 같아?"

경아는 말없이 고개를 숙였다. 나는 기세를 몰아 좀 더 밀어붙였다.

"다 너 때문이야. 너랑 잘해 보고 싶어서. 근데 넌 여태 날 그렇게밖에 생각 안 했구나. 그래 미안하다. 너한테 믿음을 못 준 내 탓이지 뭐."

거기까지 하고 조금 뜸을 들인 뒤 몸을 돌려세웠다. 그리고 속으로 숫자를 셌다. 하나, 둘…….

"알았어. 믿을게."

원하던 대답이었다. 나는 웃음을 감추고 돌아서서 그녀를 끌어안았다. 어깨를 다독이며 사랑한다고 말했다. 주차장으로 가는 길은 멀고도 험했지만 언제나처럼 가기로 했으면 갈 거였다. 남녀 사이라는 게 다 그런 것 아니겠는가. 하지만 다음에 이어진 그녀의 말에 소름이 돋았다.

"배신하면 죽여 버릴 거야."

쿵.

어디선가 들려온 정체불명의 소리에 나는 퍼뜩 정신을 차렸다. 무슨 일인가 싶어 주변을 두리번거렸다. 오두막의 살풍경은 전과 다를 바 없었다. 잘못 들은 건가? 노인은 화장실이라도 갔는지 흔들의자가 저 혼자 소리 없이 흔들렸다. 목이 말라 냉장고에서 물이라도 꺼내 마시려는 순간 다시 쿵 하는 소리가 들렸다. 화장실 문을 열어보았지만 그 안에 노인은 없었다. 혹시나 싶어 오두막 문고리를 잡아당겨 보았다. 바닥에 뿌리를 내린 나무 기둥처럼 문은 여전히 꿈쩍도 하지 않았다. 손바닥만 한 오두막 안에서 노인은 흔적도 없이 증발한 것이다.

쿵.

다시 소리가 들렸다. 집중을 하고 있었던 덕분에 그 소리의 진원지가 내 발 밑이라는 사실을 깨달았다. 나는 그동안 무신경하게 지나쳤던 나무 바닥을 자세히 살폈다. 어쩌면 문이 열리지 않는 대신 오두막을 빠져나가는 다른 길이 있을지도 몰랐다. 노인이 사라진 것도 그 통로를 이용한 것일 가능성이 높았다. 그런 생각을 하자 빠져나갈 수 있다는 희망이 생겼다. 나는 집 안을 샅샅이 훑었다.

거실에 깔린 양탄자를 걷어 냈을 때 나는 바닥에 정사각형으로 그어진 빗금을 발견했다. 그 틈으로 손가락을 밀어 넣고 들어 올리자 나무 마찰음과 함께 숨어 있던 지하 통로가 모습을 드러냈다. 심장이 세차게 뛰었다. 바닥에 엎드려 구멍 안을 들여다봤다. 곳곳에 램프가 불을 밝히고 있어 내부가 어떤 상태인지 대충이나마 확인할 수 있었다. 두더지가 파내려 간 것처럼 장식적인 요소는 하나도 보이지 않는 밋밋한 일자형 통로가 끝이 보이지 않을 만큼 길게 이어졌다. 통로 곳곳에는 정체불명의 뼛조각이 어지럽게 흩어져 있었다. 어쩌면 이곳은 출구이면서 동시에 그간 죽어나간 사람들의 시체를 버리는 묘지일지도 몰랐다. 그렇게 생각하자 오싹 소름이 끼쳤다.

나는 조심스럽게 지하로 내려왔다. 통로는 내 허리를 조금 넘는 깊이여서 앞으로 가려면 네 발로 기는 수밖에 없었다. 여기서 나가기만 하면 당장 경찰에 신고를 해서 노인이고 살인마고 모조리 죗값을 치르게 할 것이다. 조금만 기다려라 이 나쁜 놈들아. 나는 이를 갈며 손발을 놀렸다.

한참을 가다보니 통로 벽에 어떤 형체가 보였다. 마치 이집트 피라미드 속에 그려진 동굴 벽화처럼 기이한 분위기를 풍기는 그림이었다. 나는 잠시 움직임을 멈추고 그림을 살폈다. 방독면을 쓴 남자가 쇼핑몰에서나 쓸 법한 카트를 밀며 걷고 있었다. 카트 안에는 보기만 해도 섬뜩해지는 커다란 전기톱과 절단기가 담겼다. 그리고 남자가 향하는 방향에는 내가 들어온 곳과 똑같은 오두막 집이 한 채 있었다.

나는 왠지 기분이 나빠져서 그림을 뒤로 하고 계속 기었다. 얼마쯤 가자 벽에 전과 비슷한 그림이 하나 더 나타났다. 다른 점은 방독면이 오두막과 좀 더 가까워졌다는 것이다. 통로 안쪽으로 들어갈수록 방독면과 오두막의 거리는 점점 줄어들었다. 마치 영사기로 돌린 필름을 편집해서 벽에 그린 것처럼 그림은 일관성을 가지고 진행되었다. 어느 지점에 이르자 그림 속에서 방독면은 사라지고 오두막만 덩그러니 남았다. 자세히 보니 오두막 창문에 방독면의 모습이 얼핏 비쳤다.

다음 그림을 봤을 때 나는 심장이 철렁했다. 방독면이 카트를 오두막 반대편으로 옮기는 장면이었다. 카트 안에는 전기톱과 함께 잘게 토막 난 사람의 시체가 담겼다. 방독면의 뒤로 피 묻은 발자국이 오두막까지 길게 띠를 이뤘다. 그림은 그걸로 끝이었다. 나는 등골이 선뜻해짐을 느끼며 뒤를 돌아봤다. 통로에는 적막이 감돌았다. 어쩌면 노인이 말한 놈이 바로 그림 속의 방독면 일지도 모른다고 생각했다.

얼마쯤 더 가자 맞은편에 철문이 하나 나왔다. 밖에서 열 수 있는 빗장이 걸린 것으로 보아 이 너머엔 뭔가 갇혀 있는 것 같았다. 실제로 쿵 하는 소리도 안에 있는 누군가가 철문을 두드리면서 나는 소리였다. 그렇다는 것은 결국 이곳이 출구가 아니라는 뜻이었다. 난 절망했지만 나 아닌 누군가가 이곳에 함께 갇혀 있다는 점은 위로가 됐다.

"안에 누구 있어요?"

내가 입을 여는 것과 동시에 철문 너머에서 들리던 쿵 소리가 그쳤다. 잠시 망설였지만 어차피 여기까지 온 이상 잃을 것도 없었다. 나는 심호흡을 하고 철문의 빗장을 풀었다. 문을 열자 통로 보다는 조금 더 넓은 공간이 나왔다. 빛이 들어오지 않아 어둡긴 했지만 사람의 기척이 느껴졌다. 안에 있는 사람은 겁을 먹은 듯 램프의 빛이 들어온 거리만큼 주춤거리며 뒤로 물러섰다.

"해치지 않아요. 저도 갇힌 신세거든요. 대체 여긴 뭐하는 곳이죠?"

내가 안심을 시키자 어둠속에 숨어 있던 사람이 조금씩 앞으로 걸어 나왔다. 하나가 아니라 둘이었다. 램프의 불빛에 그들의 얼굴이 드러나는 순간 나는 비명을 질렀다. 남녀의 신체를 토막 내 대충 섞은 뒤 다시 붙이면 저런 모양일까? 벌거벗은 그들은 둘 다 온몸에 재봉선 자국이 가득했고, 샴쌍둥이처럼 허리에서 상반신만 둘로 갈라져 있었다. 둘이 동시에 말했다.

"아무리 찾아도 다리가 없어. 넌 새것을 가지고 있구나."

비틀거리며 다가온 그들의 몸이 불빛에 온전히 드러났다. 네 개의 손에는 칼과 망치, 전기톱 따위가 들려 있었다. 왠지 그것을 나에게 사용할 것만 같아 심장이 떨렸다.

"왜…… 이러세요."

"같이 좀 나눠 쓰자."

무엇이든 잘라 버릴 것 같은 전기톱의 무자비한 소음이 귀에 들린 순간 나는 왔던 길을 정신없이 기었다. 바닥에 쓸려 무릎이 까지고 천장에 머리를 찧기도 했지만 나는 아픈 줄도 몰랐다. 뒤에서는 한 몸인 남녀가 무섭게 빠른 속도로 기어 날 쫓아왔다. 이상하게도 들어올 때와 다르게 앞으로 갈수록 통로가 점점 비좁아졌다. 급기야 통로는 살아 있는 생물의 소화기관이라도 되는 것처럼 꿈틀거리며 내 몸을 옴짝달싹 못하게 옥죄었다. 나는 빠져나가려고 안간힘을 썼다. 멀리서 빛이 보였다. 틀림없이 저곳이 출구라고 생각했다. 빛을 향해 억지로 머리를 집어넣는 순간 코앞에 노인의 얼굴이 불쑥 나타났다.

"넌 여기서 죽어."

비명을 지르며 눈을 떴다. 눈에 익은 오두막의 천장 무늬가 내 정신을 지하로부터 끌어 냈다. 온몸이 식은땀으로 흠뻑 젖어 있었다. 나는 침대에서 일어나 몸을 더듬었다. 손도 다리도 멀쩡하다는 것을 확인하고 나서야 안도의 한숨을 내쉬었다. 침대에서 내려와 거실 바닥에 깔린 양탄자를 걷어 냈지만 바닥은 매끈했다. 역시 꿈이었다. 텔레비전을 보던 노인이 예의 기분 나쁜 웃음을 터뜨렸다.

"너도 그 지하실 꿈을 꾼 게로군."

"어떻게 알았어요?"

"여기 온 놈들은 죽기 전에 다들 그 꿈을 꿔."

창밖 풍경이 똑같으니 점점 시간 감각도 사라져간다. 나는 식사 횟수를 기억해 두었다가 오두막 벽에 포크로 빗금을 그어 날짜를 헤아렸다. 이곳에 들어온 지 대략 6개월이 지났다. 벽걸이 시계의 분침도 6자에 맞춰져 있었다. 어쩌면 저 시계는 초나 분, 시간이 아니라 일 개월을 단위로 움직이는 건지도 몰랐다.

이곳에 소형 냉장고와 고물 텔레비전이나마 있어서 다행이었다. 먹고 돌아서기가 무섭게 배가 고픈 이곳에서 냉장고마저 없었다면 그 다음은 상상하기도 싫다. 이 정도의 식욕이라면 아마 노인의 살이라도 발라 먹었을 것이다.

나는 냉장고 문에 대고 주문을 외듯 중얼거렸다.

"나는 치킨을 먹고 싶다. 양념 반 후라이드 반으로. 바싹 튀겨서…… 먹고 싶다……."

냉장고는 램프의 지니 같았다. 식사 전에 미리 먹고 싶은 걸 주문하면 얼마 후 냉장실 야채 칸에 주문 받은 음식을 준비해 놨다. 항상 원하는 음식만 나온 건 아니지만 대체로 그랬다. 게다가 음식들은 방금 만들어 낸 것처럼 따끈따끈했다. 냉장고에서 뜨거운 게살 스프를 꺼내 먹는 기분이란 참으로 오묘하다. 이렇게 스트레스 받는 곳에서 그것은 가뭄에 단비 같은 존재였다. 아까는 치킨을 먹고 싶다고 했으므로 기대하며 냉장고를 열었다. 매콤하게 풍겨오는 양념 냄새에 군침이 흘렀다. 닭다리를 들고 텔레비전 앞에 가서 앉았다.

사람이라곤 노인밖에 만날 수 없는 이 집에서 텔레비전은 유일하게 세상과 소통하는 통로였다. 그 사이 채널은 점점 늘어나 흥미진진한 영화도 자주 보여 줬고, 어떤 날엔 뉴스, 혹은 육아, 게임, 교육 방송, 오락, 가요, 바둑, 요리 등이 무작위로 화면에 출력되었다. 그렇지만 24시간 내내 틀어 주는 건 아니었다. 하루에 여덟 시간, 아홉 시간 정도는 꼭 먹통이 되곤 했다. 정말 제멋대로인 텔레비전이다. 텔레비전이 나오지 않는 시간이 무료했지만, 그때 맞춰 잠을 자는 습관을 들여 효율적인 시간 배분을 해 나갔다.

가장 놀라운 것을 꼽자면 무엇보다 노인이었다.

그는 먹지도, 자지도 않고 텔레비전만 봤다. 가끔은 흔들의자에 앉아서 조는 것 같기도 하지만 침대에 눕는 건 한 번도 보지 못했다. 그는 심지어 화장실도 가지 않았다. 어쩌면 내가 잠자는 사이에 그 모든 것을 해결하는지도 모르지만 뭣 하러 그렇게 귀찮은 짓을 한다는 말인가.

게다가 가끔씩 내뱉는 말이라고는 "죽을 거야. 조각조각 잘려서 죽지. 다들 그렇게 죽었거든." 정도니 내가 받는 스트레스는 심각했다. 만약 인간이 느낄 수 있는 스트레스의 최고치를 10이라고 한다면 나는 8이나 9정도를 매일 같이 느꼈다. 사정이 이렇다

보니 폭발하는 것도 무리가 아니다.

나는 여느 날과 다름없이 불길한 목소리로 죽음을 예언하는 노인에게 달려들어 그의 목을 졸랐다.

"미친 늙은이…… 왜 이러는 거야. 날 내보내 줘."

모든 게 노인의 수작 같았다. 문이 열리지 않는 것도, 집 밖의 괴물들도. 나는 있는 힘을 다했지만 노인의 가는 목덜미는 요술 풍선처럼 팍 쪼그라들었다가 손을 놓으면 금세 원상복구 되었다. 노인은 아프지도 않은지 연신 기괴하게 웃어 대며 어깨를 들썩였다.

"그놈은 예고 없이 문을 열어. 문이 열리면 죽는 거야. 그놈은 먹잇감을 살찌우고 잡아먹지. 쪽쪽 빨아먹지."

그 말을 듣자 현기증이 났다. 여태껏 들었던 악담 중 최악이었다. 갑자기 먹다 남은 통닭이 독약으로 보였다. 먹잇감을 살찌우고 잡아먹는다고? 돼지처럼? 닭처럼? 헨젤과 그레텔에 나오는 그 마녀처럼?

"헛소리 마. 미친 늙은이야."

나는 바닥에 쓰러져 짐승처럼 울었다.


기억은 한동안 무의식 속에 숨어 있다가도 어느 주기가 되면 예고 없이 찾아왔다. 그럴 때마다 나는 현실의 고통을 잊으려고 과거에 집착했다. 묘하게도 내가 떠올리는 기억은 전부 경아와 관련된 것이었다.

까무룩 잠이 들었다가 옆에서 인기척이 느껴져 눈을 떴다. 경아가 모로 누워 나를 빤히 쳐다봤다. 나는 어리둥절한 표정으로 주변을 두리번거렸다. 우리는 오두막이 아니라 허름한 모텔 방 침대에 누워 있었다. 기억은 늘 이런 식으로 찾아왔다. 한숨을 내쉬며 일어난 경아는 침대 끝에 걸터앉아 담배를 꺼내 물었다. 웬일인지 표정이 좋지 않아 보였다.

"왜 그래?"

"나 임신했어."

그녀의 대답에 나는 헛기침을 했다.

"또? 넌 무슨 애가 그렇게 임신을 자주하냐?"

"아, 몰라. 그러니까 내가 콘돔 쓰라고 했잖아. 이 개새끼야."

경아는 신경질적으로 담배 연기를 뿜어 냈다. 나는 미안한 마음에 꼼짝하지 않고 누워 그녀의 눈치를 살폈다. 필터까지 타들어간 담배꽁초를 재떨이에 비벼 끈 경아가 바닥에 떨어진 옷을 주워 입었다.

"어디 가려고?"

내 말에 경아가 브래지어 후크를 채우다 말고 소리를 질렀다.

"술 마시러 간다. 왜!"

"애는 어쩌려고……."

경아가 나를 홱 돌아봤다. 그녀의 매서운 눈초리에 나는 말꼬리를 흐렸다.

"아니, 난 그냥 궁금해서…… 저번 계좌 번호로 수술비 보내면 되는 거지?"

"그러세요. 이 나쁜 놈아."

경아는 모텔 문을 쾅 닫고 나갔다.

시간은 흐른다. 하지만 나는 더 이상 날짜를 헤아리지 않는다. 과거의 기억에 매달리는 짓도 그만 두었다. 생각할수록 기분만 나빠졌고, 그게 과연 내 기억이 맞는지도 의문이었다. 만사가 귀찮았다.

나는 그동안 침대가 비좁을 만큼 살이 쪄 버렸다. 음식에 이상한 약이라도 탔는지 먹을 때마다 몸집이 불어났다. 노인에게 끔찍한 말을 들은 이후 의식적으로 먹기를 거부했지만 그것도 하루 이틀, 허기가 져서 견딜 수가 없었다. 어차피 안 먹어도 굶어 죽긴 마찬가지. 나는 자포자기의 심정으로 폭식과 거식을 반복했다.

본격적으로 이상한 낌새가 느껴진 건 며칠 전쯤이었다. 누군가 나를 관찰한다는 느낌이 들었다. 어쩌다 창문 밖에서 환한 빛이 새어 들어오면, 내가 먹기 좋게 살쪘는지 알아보려는 의도 같아서 무서웠다. 나는 잠이 들 때마다 매번 몸이 조각나는 꿈을 꿨다. 팔다리가 몽땅 잘리고, 머리는 집게에 잡혀 바스러졌다. 악몽에 시달리다 깼을 때, 창문을 들여다보는 거대한 눈과 마주친 적도 있다. 눈은 나를 보고 웃었다. 기를 쓰고 피해 다녔지만 놈의 시선에서 벗어날 수는 없었다. 노인의 말처럼 최후가 닥쳐올 것만 같았다.

놈은 나를 죽일 것이다. 나는 이유도 모른 채 죽을 것이다.

처음 이 집에 오던 날이 생각났다. 그때 차라리 괴물들에게 잡혔더라면 지금보다는 상황이 나아졌을까? 장담할 수 없다. 그렇지만 살고 싶었다.

하지만 꿈에서 본 방독면은 남의 사정 따윈 봐 주지 않는 냉혈한 같았다. 죽이기로 마음먹으면 죽이고야 말 거였다.

"이제 얼마 안 남았어."

노인이 표정 없이 말했다. 끈질긴 영감 같으니. 하지만 죽음을 받아들인 지금, 노인이 밉기보단 홀로 남을 그가 조금 안쓰러웠다.

"저 죽으면 조금은 슬퍼해 주세요."

나는 희미하게 웃으며 노인에게 작별 인사를 했다. 심술쟁이 늙은이이긴 해도 그동안 정이 들었던 모양이다. 언제 죽을지 모르니 이렇게라도 해 두는 수밖에…….

노인의 말대로 얼마 후 밖이 소란스럽더니 이내 문이 열렸다. 꿈이 아닌가 싶었지만 그건 분명 현실이었다. 신선한 공기에 소독약 냄새가 섞여 있었다. 그렇게 안 열리던 것이 너무나 쉽게 활짝 열리자 허탈했다. 각진 문틈으로 눈부시게 환한 빛이 쏟아져 들어왔다.

마음의 준비를 한다고 했는데도 떨림을 멈출 수가 없다. 노인은 텔레비전이 아니라 날 보고 있었다. 나는 결연한 표정으로 흔들의자에 올라서서 천장에서 내려 온 줄에 목을 걸었다. 노인의 옷가지와 내 옷가지를 연결해서 만든 줄이었다. 전구 받침대에 줄을 매달고 나머지는 내 목에 감았다. 그리고 문 밖에 서 있는 '그것'을 노려봤다. 너무 환해서 뭐가 뭔지 알 수는 없지만 저 빛 너머에 뭔가 있는 것만은 확실했다. 사람들을 찢어 죽인다는 바로 그놈이었다.

갑자기 엄청난 압력이 밀려와 모든 것을 문 밖으로 빨아 당기기 시작했다. 어디선가 여인의 날카로운 비명이 들렸다.

"지금이에요."

내가 외치자 노인이 흔들의자를 발로 찼다. 의자가 넘어졌고, 나는 천장에 매달려 개구리처럼 버둥거렸다. 숨이 막혔지만 통쾌한 기분이었다. 그래, 살이 통통하게 오른 날 죽이려고 얼마나 기다렸느냐, 이놈아. 보다시피 난 자살한다. 그게 뭐든 살인마 따위에게 죽진 않으니까. 숨이 막혔고, 정신이 아득하니 멀어지기 시작했다. 세상이 제멋대로 늘어난다. 이렇게 나는 죽는다.

마지막 한숨을 토해낼 즈음 노인이 꿈에서 봤던 샴쌍둥이로 변했다. 그들은 환하게 웃으며 두 팔을 벌렸다.

"환영해!"

정적이 찾아왔다.



한국의 연간 낙태 횟수는 34만 건이다. 음지에서 이루어지는 의사들의 불법 시술까지 포함하면 그 숫자는 150~200만 건으로 추정된다. 그런가 하면 1000명당 4명꼴로 임신 7개월 이후의 태아가 심야에 자살을 한다. 그 원인에 대해 태아의 스트레스와 같은 의학적 가설이 존재하지만 아직 명확하게 밝혀진 것은 없다.

# 오해

이종호

『분신사바』, 『이프』, 『흉가』, 『귀신전』 등의 장편 소설을 썼다. 이중 『분신사바』는
영화화 되었으며 일본, 태국 등에서 번역 출간되기도 했다. 전 6권인 『귀신전』 역시
중국에서 번역 출간 예정이다.

『한국 공포 문학 단편선』에 「아내의 남자」, 「폭설」, 「은혜」, 「플루토의 후예」 등의
단편을 수록했다. 네이버 카페 유령의 공포 문학을 운영하고 있다.

사나운 일진이었다.

출근길에 일방통행로에 끼어든 산타페 운전자와 실랑이를 벌이다 회사에 지각을 했고 그 바람에 부서 미팅에 늦었다. 승진 인사를 앞두고 한층 예민해져 있던 박 부장은 기다리던 먹잇감을 만난 사냥개처럼 길길이 날뛰었다. 아무래도 이번 인사에 좋지 않은 소문이 돌고 있다는 걸 스스로 감지한 모양이었다.

'개자식!'

회사 일보다 윗사람한테 아부하고 집안 챙기는 데만 신경 쓰더니 이번에 아주 제대로 걸렸다 싶었다. 박 부장에 대한 온갖 나쁜 소문이 회사에 쫙 퍼졌다. 사실 지금까지 버틴 것도 질기고 굵은 동아줄을 윗선에 대 놓고 온갖 아부와 뇌물을 바친 덕이었을 것이다.

나이도 세 살이나 어린놈한테 별의별 치욕적인 욕을 다 들은 탓에 점심을 안 먹어도 배가 부를 지경이었다. 아무리 잊고 털어내려 해도 자꾸만 놈에게 당한 모욕이 떠올라 온종일 우울하고 속이 쓰라렸다.

일방통행로에 들어서서 뻔뻔하게 버티던 산타페 운전자 놈과 박 부장을 짓밟고 난도질하는 상상이 틈만 나면 머릿속으로 비집고 들어와 하루 종일 내 의식을 붙들고 놓아 주지 않았다.

오후에는 자판기에서 커피를 뽑아 돌아서다가 다른 사람과 부딪혀 와이셔츠에 커피를 쏟았다. 순간 나도 모르게 살기가 치밀어 그를 노려봤지만 이내 내 잘못이란 사실을 깨닫고 어색하게 시선을 거둬들였다. 내 몸 어딘가에 분노의 불덩이가 떠다니고 있었다.

머피의 법칙.

자꾸 안 좋은 일이 연이어 일어나니까 진짜 나쁜 일이 순서를 기다리고 있을 것 같은 불길한 예감이 들었다. 난 가능한 나쁜 기억을 잊으려고 애썼다. 모든 건 마음에서 비롯된다는 불가의 오랜 가르침을 떠올리며 퇴근할 때도 평소보다 훨씬 조심해서 운전했고 아파트 주차장에 차를 댈 때도 신중했다.

문을 열고 집에 들어서는데 아내의 날카로운 음성이 날아들었다.

"너 어디 모자라니? 지금 그게 말이 된다고 생각해?"

아내는 퇴근해서 들어오는 날 화난 눈길로 힐끗 쳐다보고는 인사도 없이 눈길을 돌렸다. 아내 앞에는 서우가 금방이라도 눈물을 떨어트릴 것 같은 얼굴로 서 있었다. 서우가 아내에게 항변하듯 말했다.

"돌려 달라고 그랬단 말야! 근데 맨날 잊어버리고 안 가지고 왔다잖아! 안 가지고 왔다는데 나보고 어떡하라고!"

아내가 흥분해서 쏘아붙였다.

"그럼 선생님한테 얘기를 하든가. 걔네 집까지 쫓아가서라도 가져 왔어야지! 니 체육복이잖아!"

내가 눈치를 보며 끼어들었다.

"무슨 일인데 그래?"

아내가 주먹으로 가슴을 치며 말했다.

"어휴, 답답해. 얘한테 직접 물어봐!"

난 훌쩍이는 서우를 소파에 앉힌 후 자초지종을 들었다. 지난주에 같은 반 혜주라는 애한테 체육복을 빌려 줬는데 일주일이 지났는데 아직 돌려받지 못했다는 얘기였다.

"걔가 잊어버리고 체육복을 계속 안 가져 오는 거야?"

내가 묻자 아내가 목청을 높이며 끼어들었다.

"안 가져오는 게 아니라 일부러 안 주려고 그러는 거라구!"

내가 의아하게 쳐다보자 서우가 눈물을 훔치며 기어드는 소리로 말했다.

"처음에는 집에 두고 잊어버리고 안 가져 왔다고 하더니 내가 자꾸 달라고 하니까 이번에는 자기 친구 빌려 줬는데 그 친구가 안 가져 온다고 그러잖아."

"니 체육복을 빌려가서는 다시 지 친구를 빌려 줬다고?"

서우가 고개를 끄덕였다. 그제야 아내가 흥분하는 이유를 알 것 같았다. 나도 화가 나서 자연스레 언성이 높아졌다.

"무슨 그런 애가 다 있어? 그래서 가만있었어? 가서 뭐라고 했어야지! 안 되면 선생님한테 얘기를 하든가."

"안 돼! 그 애 친구들 다 노는 애들이란 말야! 저번에 재희도 개한테 체육복 빌려 줬다가 못 받았다고 선생님한테 일렀다가 나중에 교실에서 얼마나 밟혔다구!"

중학교 2학년인 딸의 입에서 밟혔다는 소리가 나와 나는 깜짝 놀라 되물었다.

"밟히다니?"

"쉬는 시간에 혜주하고 개 친구들이 우르르 몰려와서 재희 때문에 선생님한테 혼났다며 넘어트려서 때리고 밟고 그랬다니까!"

순간 어안이 벙벙해서 서우의 얼굴을 멍하니 보다가 물었다.

"교실에서 그랬단 말야? 쉬는 시간에? 다른 애들은 그냥 보고 만 있고?"

서우가 고개를 끄덕였다. 옆에서 지켜보던 아내가 목청을 높였다.

"등신 같으니까 그런 애들한테 당하는 거지. 학교에서 똘똘하게 굴었어 봐, 개가 그러나. 니가 맹하니까 딱 찍어서 체육복 빌려 달라고 한 거 아냐. 그리고 그런 앤 줄 알았으면 당연히 빌려 주질 말았어야지! 빌려 주긴 왜 빌려 줘!"

"뻔히 있는 거 아는데 어떻게 안 빌려 줘?"

"너 혹시 빌려 준 게 아니라 뺏긴 거 아냐?"

내가 잔뜩 날이 선 말투로 묻자 서우가 울먹이며 말했다.

"몰라, 엄마 아빠하고 말 안 해!"

서우가 자리에서 벌떡 일어나더니 자기 방으로 뛰어 들어갔다. 아내는 서우가 쾅 소리가 나게 닫은 방문에 대고 앙칼지게 소리를 질러댔다.

"내일 체육 시간인데 어떡할 거야! 멀쩡한 체육복 놔두고 또 살 수도 없고. 어떡할 거냐고!"

서우의 방문을 노려보며 식식대던 아내가 갑자기 날 돌아보고 말했다.

"쟤 저렇게 물렁한 것도 다 당신 닮아서 그런 거라고. 좋은 게 좋다, 손해 보는 게 남는 거다, 맨날 그런 소리나 하고 있으니 애가 돈 귀한 것도 모르고 지 꺼 지킬 줄도 모르잖아!"

"내가 뭘 어쨌다고?"

아내는 내 항변은 듣지도 않고 서우가 그랬던 것처럼 안방 문을 쾅 소리 나게 닫고 들어가 버렸다.

"내일 서우 체육복은 어떡할 거야?"

내가 소리를 질렀지만 아내는 대답을 하지 않았다. 나는 거실 가운데 옷도 갈아입지 못한 채 멀뚱하니 남겨졌다.

이제 겨우 중학 2학년인데 교실에서 그런 일이 자연스럽게 일어난다니 충격적이었다. 아무리 학교 폭력이 심각하다지만 교실에서, 그것도 쉬는 시간에 버젓이 폭력이 행해지리라고는 생각도 못 했던 것이다. 하지만 그보다 더 끔찍한 건 반 아이들 아무도 말리지 않았고 선생님한테 알리는 아이도 없다는 얘기였다. 다른 곳도 아닌 학교에서 아이들은 불의에 눈감고 비굴함에 길들여지고 있었던 것이다.

안방에 들어가니 아내는 벌써 불을 끄고 침대에 들어가 있었다. 말을 붙이려다 그만두고 옷을 갈아입은 후 밖으로 나왔다. 아내는 융통성이 없는 사람이라 이런 문제에 잘 대처하지 못한다.

컴퓨터 방으로 들어가 인터넷 서핑을 하는데 문득 그 못된 아이들에게 서우가 폭행을 당하는 장면이 머리에 떠올랐다. 머리끄덩이를 잡히고 바닥에 쓰러트려지고 발로 밟히고. 성격상 한번 걱정을 하기 시작하면 쉽게 떨치질 못한다. 난 어쩔 수 없이 서우의 방문을 두드렸다. 문이 열리고 서우가 울음 자국이 있는 얼굴을 내밀었다. 서우에게 5만 원을 건네며 아내가 듣지 못하게 조용히 말했다.

"내일 체육복 사고 거스름돈 가져 와. 무리하게 체육복 달라고 하다가 괴롭힘 당할 수도 있으니까 안 주면 그냥 내버려 둬. 그런 애들은 상대하지 않는 게 상책이야. 그리고 다음부터 빌려 달라고 하면 무조건 싫다고 분명하게 말해. 알았지?"

"싫다고 말하기 그렇단 말야."

"무슨 소리야? 체육복 빌려 가 놓고 가져 오지도 않았는데 또 빌려 준다고?"

서우가 수심이 가득한 얼굴로 힘없이 말하며 문을 닫았다.

"다른 학교로 전학 갔으면 좋겠어."

그제야 나는 서우가 그 애들을 얼마나 겁내고 있는지 알 수가 있었다.


다행히 걱정하던 일은 일어나지 않았다. 서우는 그날 이후로는 혜주라는 애가 더 이상 자신을 괴롭히지 않는다며 안도했다. 나 역시 겨우 마음을 놓았고 서우가 중학 2학년의 남은 기간을 무사히 보내기만을 바랐다.

기억에서 서우의 일이 차츰 잊힐 즈음 인사 결과가 나왔다. 어처구니없게도 박 부장은 이번 인사에서도 태풍을 잘 피해 갔다. 그 인간 밑에서 다시 끔찍한 1년을 보내야 한다는 생각을 하니 오장육부가 뒤틀렸다. 차라리 내가 회사를 관둘까 싶은 생각까지 들 정도였다.

"이 회사도 얼마 못 가겠어. 정말 썩을 대로 썩었다니까. 그런 새끼가 안 잘리고 계속 남아 있다는 게 말이나 돼? 인사 검증 시스템에 문제가 많은 거라고. 젠장 할!"

나는 동기인 강 과장과 술잔을 기울이며 울분을 토로했다. 강 과장도 내 의견에 동조하며 위로의 말을 곁들였다. 주말이라 우린 새벽까지 술잔을 기울였다.

눈을 뜬 건 다음 날 정오가 가까워서였다. 아내는 외출했는지 불러도 대답이 없었다. 거실로 나가자 서우 방에서 웃음소리가 들려왔다. 서우를 불러서 누가 왔냐고 물었다.

"친구들."

서우의 말이 끝나자 여학생 두 명이 얼굴을 내밀고 인사를 했다. 그중 한 아이는 화장을 꽤 진하게 했고 치마도 너무 짧아 마주보기가 민망했다. 아직은 딸의 중학생 친구들을 대하기가 어색했지만 서우가 모처럼 친구들과 지내는 모습을 보니 한편으론 안심이 됐다.

친구가 있다는 건 그만큼 든든한 울타리가 있다는 얘기고 학교에서 외톨이가 아니란 소리가 아니던가. 서우의 친구들이 돌아갈 때까지 안방에 갇혀 있다가 잠깐 잠이 들었는데 아내의 신경질적인 소리가 들려왔다. 거실로 나가자 외출에서 돌아온 아내가 서우를 세워 놓고 화를 내고 있었다.

"왜 그래, 또?"

"얘 엠피스리하고 지갑이 없어졌다잖아!"

"그게 왜 없어져? 방에 잘 찾아보면 있겠지."

"그 기집애가 가져간 거야! 틀림없어!"

"그 기집애라니?"

"지난번에 서우 체육복 빌려가서 안 가져 온 혜주라는 기집애 말야! 그러게 등신 같이 그런 애를 왜 집에까지 데리고 와!"

순간 난 뒤통수를 한 대 맞은 기분이었다. 서우가 울면서 말했다.

"억지로 우리 집에 가자고 하는데 어떻게 해?"

아내의 입에서 거친 말이 자연스럽게 흘러나왔다.

"이 등신아, 그런 핑계도 못 대니? 아빠가 집에 있어서 안 된다고 하든가, 엄마가 친구 데려오는 거 싫어한다고 말하든가! 화가 나서 죽겠네. 지갑에 그동안 용돈 모아 놓은 것까지 다 넣어 놨다는데. 그 싸가지 없는 기집애를 어떻게 하지?"

그제야 짧은 치마에 화장을 야하게 했던 여자애의 얼굴이 생각났다. 재빨리 날 훑어보던, 기억에 묻혀 있던 영악한 눈초리가 눈앞에 있는 것처럼 생생하게 떠올랐다.

"키 크고 화장한 애가 혜주라는 애니?"

서우가 고개를 끄덕였고 아내가 진저리를 치며 말했다.

"지난번 학교 급식 도우미할 때 내가 딱 알아봤어. 한눈에 봐도 머리 물들이고 화장해서 되바라져 보이는 게. 몸은 성숙하게 다 큰 애가 치마를 얼마나 짧게 줄였는지 팬티가 다 보이더라니까. 게다가 급식 탈 때도 건들거리면서 말끝마다 욕을 달고 있어서 너무 저질스럽더라구! 그런 애를 어떻게 집에 들일 수가 있어? 내가 딱 보니까 서우가 순진하고 만만해 보이니까 작정하고 덤비는 거야! 딱 찍힌 거라구! 너, 앞으로 어떡할 거야?"

"왜 자꾸 그래? 내가 뭘 잘못했다고!"

"니가 왜 잘못이 없어! 니가 똑똑하게 행동했어 봐. 그런 똥파리들이 달라붙나!"

"왜 맨날 나보고만 그래! 잘못은 그 기집애가 했는데!"

서우가 울음을 터뜨리며 방으로 들어갔다. 늘 부모 말 잘 듣고 공부도 잘하던 아이가 나쁜 친구 때문에 번번이 혼이 나고 속상해하는 모습을 보니 울화가 치밀었다. 아내가 날 돌아보고 물었다.

"어떡해?"

"아직은 그 애가 가져갔다는 확실한 증거도 없잖아."

"증거는 무슨 증거? 보나마나지. 둘 다 책상 위에 올려 놨다는데……."

"섣불리 의심했다가 정말 괴롭힘 당하면 그땐 진짜 대책이 없는 거야. 설사 그 애가 가져 갔다고 해도 증거가 없는데 뭘 어떻게 하겠어?"

"하긴 그렇지. 당신하고 얘기해서 시원한 답이 나올 리가 있겠어? 됐어."

아내는 안방으로 들어가며 방문을 쾅 소리가 나게 닫았다. 혜주라는 애 때문에 집이 또 발칵 뒤집혔지만 그건 시작에 불과했다. 이후로도 그 애는 서우의 물건을 멋대로 빌려 가서는 돌려주지 않았다. 또 어쩌다가 서우가 평계를 대고 물건을 빌려 주지 않으면 어느새 그 물건이 감쪽같이 사라져 버렸다.

혜주가 훔쳐간 게 확실했지만 그걸 입증할 수 있는 방법이 없었다. 그렇다고 서우에게 학교에서 꼼짝도 않고 물건을 지키라고 할 수도 없는 노릇이었다. 언젠가는 꽤 비싼 서우의 샤프가 없어졌는데 혜주의 필통에 들어 있더라는 것이다. 서우가 자기 샤프 아니냐고 했더니 자기도 산 거라면서 도리어 서우를 밀어 넘어뜨렸다는 것이다. 훌쩍이는 서우의 정강이에 검은 멍을 봤을 때는 너무 화가 나서 몸이 부들부들 떨릴 지경이었다.

가만히 있으면 안 되겠다는 생각이 든 건 서우가 돈 2만 원을 빼앗겼다는 얘길 했을 때였다. 서우가 들릴 듯 말 듯 한 목소리로 말했다.

"안 된다고 했는데 정말 급하다면서 빌려 달래. 내일 꼭 갚는다고 하면서. 그래도 안 된다고 했는데…… 친구끼리 정말 이럴 거냐면서. 큰돈도 아니고 겨우 2만 원 갖고 자기하고 원수질 거냐면서."

아내와 내가 한숨을 쉬면서 아무런 말도 하지 않자 서우가 우리 눈치를 살피면서 말했다.

"틀림없이 내일 갚는다고 그랬어. 정말이야!"

아내도 더 이상은 아이에게 화를 내지 못했다. 나는 알았다고 하고 서우를 방으로 들여보냈다. 두통이 심한지 잔뜩 인상을 쓰고 관자놀이를 누르던 아내가 심각하게 말했다.

"더 이상은 안 되겠어. 담임한테 얘기하자. 요즘 서우, 학교도 가기 싫대. 계속 이러다간 공부도 집중 못하고 큰일 나겠어."

사실 나도 요즘 서우 때문에 회사에서 도통 일이 손에 잡히지 않았다. 서우 학교 끝날 시간까지 조마조마한 마음으로 기다리다 아내에게 전화를 걸어 오늘은 별일 없었는지 확인하는 게 일상이 되다시피 했다. 그렇잖아도 박 부장 때문에 엄청난 스트레스를 받는데 그 일까지 겹치니 늘 마음이 편치가 않았다.

"보통 영악한 기집애가 아냐. 서우는 상대도 되지 않는다고. 훔쳐간 건 증거가 없고 물건도 빌려 간다고 하고 돌려주지 않으니 선생한테 말하기도 애매하고 보통 문제가 아니네."

내 말에 아내가 눈을 치켜떴다.

"왜 말을 못해? 오늘은 그 기집애가 돈까지 빼앗아 갔다잖아! 그리고 그동안 있었던 일 다 얘기하면 담임도 조치를 취하겠지. 아마 담임도 알고 있을 거야. 그런 애가 서우한테만 그랬겠어?"

"내가 말하는 건 담임이 그런 일을 알고 있어도 증거가 없으니까 혜주라는 애한테 뭐라고 말하기가 어렵다는 거야. 친구끼리 물건 빌리지 말라고 할 수도 없는 노릇이고 오늘 돈도 빼앗아간 게 아니라 빌려 갔다잖아!"

"걔가 돈을 갚을 것 같아?"

"그 말이 아니잖아! 갚든 안 갚든 형식은 빌려 간 거라는 거야. 무슨 말인지 몰라?"

아내는 이성보다 감정이 앞서는 사람이다. 마음이 약해 쉽게 상처를 받는 타입이기 때문에 긴장 상태가 오래 지속되면 견디지 못할 터였다. 어쩌면 학교를 찾아가 담임 앞에서 횡설수설하다가 울음을 터뜨릴지도 몰랐다. 서우뿐만 아니라 아내를 위해서라도 뭔가 조치를 취해야만 했다.

하지만 이런 일에 섣불리 나섰다간 상황만 악화시켜 벌통을 건드리는 결과가 될 수도 있었다. 그동안 학교 폭력에 대해 인터넷을 돌아다니며 조사를 했지만 학교가 적극적으로 대처하지 않는 한 현실적으로 부모가 할 수 있는 일은 많지 않았다.

더욱 애매한 건 서우의 일은 학교 폭력이라고 단정 짓기도 어렵다는 점이다. 마치 법망을 최대한 이용하는 범죄자처럼 혜주라는 애는 교묘하게 서우를 괴롭히며 자기가 원하는 것을 가져갔다. 서우뿐만 아니라 아내와 날 비롯해 우리 세 식구 모두가, 중학교 2학년 여자애가 쳐 놓은 그물에 걸려 옴짝달싹 못하는 물고기 꼴이었다.

막막한 고민에 빠져 있을 때 갑자기 낯선 이름 하나가 떠올랐다.

"윤형……준? 윤형진이던가? 가만…… 그때 명함을 받아서 어디다 뒀지?"

난 서둘러 책상 서랍을 열어 명함들을 모아 놓은 상자를 꺼냈다. 두 달 전인가 회사 동기 집들이를 끝내고 주차장에서 차를 빼다가 옆에 서 있던 차의 옆구리를 범퍼로 살짝 긁은 일이 있었다. 뜨끔해서 옆에 서 있던 진녹색 차를 보니 옆문에 내 차의 흰색 페인트가 묻은 게 보였다. 차는 연식이 꽤 오래된 것 같았지만 밤이라 정확한 상태를 확인하기가 어려웠다.

재빨리 주위를 둘러보니 목격자는 보이지 않았다. 난 본능적으로 뺑소니를 치기 위해 후진 기어를 넣고 차를 마저 뺐다. 그리곤 주차 구획선을 벗어나 막 액셀을 밟으려는데 클랙슨이 울렸다. 갑작스러운데다 소리가 엄청 컸기 때문에 심장 한가운데 얼음덩어리가 쿵하고 떨어지는 느낌이었다. 놀라서 주변을 살피는데 뜻밖에도 바로 옆 진녹색 차의 뒷문이 열리면서 사람이 내렸다.

'젠장. 사람이 타고 있었어!'

밤인데다 창문이 까매서 그 차에 사람이 타고 있을 줄은 꿈에도 몰랐던 것이다.

건장한 체격의 남자는 날 한 번 흘낏 쳐다본 후 자기 차를 유심히 살폈다. 어쩔 수 없이 차에서 내려 남자의 옆으로 다가가 몰랐다는 듯 변명을 늘어놓았다.

"아이구, 이거 죄송합니다. 부딪히지 않은 줄 알았는데……."

쪼그리고 앉아 자기 차를 살피던 남자가 일어나더니 어이가 없다는 표정으로 말했다.

"남의 차를 받아놓고 뺑소니를 치려고 해요?"

"뺑소니가 아니라 안 받은 줄 알고……."

돌연 남자의 표정이 험악하게 변했다. 남자는 두툼한 팔뚝을 들어 올리더니 주먹으로 내 가슴을 밀며 위협하듯 말했다.

"아까 보니까 창문 열고 다 보더구만. 계속 그런 식으로 거짓말하고 속 긁으면 당신 아주 밟아 버릴 거야!"

밟아 버린다는 게 무슨 의미인지는 알 수 없었지만 적어도 사람을 주눅 들게 만드는 남자의 눈빛은 무슨 일이든 정말로 할 수 있겠다는 확신이 들게 만들었다. 남자는 몸도 단단해 보였고 눈매도 상당히 날카로웠다. 헬스로 근육만 키운 덩치들하고는 분위기가 전혀 달랐다.

더 이상 변명을 늘어놓을 수가 없었다. 뒤늦게 자존심이 상할 정도로 몇 번이나 사과를 한 후에야 남자는 겨우 표정을 누그러뜨렸다.

"난 법 어기는 인간들하고 거짓말하는 놈들은 반드시 응징을 하는 사람입니다!"

남자의 험한 말에 찔끔하며 낯이 달아올랐다. 내가 보험 처리를 하겠다고 하자 남자는 공장에 들어가면 수리비가 꽤 나올 테고 그렇게 되면 보험요율도 올라갈 테니 그냥 현금으로 적당히 합의하자고 했다. 어차피 낡은 차니까 성의만 표시하고 술이나 한 잔 사라는 것이었다.

나도 나쁠 것 없는 제안이라 15만원을 남자에게 건네고 어색한 술자리를 가졌다. 간단히 호프 몇 잔 하는 동안 남자는 세상에 대해 이런저런 불평불만을 쏟아냈다. 남자는 세상이 공평하지 않다는 생각을 하고 있었다.

뜻밖에도 그는 전직 형사였다. 그것도 강력반에서 근무한 베테랑으로 연배는 나보다 8년 아래였다. 상관이 업주와 결탁한 걸 알고 조치를 취하려다 도리어 누명을 쓰고 옷을 벗었다며 울분을 토로했다.

요즘 같은 세상에 저렇게 의협심이 강한 사람이 있다는 사실에 호감이 갔다. 헤어질 때 그는 혹시 도움이 필요하면 연락하라고 했다. 서랍에서 그의 명함을 찾아냈다.

"윤형준! 그래 맞아. 윤 형사라고 불러 달라고 했지."

그는 퇴직한 다음에도 여전히 사람들이 자신을 형사라고 부르는 게 좋다고 했다. 아직 날 기억하고 있을지 알 수가 없었지만 혹시 조언이라도 들을 수 있을까 싶어 전화를 걸어 보기로 했다.

그는 당시에도 강력반 형사답게 곤란한 일에 휘말렸을 때 적절히 대처할 수 있는 이런저런 요령들을 알려줬다. 법에 대해서도 꽤 해박한 듯 보였다.

전화기 너머에서 그의 음성이 넘어왔다. 내가 조심스럽게 지난 일을 얘기하며 기억하느냐고 말하기가 무섭게 예상보다 훨씬 반기는 목소리가 넘어왔다.

"기억하다말고요. 어쩐 일이십니까? 전화를 다 주시고."

그제야 안심이 됐다. 힘이 느껴지는 그의 목소리를 듣는 것만으로도 든든한 지원군을 얻은 기분이었다. 그냥 생각이 나서 걸었다, 어떻게 지냈냐는 따위의 안부를 주고받다가 슬쩍 서우 얘기를 끼워 넣었다. 그다지 심각하게 얘기하지 않았고 혼잣말처럼 어떻게 해야 할지 모르겠다고 하소연을 늘어놓았을 뿐인데 전직 형사답게 재빨리 내 마음을 읽어 냈다.

"김 형, 그냥 솔직하게 말해요! 딸 때문에 걱정이 이만저만이 아닌 모양인데. 전화로 말하긴 그렇죠? 내가 그쪽으로 갈까요?"

어쩔 수 없이 난 그에게 모든 얘기를 털어놓기로 마음을 먹었다. 내가 그쪽으로 가겠다고 했지만 그는 극구 자기가 오겠다고 했다. 우린 아파트 앞 호프집에서 만났다. 자초지종을 들은 그가 말했다.

"요즘 애들 절대로 만만하게 생각하면 안 됩니다. 중학교 2학년 여자애들이 친구 납치해서 성매매 시키는 세상 아닙니까? 현장에서 이런저런 일 겪다보면 놀라자빠질 일이 한두 가지가 아니에요. 그리고 편하게 말 놓으세요. 연배도 저보다 한참 윈데."

난 말은 천천히 놓겠다고 했지만 그의 고집에 결국 그렇게 하기로 했다.

"그러게 말야. 나도 처음엔 대수롭지 않게 생각했다가 막상 이렇게 되고 보니까 뭘 어떻게 해야 할지 정말 막막하더라구. 이럴 때보면 소시민이라는 게 참 힘이 없어. 딸아이도 하나 지켜주지 못하고. 갑자기 내가 무능하게 느껴지고 자괴감까지 들더라니까."

"그 세계를 모르니까 당연하죠. 그런 애들은 겁내는 사람과 그렇지 않은 사람을 확실히 구분해요. 일테면 학교 선배라든가 형사들은 무서워하지만 학부형이나 선생은 아무리 얘기해도 지들 밥으로 생각하죠. 걱정 마시고 제게 맡기세요! 학교, 반, 이름만 가르쳐 줘요."

"아냐! 그냥 조언이나 좀 들을까 해서 그런 거야."

"김 형! 아니 형님! 제가 아무리 조언을 해 줘도 형님은 절대로 이 문제 해결할 수 없어요. 아까도 얘기했잖아요. 걔네들은 같은 방법이라도 누가 사용하느냐에 따라 반응이 달라진다고. 집까지 찾아와서 그런 대담한 짓을 할 정도면 보통내기가 아니에요. 그런 애들한테 제일 절실한 게 뭔지 아세요? 첫째도, 둘째도 돈이에요. 유흥비! 그거 마련하기 위해서라면 무슨 짓이든 한다니까요. 따님처럼 순진하고 한번 먹혔던 애들은 딱 찍어서 끝까지 괴롭힌다구요. 패거리로 몰려다니면서 그런 짓을 하기 때문에 찍히면 배겨날 수가 없어요."

윤 형사의 말을 듣고 있자니 머리가 다시 지끈거렸고 가슴이 짓눌린 것처럼 답답하게 오그라들었다.

"부담 갖지 마시고 저한테 맡기세요. 다른 사람에겐 힘든 일이겠지만 저한텐 쉬운 일이니까. 아시잖아요. 제 직업이 뭐였는지."

"말은 고맙지만 어떻게 그래? 윤 형사도 사는 일이 바쁠 텐데."

"아이고. 세상 이래도 살고 저래도 사는 거예요. 진짜 별 거 아니라니까요."

그가 능숙하게 수첩과 볼펜을 꺼내며 물었다.

"학교하고 이름요!"

난 선뜻 대답을 못하고 있다가 조심스럽게 말했다.

"그렇다면 말야, 내가 경비를 좀 댈게. 그렇잖아도 정 방법이 없으면 심부름센터 이런 곳에라도 부탁해 볼 생각을 하고 있었거든."

윤 형사가 정색을 하고 내 얼굴을 가만히 응시하다가 말했다.

"모르는 사람도 아니고 이런 일 하는데 무슨 돈을 받아요. 그냥 해 드릴게요."

난 잠시 고민했다. 그저 한 번 만난 사인데 이런 일을 부탁해도 되는 걸까. 이 친구는 내게 호감이 있어 이렇게 나서는 것일까. 아니면 원래 성격이 그런 것일까. 하긴 세상에는 나 같이 계산적인 사람만 있는 건 아니다. 비록 소수긴 하지만 자기 만족이나 정의 감 같은 걸 돈보다 소중히 여기는 사람들도 있다. 게다가 윤 형사는 이전에 형사가 아니었던가. 잠시라도 그 시절의 기분으로 돌아가고 싶은 건지도 모른다.

남의 순수한 호의를 훼손하는 것 같아 더는 거절할 수가 없었다. 그렇다면 염치 불구하고 부탁한다며 혜주의 이름과 학교, 반을 알려주었다. 그는 일이 잘되면 술이나 한잔 사 달라며 대수롭지 않은 표정으로 다른 화제를 꺼냈다.

윤 형사와 헤어지기 직전 나는 조심스럽게 품고 있던 질문을 했다.

"근데 어떻게 할 생각이야? 나보다 잘 알겠지만 이게 워낙 조심스러운 일이라서……."

"방법이야 많죠. 제가 한번 그 기집애를 살펴본 다음에. 아이고, 걱정 마세요. 대한민국 형사가 조폭도 아니고 불법적인 방법이라도 동원할까 봐서요?"

"아니, 그런 게 아니라……."

내가 황급히 손사래를 치자 윤 형사가 다 안다는 듯 웃으며 어깨를 툭툭 치고 말했다.

"그냥 저한테 맡기시라니깐요!"


윤 형사를 만난 후 머릿속이 더 복잡해졌다. 혹시라도 일이 잘못되어 문제가 커지는 건 아닐까 하는 걱정과 혜주라는 애가 다시는 서우 곁에 얼씬도 못하게 윤 형사가 제대로 겁을 줬으면 좋겠다는 기대감이 공존했다. 걱정은 꼬리를 물었고 생각은 온갖 망상과 추측으로 발전했다.

등 뒤에서 박 부장의 소리가 넘어왔다.

"김 차장, 요즘 왜 그래? 집에 무슨 일이라도 있는 거야? 툭하면 정신줄 놓고 있고. 치매야, 노환이야? 아니면 나 엿 먹이려고 일부러 그러는 거야?"

그저께 한바탕 사무실을 뒤집은 후 이틀 동안 눈도 마주치지 않던 박 부장이 이제야 말을 붙여온 것이다. 그가 사장에게 제출할 월별 성과 보고서를 부탁했는데 내가 그만 깜빡하고 말았다. 덕분에 박 부장이 사장실에 불려가 참담하게 깨졌다는 얘기를 뒤늦게 부속실 직원에게 들었다. 사장실을 다녀온 그는 마치 조폭처럼 사무실 의자를 집어던졌고 '씹할! 씹할!' 하며 난리를 쳤다. 급기야는 날 향해 서류 더미를 집어던지며 악을 써 댔다.

"개새끼, 내가 너 가만 두나 봐라. 씹할 놈이 날 엿 먹여? 너 죽었어. 내가 죽여 버릴 거야. 짓밟아 버리겠다고!"

직원들이 모두 보는데서 그는 이성을 잃고 날뛰었다. 솔직히 어떤 면으로도 그가 두렵진 않았다. 학교 때도 싸움이라곤 해 본 적이 없고 늘 약골에 속했지만 박 부장만큼은 이길 자신이 있었다.

또 아무리 지가 회사에 줄을 대 놓고 있다고 해도 이유 없이 사람을 어떻게 할 수는 없을 것이다. 월말 성과 보고서는 엄연히 그의 일이지 내 일은 아닌 것이다. 물론 억지로라도 떠맡았으니 내 잘못이라고 할 수도 있겠지만 서우 일에 신경을 쓰느라 그걸 챙길 여유가 없었던 것이다.

"아무튼 그 건은 죄송했습니다. 하겠다고 했으면 제대로 했어야 하는데."

그가 물끄러미 날 쳐다보다가 냉담하게 말했다.

"됐어. 어차피 내가 했어야 할 일이니까. 아무튼 오해는 풀자구. 한 사무실에서 다른 직원들도 불편하잖아? 그리고 김 차장이 나보다 나이 많다는 거 알아. 하지만 여긴 엄연히 회사란 말야. 가끔 보면 내가 뭐라 그랬다고 금방 눈 치켜 뜰 때가 있는데 그거 자존심이 아니라 공과 사를 구별 못하는 거야. 마음을 잘 다스려야지. 그런 것도 조절 못하면 회사 나오지 말던가."

공과 사를 구별하지 못하는 놈은 바로 네놈이라고 쏘아붙여 주고 싶었지만 늘 그랬던 것처럼 내 독백은 마음속에서만 맴돌다 소리 없이 사그라졌다.

박 부장의 야비한 눈빛이 뒤통수를 간질여 집으로 돌아올 때도 찝찝한 마음을 떨칠 수가 없었다. 아무리 잘못한 게 없다지만 부서장의 평가는 인사에서 큰 비중을 차지하기 마련이다. 이전에도 내가 고분고분하지 않아 늘 껄끄럽게 생각하던 박 부장이었다. 분명 그는 이번 일로 수단과 방법을 가리지 않을 것이고 윗사람들에게 날 모함할 것이다.

최악의 경우엔 회사를 나가야 하는 상황까지 생길지도 모른다. 퇴사까지 염두에 두며 우울한 기분으로 집에 들어서는데 웬일로 아내가 상기된 표정으로 날 잡아끌었다. 그녀는 내 손목을 잡아 안방으로 끌고 가더니 말을 쏟아냈다.

"그 기집애, 사고 났대!"

뜬금없는 아내의 목소리엔 긴장감과 함께 야릇한 흥분이 깃들어있었다. 난 직감적으로 불안한 느낌을 억누르며 물었다.

"그게 무슨 소리야?"

"혜주, 그 기집애! 무슨 일인지는 모르겠는데 다쳐서 당분간 학교에 못 나온다고 담임이 그랬대."

"다쳤다고? 어딜?"

"확실하진 않은데 서우 말로는 성폭행을 당했다고…… 하던데?"

"성…… 폭행?"

아내가 고개를 끄덕이고는 말을 이었다.

"그런 무서운 일을 당했다고 하니까 처음엔 안됐다 싶었는데 지금은 솔직히 잘됐다는 생각이 드는 거 있지. 서우한테만 그랬겠어? 그동안 애들한테 별의별 못된 짓을 다하고 다녔을 거 아냐. 벌 받은 거지 뭐. 하고 다니는 행색이 성폭행 아니라 뭔 일은 안 당할까. 거기다 맨날 남자애들하고 어울려 다니며 몸 간수도 제대로 안 했을 거야. 안 봐도 훤해. 아무튼 그 기집애가 서우 더 이상

320

괴롭히지 못한다니까 10년 묵은 체증이 다 내려가는 거 있지?"

"그거 확실한 거야?"

"뭘?"

"성폭행 당했다는 거."

"모르지. 서우 말로는 학교에 그렇게 소문이 쫙 퍼졌다고 하던데. 근데 왜?"

쿵쿵거리며 심장 뛰는 소리가 들려왔다.

"아냐. 아무것도. 나 차에 회사 서류 두고 온 게 있어서 잠깐 나갔다 올게."

이상한 눈으로 쳐다보는 아내를 뒤로 하고 도망치듯 집을 빠져나왔다. 머릿속에선 온갖 불길한 상상과 억측이 소용돌이를 일으키며 서로 뒤엉켰다.

윤 형사를 만난 게 3일 전이다. 설마, 우연이겠지. 그도 말하지 않았는가. 대한민국 경찰이 불법적인 방법을 쓰겠냐고. 상식적으로 생각해도 윤 형사가 그런 말도 안 되는 일을 저지를 이유는 없다.

하지만…… 시기가 너무 절묘하다. 윤 형사에게 전화를 걸어서 확인을 해야 하는데 이상하게 마음이 불안했다. 윤 형사에게 전화를 걸면서도 한편에선 이런 생각이 들었다. 분명 그는 아직 혜주의 얼굴도 못 봤을 것이다. 성폭행이라니 말도 안 되는 얘기다.

핸드폰에서 윤 형사의 차분한 목소리가 들려오자 난 간단히 안부를 물은 후 곧바로 본론으로 들어갔다.

"혹시 우리 딸 괴롭힌다는 그 애, 혜주 만나 봤어?"

당연히 '바빠서 아직요.'란 대답을 기대했는데 웬일인지 윤 형사가 대답을 하지 않았다. 난 불안한 마음을 억누르며 그의 대답을 기다렸다. 시간이 2~3초쯤 지난 것도 같고 1분쯤 기다린 것 같기도 했다. 기분으로는 그보다 훨씬 긴 시간이 지난 것 같았다.

왜 대답을 하지 않는 것일까. 그의 숨소리가 수화기 너머에서 쌕쌕 대고 있었다. 가슴 한가운데 똬리를 틀고 있던 불안감이 서서히 부풀어 올랐다.

"만난 거야?"

내가 더 이상 참지 못하고 묻자 뜸을 들이던 윤 형사가 대답했다. 분명하지 않은 뭔가를 뒤쪽에 숨겨 놓은 그런 목소리였다.

"왜요? 무슨 문제라도 생겼습니까?"

난 최대한 침착하게 말하려고 애썼지만 뜻대로 되지 않았다. 목소리는 잔뜩 굳어져서 기계음처럼 들렸다.

"사실은 그 애가 성폭행을 당했대. 오늘 학교도 못 나왔다는 거야."

다시 초조함을 억누르며 윤 형사의 대답을 기다렸다. 그가 내키지 않는 것처럼 물었다.

"그래서…… 그게 왜요?"

순간 그의 반문이 자신과 상관도 없는 일을 왜 물어보느냔 의미로 들렸다. 그럼, 그렇지. 도무지 말이 안 되는 얘기였다. 그가 왜 그런 일을 하겠는가. 안도의 한숨과 함께 긴장이 풀어지며 쉽게 말이 나왔다.

"그렇지? 윤 형사하고는 상관없는 일이지?"

이번에도 윤 형사는 바로 대답하지 않았다. 다시 불길한 느낌이 찾아들었다. 잠시 뜸을 들인 후 그가 말했다.

"내가 한 일 맞는데……."

너무도 쉽고 담담하게 대답을 해서 귀가 의심스러웠다. 그가 이어서 말했다.

"직접 한 건 아니지만."

그의 목소리는 현실이 아닌 내가 모르는 아주 먼 세상을 돌아오는 메아리 같았다. 난 여전히 믿기지 않는 기분으로 물었다.

"지금 무슨 소리하는 거야?"

"형님이 저한테 부탁하지 않으셨습니까?"

온몸에 소름이 돋으며 목소리가 올라갔다.

"내가 언제 성폭행하라고……."

난 말을 끊고 혹시라도 주위에 듣는 사람이 없는지 황급히 주변을 돌아봤다.

"내가 언제 그런 짓 하라고 시켰어? 분명히 자네가, 아니 당신이 그랬잖아. 불법적인 방법이나 문제가 될 만한 방법은 사용하지 않는다고."

"방법은 일을 하다 보면 달라질 수 있는 거죠. 형님, 제가 지금 다른 일이 있어서 전화를 받을 수가 없거든요. 나중에 전화 드릴게요."

"이봐, 윤 형사…… 이봐!"

전화가 끊어졌고 다시 걸었을 때는 핸드폰의 전원이 꺼져 있다는 메시지가 공허하게 흘러나왔다. 난 마치 헛것을 본 사람처럼 눈을 껌뻑이며 주변을 둘러봤다. 10년을 넘게 살았던 아파트 광장과 주변 풍경이 너무나 낯설었다.

지금 벌어지는 일이 현실이라는 걸 도무지 믿을 수가 없었다. 살아오면서 지금껏 경찰서 한 번 가 본 적이 없는데 내가 성폭행을 하라고 시켰다니. 다리가 고무처럼 꼬이며 휘청거렸다. 현실의 땅을 딛는 것이 아닌 끔찍한 악몽 속을 걷는 것 같았다.

난 가게에 들어가 담배를 샀다. 내 손으로 담배를 사는 게 8년 만이었다. 아파트 광장 벤치에 앉아 이름도 낯선 담배를 입에 물고 불을 붙였다. 8년 만에 피우는데도 몸은 어제 일처럼 담배 맛을 금방 기억해 냈다. 입에서 새나오는 연기와 호흡이 파르르 떨렸다.

'뭔가 잘못된 거야. 이럴 수가 없어. 아니, 난 상관없는 일이야. 맙소사, 성폭행이라니!'

난 상관없는 일이라고 아무리 부인해도 두려움은 조금도 가시지 않았다. 오히려 이미 일이 벌어졌고 내가 범죄에 가담했다는 두려움이 가슴 밑바닥에서 차곡차곡 부풀어 올라 숨통을 조여 왔다. 파란 담배 연기가 눈앞에서 흩어지며 괴물의 얼굴이 서서히 드러났다. 괴물이 날 향해 음흉하게 웃으며 속삭였다.

'넌 범죄자야. 딸의 친구를 성폭행하라고 시켰어!'


윤형준의 핸드폰은 이틀이 지나도록 켜지지 않았다. 무슨 정신으로 어떻게 살았는지도 모르게 시간이 흘러갔다. 지금까지 살아오며 이토록 무서웠던 적이 있던가. 밤에는 잠을 잘 수가 없었고 낮에는 전화벨만 울려도 심장이 오그라들어 가슴이 아팠다.

회사에선 박 부장이 이상한 눈길로 흘끗거렸고 집에선 아내가 무슨 일이냐고 자꾸만 캐물었다. 하지만 누구에게도 털어놓을 수가 없는 일이었다. 오직 윤형준 그에게만 말할 수 있는 문제였다.

윤형준의 전화가 온 건 이틀하고도 하루가 더 지나서였다. 퇴근을 했지만 집에 들어가기가 싫어 무작정 거리를 헤매고 다닐 때였다. 전화를 받은 난 울음이라도 터트릴 것 같은 목소리로 그에게 매달렸다.

"대체 어떻게 된 거야? 핸드폰은 왜 꺼 놓은 거야?"

절박한 내 심정을 비웃기라도 하듯 그가 느긋하게 물었다.

"그동안 별다른 일은 없었죠?"

"그걸 말이라고 해? 지금 당장 만나! 내가 그리로 갈게!"

"만나는 건 언제든 만나면 되는데 제가 지금 상황이 워낙 급해서요."

"무슨 소리야?"

"형님, 저 한 500만 빌려 주시면 안돼요?"

그의 엉뚱한 말에 순간 말문이 막혔다.

"제가 사고를 하나 쳤는데 피해자가 합의를 안 해 주면 고소를 하겠다고 해서요. 금방 갚을게요."

"대체 지금 무슨 소리를 하는 거야?"

"경찰 조사를 받게 생겼는데 좀 도와주시면 안돼요?"

"무슨 사고를 어떻게 쳤다는 거야? 난 지금 그런 큰돈을 가지고 있지도 않고 지금은 그게 문제가 아니잖아! 더 심각한 문제가……."

"경찰 조사를 받는다니까요. 그렇게 되면 형님이 걱정할 것 같은데."

"뭐라구?"

난 처음에 그가 무슨 소리를 하는지 몰랐다. 얼마 후 그 말의 의미를 깨달은 순간 걷잡을 수 없는 두려움이 밀려들었다. 그는 숨을 죽인 채 내 대답을 기다리고 있었다. 난 갈피를 잡을 수가 없었다. 혹시 내가 협박을 당하고 있는 것인가. 참다못한 내가 말했다.

"일단 만나! 만나서 얘기해!"

그가 감정이 느껴지지 않는 음성으로 말했다.

"그냥 내일 다시 전화할게요."

"안 돼! 기다려!"

하지만 소리가 전해질 사이도 없이 전화는 끊어졌다. 황급히 재 발신을 눌렀지만 전원이 꺼졌다는 메시지가 흘러나왔다. 난 길 한복판이라는 사실도 잊고 욕설을 뱉어낸 후 노숙자처럼 그 자리에 주저앉았다. 긴장과 수면 부족으로 머릿속이 멍했다. 다시 그의 전화가 올 때까지 기다릴 생각을 하니 미칠 것만 같았다.

핸드폰이 울린 건 그때였다. 윤형준이었다. 난 감전된 사람마냥 길에서 벌떡 일어났다.

"말해! 원하는 게 뭐야?"

"500만 빌려 주시면 제가 바로 합의를 하고 그쪽으로 넘어가겠습니다. 이런 부탁해서 정말 죄송한데 정말로 바로 갚겠습니다. 술 처먹고 행패부리는 놈이라 모른 척하고 지나갔어야 하는데…… 욱하는 성질 때문에."

다른 방법이 없었다.

"알았어. 부쳐 줄게. 당장 만나."

"그래 주시겠습니까? 감사합니다. 문자로 계좌 번호 보낼까요?"

"돈 부칠 테니까 바로 만나. 언제, 어디서 만날까?"

그는 예전 접촉 사고가 일어났던 주차장 근처의 커피숍으로 나오라고 했다. 난 지난달에 적금을 탄 목돈 중 일부를 텔레뱅킹으로 보낸 후 약속 장소인 커피숍으로 차를 몰았다.

하지만 20분이 넘도록 그는 나오지 않았다. 핸드폰으로 전화를 하자 또다시 전화기의 전원이 꺼져 있다는 메시지가 흘러나왔다. 너무 화가 나서 눈물이 나올 것만 같았다. 거기서 세 시간을 넘게 기다린 후 커피숍을 나오는데 전화가 왔다. 난 핸드폰에 대고 소리를 질렀다.

"지금 뭐하자는 거야!"

"죄송합니다, 형님. 저쪽 피해자가 당장 만나자고 연락을 해 왔는데 핸드폰 배터리가 다 돼서요."

"다른 사람 전화로 연락할 수도 있었잖아!"

그가 미안해하는 기색도 없이 담담하게 말했다.

"그렇잖아도 지금 남의 핸드폰 빌려서 전화하는 거예요."

난 감정을 억누르며 물었다.

"어떡할 거야?"

"지금 그리로 가겠습니다! 한 시간쯤 걸릴 것 같은데."

"기다릴 테니 어서와!"

난 화를 삭이며 커피숍 앞에 주저앉았다.

'지금 내가 여기서 뭘 하고 있는 거지?'

멍하니 주변을 둘러보았다. 한창 신도시가 건설되는 도심 외곽에 있는 아파트라 주변이 황량했다. 대단위 아파트 단지가 갑자기 들어선 탓인지 부대 시설이 아직 제대로 갖춰지지 않았다. 큰길 건너로는 논밭이 보였고 지나다니는 사람도 거의 없었다. 길 하나를 사이에 두고 도심과 농촌의 풍경이 공존했다.

난 마지막 남은 담배를 입에 물었다. 오후에 산 담밴데 벌써 바닥이 드러났다. 담배 때문인지 잠을 못 잔 탓인지 눈이 뻑뻑했고 두통이 심했다. 어디서부터 일이 꼬이고 잘못됐는지 내가 뭘 잘못했는지 알 수가 없었다.

무엇보다 윤형준이 왜 그런 짓을 했는지 궁금해서 견딜 수가 없었다. 처음 그가 일을 맡겠다고 했을 때 단지 의협심이 강한 사람이라고 쉽게 단정한 게 잘못이었다. 그래. 거기서부터 일이 어긋난 것이다. 윤형준을 잘 알지도 못하면서 어떻게 그런 일을 서슴없이 부탁했던가. 이번 일로 내가 얼마나 허술하고 안일한 삶을 살아왔는지 절실히 깨달았다.

돈 때문이었을까.

그렇게 단순화시키기엔 부자연스러운 구석이 있다. 그는 전직 형사고 그런 목적이라면 지금보다 더 자연스럽고 확실한 다른 방법을 많이 알고 있을 것이다.

지금 돈을 빌려 달라는 것도 그렇다. 정말 협박이라면 좀 더 직접적으로 표현하는 게 더 편할 텐데 뭐 하러 이런 번거로운 연출을 하겠는가.

갑자기 밝은 불빛이 눈으로 쏟아져 들어왔다. 불빛은 이내 옆으로 꺾이더니 주차장으로 돌아 들어섰다. 진녹색 아반떼였다.

반사적으로 자리에서 일어나 차로 다가갔다. 윤형준이 차에서 내리는 게 보였고 천천히 내 쪽으로 걸어왔다. 그의 당당한 표정과 몸짓은 결코 성폭행을 저지른 범죄자처럼 보이지 않았다. 처음엔 얼굴을 보자마자 멱살을 잡고 흔들어 댈 생각이었는데 막상 그의 무표정한 얼굴과 단단한 몸을 보니 그런 생각이 심각한 과

욕이라는 걸 인정해야만 했다.

윤형준이 어정쩡하게 서 있는 내 앞으로 다가오더니 성가신 채 무자라도 대하듯 질문을 던졌다.

"무슨 문제라도 있습니까?"

난 애써 눈에 힘을 주고 목소리를 높였다.

"문제가 있냐고? 장난하는 거야? 언제 내가 성폭행하라고 시 켰어?"

"얘기했잖아요. 그럴려고 그런 게 아니라고. 저도 아는 후배한 테 시킨 거예요. 하지만 뒤탈 없이 확실하게 처리했으니까 절대로 걱정 안 하셔도 돼요."

"지금 그걸 말이라고 하는 거야?"

그가 약간 피곤한 얼굴로 말했다.

"형님한테 절대로 피해 안 가고 나 혼자 한 일로 하면 되잖아 요. 형님은 상관없는 일로 하면 되는 거 아닙니까? 근데 뭐가 문 제죠? 따님도 지금은 아무 일 없이 학교 잘 다니잖아요."

문득 말문이 막혔다. 문제가 뭐냐는 질문에 딱히 할 말이 떠오 르지 않았다. 지난 이틀 동안 날 괴롭히던 그 많던 질문과 궁금 증이 지금은 단 한 가지도 생각나지 않았다. 나와 상관없는 일로 하겠다는데. 난 갑자기 바보가 된 기분이었다.

그가 못마땅한 얼굴로 지켜보다가 말했다.

"지금 다시 가 봐야 해요. 급한 일이 있는데 형님이 워낙 걱정 을 하는 것 같아서 일부러 시간 내서 달려왔거든요."

윤형준이 커다란 손으로 내 어깨를 툭 치며 말했다.

"그럼, 저 갑니다. 걱정 말고 두 다리 쭉 뻗고 지내세요."

그는 정말로 급한 일이 있는 사람처럼 진녹색 아반떼에 올라타고 주차장을 빠져나갔다. 차가 어둠 속으로 완전히 사라질 때까지 난 그 자리에서 움직일 수가 없었다. 그의 말처럼 뭐가 문제인지 곰곰이 생각하면서.

새벽 두 시가 넘었는데도 아내는 자지 않고 날 기다리고 있었다. 그녀는 팔짱을 끼고 거실 한가운데 서서 집으로 들어서는 날 가만히 응시했다. 아내를 그냥 지나쳐 안방으로 들어갔다. 오늘도 컴퓨터 방에서 잘 생각이었다. 옷을 갈아입고 나오는데 아내가 말했다. 걱정과 불안과 원망이 한꺼번에 뒤섞인 목소리였다.

"얘기 좀 해."

솔직히 너무 피곤해 그대로 쓰러질 것만 같았다. 윤형준을 만나고 돌아오는데 갑자기 잠과 피곤이 한꺼번에 밀려들었다. 운전을 하는데 눈꺼풀이 떨어지지 않아 중앙선을 넘기도 했지만 감각이 둔해 될 대로 되라는 기분이었다.

"왜? 무슨 얘긴데?"

"그건 당신이 더 잘 알 것 같은데? 무슨 일인지 나도 좀 알아야겠어. 당신 요즘 어딜 봐도 정상이 아냐. 얘기 좀 해 봐."

난 눈꺼풀을 밀어 올리며 소파에 털썩 주저앉았다. 술을 마신 것도 아닌데 술에 취한 몽롱한 기분이었다. 난 간단하게 윤형준의 일을 얘기했다. 몽롱한 의식 탓인지 생각보다 담담하게 이야기가 흘러나왔다. 어떤 변명이나 부가적인 설명도 곁들이지 않고 있는 그대로 사실만을 전했다. 돈 500만 원을 빌려 줬다는 얘기만 빼고. 얘기가 끝나고도 한참 동안 아내는 입을 열지 못했다.

"나 들어가서 잘게. 너무 피곤해."

내가 일어나는데 아내가 창백한 표정으로 물었다.

"지금 잠이 와?"

"당신은 내가 지난 사흘 동안 어떻게 지냈는지 모르잖아."

"잘못하면 감옥에 갈 수도 있다구!"

아내의 목소리가 파르르 떨렸지만 난 그 말이 지닌 의미를 온전히 음미할 수 있는 상태가 아니었다. 모든 게 귀찮고 피곤했다.

"다른 방법이 없어. 그냥 조용하게 넘어가길 바라는 수밖에. 당신이 그랬잖아. 학교도 조용하다고. 어쩌면 경찰에 신고조차 안 했을지 몰라. 그리고 난 이번 일과 관계없어. 난 그렇게 해 달라는 부탁을 하지도 않았고. 그 친구도 그렇게 얘기했어. 자기 혼자 한 일이라고."

"당신하고 상관없는 일이면 그 사람이 왜 그런 짓을 저질렀는데? 아무런 이유도 없이!"

황당한 표정으로 쳐다보는 아내를 뒤로 하고 난 손을 내저으며 컴퓨터 방으로 들어갔다. 더 이상 잠을 이길 수가 없었다. 아내에게 모든 걸 털어놓은 덕분인지 막연한 안도감 때문인지 이상하게 마음이 편했다. 이불도 깔지 않고 방바닥에 누워 등을 대는 순간 잠이 쏟아졌다. 나는 그 어느 때보다 달고 깊은 잠에 빠져들었다.


일주일이 흘렀다.

아내는 몇 번 불안한 심정을 내비쳤지만 난 별 일 없을 것이라고 스스로를 위안했다. 어떡하다가 이렇게 됐는지 모르지만 내 잘못이 아니라고, 나와는 상관없는 일이라고 끊임없이 되뇌었다.

서우에게 혜주에 대한 소식을 물었을 때도 별다른 얘길 들을 수가 없었다. 경찰이 수사를 했다는 얘기도 없었고 선생님들이 혜주에 관해 어떤 얘기도 한 적이 없다고 했다. 물론 경찰이 수사를 진행한다고 해도 내게 혐의가 돌아올 가능성은 없다고 생각했다. 물론 만일의 경우 그런 일이 생긴다 해도 충분히 결백을 밝힐 수 있으리라 생각했다.

시간이 흐를수록 윤형준의 말대로 모든 게 조용히 넘어가리라는 기대감이 커졌다. 윤형준에게 전화가 온 건 그로부터 다시 며칠이 지나서였다. 왠지 모르지만 그의 전화를 받는 순간 안일하게 여긴 내 생각이 잘못된 것일 수도 있다는 불길한 예감이 찾아들었다.

"다른 별 일은 없으시죠?"

그는 마치 일상적인 안부라도 묻는 것처럼 태연하게 말했다. 난 내키지 않는 음성으로 간단히 대답했다.

"아직은."

그가 잠깐 뜸을 들이다가 말했다.

"형님, 부탁 한 번만 더 할게요. 저 2000만 더 빌려 주지 않을래요?"

순간 눈앞에서 멀어지던 괴물의 얼굴이 앞으로 확 달려드는 느낌이었다. 애써 외면하고 있던 무의식속 공포가 꿈틀거리며 깨어나는 소리가 들렸다.

"피해자 쪽에서 정신과 치료까지 받아야 한다면서 지난 번 금액으로는 합의를 못 해 주겠다고 그러네요. 제가 다음 달에 돈이 들어올 데가 있어요. 그거 들어오면 지난 번 것하고 한꺼번에 바로 갚아 드릴 테니까⋯⋯."

불안한 심장 소리가 전화기 너머 그에게까지 들릴 것 같아 두려웠다. 순간적으로 너무나 많은 생각들이 머릿속에 떠올랐다. 절대로 약한 모습을 보이면 안 된다. 난 이를 악물었고 최대한 사무적이고 단호하게 말하려 애썼다.

"윤형준 씨. 뭔가 잘못 알고 있나 본데 나 그런 큰돈 없습니다. 그리고 우리 겨우 두 번 만난 사이에요. 알았어요? 앞으로는 전화하지 마세요. 형님이라고 부르지도 말고. 대신 지난 번 빌려 준 돈은 안 받는 것으로 하죠."

전화를 끊고 나자 아내의 놀란 얼굴이 하나 가득 시야에 들어왔다. 전화를 받기 전 우린 식탁에서 저녁을 먹고 있었다. 아내는 숟가락을 들고 그대로 굳어 버린 사람 같았다. 아내가 두려움이 가득한 소리로 물었다.

"돈을⋯⋯ 빌려 줬어?"

대답을 하지 못하고 내가 피하는 것처럼 일어나자 아내가 날카롭게 소리쳤다.

"아무 일 없을 거라며! 당신은 상관없는 일이라며!"

아내가 내 앞으로 돌아와 앞을 막고서는 따졌다.

"괜찮다면서 왜 빌려 준 돈을 받지 않겠다는 거야? 당신 말대로 딱 두 번밖에 만나지 않았고 잘 알지도 못하는 사람한테 왜 빌려 준 돈을 받지 않겠다는 거냐구! 뭔가 약점 잡힐 일을 한 거지? 그렇지? 돈을 얼마를 준 거야?"

"500! 정말로 급하다고 해서 빌려 준 거야. 난 결백하다고! 결과야 어떻게 됐든 나 때문에 그런 일이 벌어진 거니까 그냥⋯⋯."

"방금도 그 사람 돈 달라는 전화였지?"

"더 이상은 안 줄 거야. 절대로!"

아내가 다리에 힘이 풀린 것처럼 휘청거리다 벽에 손을 짚었다.

"이제 우리 어떡해?"

전혀 생기가 느껴지지 않는 목소리였다.

"어떡하긴! 이미 성의는 표시했고 단호하게 말했으니 더 이상은 연락하지 않을 거야"

아내가 금방이라도 울 것 같은 표정으로 물었다.

"성의를 표시했다는 말 자체가 모순이잖아. 그건 곧 당신이 시킨 일이라는 증거밖에 더 돼?"

"……."

"만약…… 경찰에 얘기하겠다고 하면?"

"그런 일은 절대로 없어. 만약 그랬다간 자기가 먼저 잡혀 들어갈 테니까. 어쨌든 그도 한때는 형사였어. 그런 사람이 성범죄자로 예전의 동료와 후배들에게 잡히고 싶겠어?"

아내가 눈을 크게 뜨더니 물었다.

"그 사람 정말 형사 맞아?"

"뭐?"

"그 사람이 전에 형사라는 거 확인했냐구? 어느 경찰서에서 근무했대?"

"작년까지 관악서에 있었다고 하던데."

내가 애매하게 말을 얼버무리자 아내가 다그쳤다.

"확인 안 해 봤지?"

내가 대답을 못하자 아내가 고개를 흔들며 말했다.

"당신 단단히 걸린 거야. 형사였던 사람이 그런 짓을 할 리가 없어. 어쩌면 범죄자일지도 몰라. 어서 확인해 봐, 어서!"

내가 황당하게 되물었다.

"그걸 어떻게 확인해?"

아내가 믿기지 않는 눈길로 쳐다봤다.

"난 당신이 이렇게 바보 같은 사람이었는지 정말 몰랐어. 그게 뭐가 힘들다는 거야? 전화 한 통이면 되는 일 아냐?"

아내는 화난 얼굴로 명함을 달라고 한 후 곧바로 전화기를 들었다. 그녀는 주저 없이 114에 전화를 걸어 관악서 전화번호를 알아냈다. 그리곤 관악서에 전화를 걸었고 강력반을 연결해 달라고 했다.

"뭐 좀 물어볼 게 있어서요. 어떤 사람이 자기가 작년까지 관악서 강력반에 근무하다가 그만둔 형사였다고 하는데 사실인지 확인 좀 해 주실 수 있나요? ······네. 이름이 윤형준이라고······ 확실한가요? 네, 알겠습니다."

아내는 힘없이 전화를 끊고 식탁 의자에 털썩 주저앉았다. 아내가 혼잣말처럼 중얼거렸다.

"그런 사람 없대. 작년에 그만 둔 사람도 없고."

핸드폰이 울린 건 그때였다. 발신 번호를 보니 윤형준이었다. 내가 머뭇거리자 아내가 끔찍한 표정을 지으며 물었다.

"그 사람이야?"

난 고개를 끄덕인 후 이를 악물고 전화를 받았다. 내가 아무런 말이 없자 놈이 먼저 말을 걸어왔다.

"형님, 만나서 얘기 좀 하시죠."

"난 당신하고 할 얘기 없어!"

"지금 형님네 아파트 뒷산이에요. 잠깐 나오시죠."

"뭐라구?"

"거실에서 뒷산 보이시죠?"

그의 말대로 거실의 통유리로 보면 아파트 뒷산이 정면으로 보인다. 블라인드를 치지 않으면 뒷산에서도 우리 집 거실이 훤히 들여다보인다는 소리다. 난 창가로 다가가 뒷산을 바라봤다. 뒷산 산책로 방향으로 가로등이 켜진 곳에 윤형준이 서 있었다. 그가 날 보고 손을 흔들었다. 어느새 뒤따라온 아내가 떨리는 목소리로 물었다.

"저 사람이야?"

내가 고개를 끄덕이자 마치 우리 두 사람의 대화를 엿들은 것처럼 그가 말했다.

"형수님한테도 인사를 좀 드려야 하는데."

아내가 신음을 흘리며 바닥에 주저앉았다. 나는 욕설과 함께 거실 블라인드를 쳤다.

"거기서 기다려!"

난 핸드폰에 대고 소리를 지른 후 단숨에 뒷산으로 달려 나갔다. 그는 가로등 아래서 여유만만하게 날 기다리고 있었다. 난 바로 앞까지 다가가 숨을 헐떡이며 소리쳤다.

"내가 그렇게 만만한 사람으로 보여? 세상이 당신 뜻대로 그렇게 쉽게 돌아갈 것 같아?"

"형님이 무슨 소리하는지 알 수가 없네요. 내가 뭘 어쨌다고?"

"무슨 소린지 알려주지. 넌 전직 형사가 아냐. 처음부터 계획적으로 내게 접근했고 돈을 뜯어내기 위해 일부러 그런 일을 저지른 거야."

그가 날 가만히 응시하다가 과장되게 웃음을 흘리더니 말했다.

"그걸 이제 아셨어요?"

"뭐라구?"

그가 가로등 바깥쪽으로 물러나며 말했다.

"잠깐 보여 줄 게 있으니까 이리 좀 와 보실래요."

그다지 내키지 않았지만 약한 모습을 보이기 싫어 그가 서 있는 곳으로 다가갔다. 가로등 불빛이 사라지는 순간 그의 거친 발길질이 복부로 날아들었다. 숨이 턱 막히며 허리가 꺾였다. 미처 몸이 바닥에 닿기도 전에 이번엔 단단한 무릎이 턱을 올려쳤다. 머리가 으스러지는 것 같은 고통이 뒤따랐고 비명이 토해져 나왔다. 중심을 잃은 몸이 차가운 흙바닥을 나뒹굴었다.

"이제 알았으니 어쩌겠다는 거야? 그동안 꼬박꼬박 형님 소리 붙여 주며 놀아 줬더니 등신 같은 게 정신을 못 차리고 있어! 씹할!"

옆구리에 발길질이 이어졌고 허리가 끊어지는 것 같았다. 난 숨을 쉬지 못해 얼굴을 흙바닥에 문지르며 금붕어처럼 입을 껌뻑 거렸다. 이러다 정말 죽을 수도 있겠다는 무시무시한 공포가 전신을 엄습했다. 놈은 충분히 그렇게 하고도 남을 것 같았다. 그가 숨을 헐떡이는 내 멱살을 잡아 몸을 반쯤 일으켜 세웠다. 난 고통을 호소하며 벌레처럼 몸을 꼬았다. 그가 누런 이를 드러내고는 말했다.

"씹할 놈이 일을 시켰으면 수고비를 내놔야 될 거 아냐! 그래,

안 그래?"

난 소리가 나오지 않아 필사적으로 고개를 끄덕였다.

"좋게 말할 때 당장 들어가서 2000 넣어! 알았어?"

난 이전보다 더욱 크게 고개를 끄덕였다.

"만약 약속 어기면 곧장 집으로 쳐들어갈 거야! 내가 집에 들어가면 니 와이프하고 딸년까지 개 작살날 줄 알아! 그리고 만에 하나, 신고를 하고 싶다면 마음대로 해! 어차피 나야 별 네 개 다나, 다섯 개 다나 마찬가지지만 당신 입장은 다를 거야. 그렇지?"

난 격렬한 기침을 쏟아내면서도 반사적으로 고개를 끄덕였다. 그가 멱살을 놓고 위협했다.

"여기서 지켜보고 있다가 소식이 없으면 곧장 집으로 들어갈 테니까 알아서 해!"

난 몸을 부들부들 떨며 기다시피 집으로 돌아왔다. 아내는 만신창이가 되어 집으로 들어서는 날 보고 비명을 질렀다. 난 사시나무처럼 몸을 떨며 아내에게 조용히 하라고 당부했다. 서우는 아직 학원에서 돌아오지 않았다. 아내가 울면서 말했다.

"그놈이 그런 거지? 그렇지?"

몸에는 여전히 격렬한 통증이 남아 있었고 정신이 하나도 없었다. 말을 하려고 했지만 이상하게 입이 잘 움직이지 않았다. 난 숨을 헐떡이며 혀가 짧은 사람처럼 어눌하게 말했다. 힘겹게 말을 뱉어낼 때마다 입 안에서 피가 토해져 나왔다.

"적금 탄 돈 있지? 내 핸드폰에 계좌 번호 있으니까 2000넣어! 어서!"

아내는 피로 물든 내 모습을 보며 공포에 사로잡혀 울부짖었다.

"무슨 소리야? 경찰에 신고해야지! 경찰에서 당신 말 믿을 거야! 맙소사, 이 얼굴 좀 봐!"

난 마구 손을 내저었다.

"내 말 들어. 일단 놈에게 2000 넣어주고 생각은 그 다음에…… 어서!"

난 창가로 기어가 블라인드를 걷어서 밖을 내다봤다. 금방이라도 놈이 현관문을 두드릴 것 같은 공포가 심장을 쿵쿵거리며 두드렸다. 다행히 놈은 여전히 가로등 아래 서 있었다. 놈은 내가 절대로 경찰에 신고할 수 없다는 걸 확신하고 있는 듯했다.

텔레뱅킹으로 돈을 송금한 아내가 울면서 약상자를 가져왔다.

"어떻게? 당신 얼굴…… 이걸로 안 되겠어. 당장 병원에 가야 할 것 같아."

아내 말처럼 통증이 엄청났고 제대로 입을 움직일 수가 없었다. 옆구리도 욱신거려 숨 쉬기도 쉽지가 않았다. 그래도 나는 블라인드 틈으로 계속 놈을 지켜봤다. 핸드폰으로 입금액을 확인한 놈이 내가 보이기라도 하는 것처럼 반갑게 손을 흔든 후 천천히 가로등 밖으로 사라졌다. 그제야 난 거실에 드러누우며 비명을 토해 냈다. 욱신거리는 뺨을 타고 축축한 눈물이 흘러내렸다. 아내가 흐느끼며 119에 전화하는 소리가 아득하게 들려왔다.


2인실 병실인데 침대 하나엔 아직 환자가 들어오지 않아 1인실이나 마찬가지였다. 아내는 머리와 온몸에 붕대를 칭칭 동여매고 있는 날 보며 계속 환자가 안 들어왔으면 좋겠다며 억지로 웃어 보였다.

생각보다 몸 상태가 심각했다. 턱뼈가 으스러졌고 혀도 끝부분이 일부 잘렸으며 갈비뼈는 두 개나 부러져 전치 6주 이상의 진단이 나왔다. 특히 으스러진 턱뼈와 잘린 혀 때문에 영원히 말을 정확하게 할 수 없을지도 모른다는 의사의 말에 아내는 눈물을 펑펑 쏟아 냈다.

박 부장이 직원 몇 명과 문병을 왔다. 그는 내 몰골을 보고 혀를 찼다. 최근 내 상태가 좋지 않아 꼭 무슨 일이 벌어질 것 같았다며 회사 걱정은 말고 푹 쉬라는 말을 남기고 돌아갔다. 그의 푹 쉬라는 말이 유독 마음에 오래 남았다.

아내는 내가 수술을 받는 동안 경찰에 신고했고 혼자서 조사를 받느라 바쁘게 뛰어다닌 모양이었다. 늘 집 안에만 있던 아내의 어느 구석에 그런 단호한 용기가 숨어 있었는지 새삼 놀라울 따름이었다.

난 수술을 마치고 병실에 누워 만에 하나 법의 심판을 받게 될 경우를 대비해 마음을 다잡고 있었다. 아내는 병실 침대 옆에 붙어서 분명히 괜찮을 거라고, 걱정하지 말라고 날 안심시키려 애를 썼다.

하지만 아내는 내가 정말 걱정하는 게 무엇인지 알지 못했다. 난 아내의 만류와 머리가 울리는 통증에도 불구하고 어눌한 발음으로 힘겹게 말했다.

"감옥에 가는 것보다 더 무서운 게 뭔지 알아? 학교에 서우가 파렴치한의 딸이라는 소문이 나는 거야. 딸의 친구를 성폭행시키라고 사주한 아빠를 뒀다고 소문이 나면……."

아내가 눈물을 훔치며 말했다.

"괜찮을 거야. 그런 일 없어."

"아마 전학을 가더라도 계속 그런 꼬리표는 따라다닐 거야. 아이들이 인터넷으로 서로 정보를 주고받으면서 말이지. 운이 좋아서 내 결백이 밝혀진다 해도 아이들은 여전히 나 때문에 혜주가 그렇게 됐다고 생각할 테니까."

울음을 참기 위해 안간힘을 쓰는 아내의 모습을 보기가 안쓰러워 고개를 돌리고 눈을 감았다. 아프지 않은 곳이 단 한군데도 없었지만 진짜 아픈 곳은 마음 깊은 곳에 있었다. 나로 인해 아내와 서우의 미래가 끔찍한 지옥으로 변했다는 죄책감.

병실 문이 열리더니 낯선 남자 두 명이 안으로 들어섰다. 아내가 그들을 보고는 긴장한 얼굴로 자리에서 벌떡 일어났다. 내가 불안한 눈빛으로 쳐다보자 아내가 창백한 표정으로 말했다.

"형사 분들이야."

둘 중 윗사람인 것 같은 남자가 말했다.

"어젯밤 윤형준을 붙잡았습니다. 사기와 폭력 전과가 5범이에요."

막연히 예상은 하고 있었지만 막상 형사의 입을 통해 그 소리를 듣자 가슴 밑바닥으로 서늘한 기운이 지나갔다. 형사가 아내를 보고 말했다.

"윤형준이 남편 분에게 행한 범행은 모두 자백을 했습니다."

아내가 초조한 음성으로 물었다.

"그럼 저희 남편이 시킨 게 아니라는 것도 자백했나요?"

"아뇨. 윤형준은 혜주라는 여학생을 성폭행하도록 시킨 일도 없고 그 여학생을 알지도 못합니다."

아내가 어리둥절한 얼굴로 물었다.

"그게 무슨 말이죠?"

"남편 분이 뭔가 오해를 한 걸 윤형준이 교묘하게 이용을 한 겁니다. 김혜주는 사귀던 남자 친구한테 성폭행을 당했어요. 이미 일주일 전에 쌍방합의를 해서 사건도 종결되었고요. 윤형준은 남편 분께서 자신을 의심하는 걸 역으로 이용한 셈이죠. 마치 정말로 자기가 그렇게 한 것처럼, 나아가서 남편 분이 그 일을 사주한 것처럼 말이죠."

형사는 그 외에 몇 가지 사소한 문제들에 대해 설명을 했고 몸이 나아지면 추가적인 조사를 하겠다고 했다. 병실을 나가던 형사가 다시 몸을 들이밀고는 말했다.

"참, 윤형준 그 친구가 자기는 남편 분 폭행한 죄밖에 없다면서 반드시 합의를 보겠다고 하더군요. 어쩌면 가족이나 누가 병실로 찾아올지도 모르겠습니다. 사실 저희도 딱히 다른 혐의를 잡기가 애매한 상황이라……."

형사는 잠깐 미안한 표정을 짓더니 그대로 병실을 나갔다. 입술을 꼭 다물고 있던 아내가 갑자기 울음을 터뜨렸다. 그 어느 때보다 서럽게 울었지만 나는 그 울음의 진정한 의미를 알 수가 없었다.

# 한국 공포 문학 단편선 5

1판 1쇄 펴냄  2010년 7월 26일
1판 3쇄 펴냄  2021년 3월 16일

**지은이** | 김종일 외 9인
**발행인** | 박근섭
**편집인** | 김준혁
**책임편집** | 최고운
**펴낸곳** | 황금가지

**출판등록** | 2009. 10. 8 (제2009-000273호)
**주소** | 06027 서울 강남구 도산대로 1길 62 강남출판문화센터 5층
**전화** | **영업부** 515-2000  **편집부** 3446-8774  **팩시밀리** 515-2007
**홈페이지** | www.goldenbough.co.kr

도서 파본 등의 이유로 반송이 필요할 경우에는 구매처에서 교환하시고
출판사 교환이 필요할 경우에는 아래 주소로 반송 사유를 적어 도서와 함께 보내주세요.
06027 서울 강남구 도산대로 1길 62 강남출판문화센터 6층 민음인 마케팅부

© ㈜민음인, 2010. Printed in Seoul, Korea
ISBN 978-89-94210-92-6  03810

㈜민음인은 민음사 출판 그룹의 자회사입니다.
황금가지는 ㈜민음인의 픽션 전문 출간 브랜드입니다.